Jean-Jacques Rousseau

Les Rêveries du Promeneur solitaire

Introduction de Jean Grenier
Texte établi et annoté par S. de Sacy

Gallimard

INTRODUCTION

I

LES CIRCONSTANCES

Rappelons les circonstances dans lesquelles Rousseau a écrit *Les Rêveries* (de 1776 à 1778), qui évoquent des événements survenus en 1765*.

En 1762, Rousseau publiait *Émile*. Le Parlement de Paris condamnait le livre et décrétait l'arrestation de l'auteur. Averti, l'écrivain prit la fuite le même jour et se réfugia en Suisse. Dès lors, il se considéra à juste titre comme persécuté, mais peu à peu ce sentiment de la persécution prit des proportions exagérées par rapport à ses causes naturelles. On peut suivre ce cheminement à partir de la deuxième partie des *Confessions* et surtout à travers les trois dialogues réunis sous le titre : *Rousseau juge de Jean-Jacques*, écrits de 1772 à 1775. Ces dialogues comportent un post-scriptum : *Histoire du précédent écrit*, qui relate l'événement extraordinaire survenu à Rousseau le samedi 24 février 1776, sur les deux heures, et ce qui s'ensuivit. *Les Rêveries* s'inscrivent, en partie, dans le prolongement de cet opuscule si caractéristique.

* Le livre n'a été publié qu'en 1782.

Rousseau marque lui-même, à la fin de la Première Promenade, le développement de son œuvre autobiographique. Il nous dit qu'en reprenant « la suite de l'examen sévère et sincère que j'appelai jadis mes *Confessions* » il ne pense cependant pas à faire de nouvelles confessions, mais seulement des confidences et des effusions. Il ne compose pas non plus (comme il avait fait dans les *Dialogues*) mais se laisse aller. Enfin il n'écrit que pour lui-même, pour son seul plaisir. Il lui est indifférent de savoir si *Les Rêveries* parviendront au public ou non.

Du point de vue clinique, en effet, la phase de dépression des *Rêveries* succède, chez un cyclothymique comme lui, à la phase d'excitation des *Dialogues*. Les oscillations ont plus d'amplitude qu'autrefois (lorsqu'il disait avoir « des âmes hebdomadaires »). Le souvenir du bonheur goûté dans l'île de Saint-Pierre fixe assez longtemps sa sensibilité excessive et contribue à l'apaiser. L'herborisation faite au cours des promenades de 1776-1778 lui fait évoquer celle des promenades de 1765. « Ce retour des mêmes objets renouvelle en moi des dispositions semblables à celles où j'étais la première fois que je les ai vues. »

Comparativement aux ouvrages précédents, *Les Rêveries* contiennent d'ailleurs peu d'éléments morbides. Faut-il considérer comme tel l'excès de confiance en soi qui transforme l'auteur en dispensateur éventuel de la justice, en providence imaginaire (à la fin de la Sixième Promenade)? Ce serait accuser trop facilement Rousseau de paranoïa à cette occasion, alors qu'auparavant, dans sa vie, il y avait de meilleurs exemples à donner.

Incriminera-t-on son amour des îles et des promenades circonscrites, des horizons proches, comme un signe de phobie des grands espaces (il avait déjà de l'agoraphobie)? Mais un tel sentiment peut passer pour normal chez quelqu'un qui recherche la solitude et en a le plus pressant besoin, ayant beaucoup à craindre des hommes. Lorsque Rousseau reçoit l'ordre de quitter l'île, il supplie le bailli qui lui transmet cet ordre de le garder comme prisonnier dans l'île, ce qui lui est refusé. Par un semblable réflexe, le marquis de Sade, qui, lui, n'avait pas besoin de demander d'être emprisonné, poussait le verrou intérieur de sa cellule — pour n'être pas dérangé, disait-il. La réflexion de Rousseau se comprend parfaitement : « J'aurais voulu qu'on m'eût fait de cet asile une prison perpétuelle. »

Plus grave du point de vue pathologique est le soupçon formulé (dans la Neuvième Promenade) à propos d'un invalide qui détourne la tête lorsqu'il voit Rousseau, parce que les ennemis de l'écrivain l'ont prévenu contre lui!

Rousseau était fixé à Paris depuis 1770. Il habitait la rue Plâtrière (aujourd'hui, rue Jean-Jacques-Rousseau) dans le quartier Saint-Eustache. Nous avons sur son mode de vie des renseignements venant de plusieurs sources dont la plus intéressante est l'*Essai sur J.-J. Rousseau*, de Bernardin de Saint-Pierre *. Rousseau passait sa matinée à copier de la musique — c'était son gagne-pain —, mais son excès de conscience professionnelle l'empêchait de tirer de son travail un bénéfice substantiel. En 1776, date où il commença d'écrire *Les Rêveries*, il dut renoncer à prendre des commandes, n'étant plus capable d'une attention soutenue. Il composait aussi, avec son ami Corancez, une pastorale. Il écrivait encore ses *Dialogues* (*Rousseau juge de Jean-Jacques*) destinés à

* Voir p. 224.

défendre sa réputation, puisque la police lui inter-
disait de faire des lectures publiques de ses *Confessions*.
L'après-midi, quand il faisait beau, il allait se promener, soit seul, soit avec Bernardin, aux environs
de Paris : pré Saint-Gervais, mont Valérien, bois de
Boulogne, parc de Sceaux, vallée de la Bièvre, bois
de Vincennes, etc. Il cueillait des plantes et composait
des herbiers. Parlant de lui-même, il écrit dans le
Second Dialogue : « Il s'attachait plus à faire de jolis
herbiers qu'à classer et caractériser les genres et les
espèces. Il employait un temps et des soins incroyables
à dessécher et aplatir des rameaux, à étendre et
déployer de petits feuillages, à conserver aux fleurs
leurs couleurs naturelles : de sorte qu'en collant avec
soin ces fragments sur des papiers qu'il ornait de
petits cadres, à toute la vérité de la nature il joignait
l'éclat de la miniature et le charme de l'imitation. »
    Lorsque Rousseau se rendit à Ermenonville, en
mai 1778, il se mit à herboriser dans le parc, et il le
fit même la veille de sa mort (2 juillet 1778). Autrement dit l'intérêt qu'il avait toujours témoigné au
cours de sa vie pour la botanique qui était pour lui
la plus studieuse des distractions et la plus distrayante
des études était devenu une passion exclusive.

    Les Rêveries ont donc une double origine : la persé-
cution par la société, la consolation par la nature.
    La persécution, Rousseau la sentit aggravée par
les deux événements du 24 février et du 24 octobre
1776 (le premier étant l'empêchement imprévu à la
divulgation du plaidoyer *pro domo*, relaté dans l'*Histoire du précédent écrit*), le second l'accident dû au chien
et dont les suites dévoilent la noirceur des ennemis de
Rousseau.
    La consolation provient du souvenir enchanté

du séjour que Rousseau fit à l'île de Saint Pierre
dans le lac de Bienne, en septembre et octobre 1765.
Le livre XII des *Confessions* nous rappelle que la
population du village de Môtiers, où il s'était réfugié,
l'attaqua à coups de pierres dans sa maison, la nuit
du 6 au 7 septembre, et qu'après avoir hésité entre
plusieurs retraites possibles il se décida pour l'île de
Saint-Pierre, domaine de l'hôpital de Berne, qu'il
avait déjà visitée l'été précédent.

Les thèmes de la persécution et de la consolation
s'entremêlent intimement dans *Les Rêveries*. Nous
allons les analyser en même temps que leurs harmo-
niques. Mais voici déjà comment il semble que l'auteur
aurait pu les intituler :

Première Promenade. Mon dessein : me connaître
et jouir de moi-même.

Deuxième Promenade. Ma destinée : l'accident de
Ménilmontant me la révèle.

Troisième Promenade. Ma foi : Dieu connu dans la
retraite et à travers la Nature.

Quatrième Promenade. Ma vérité : elle se confond
avec la justice.

Cinquième Promenade. Mon bonheur : la rêverie
comme je l'ai connue dans l'île de Saint-Pierre.

Sixième Promenade. Ma liberté : elle doit passer
avant tout et se réalise le mieux dans l'abstention.

Septième Promenade. Mon occupation : la botanique comme stimulant de la rêverie.

Huitième Promenade. Mon indifférence, élément de bonheur.

Neuvième Promenade. Mes amitiés, pour les enfants, pour les hommes du peuple.

Dixième Promenade (inachevée). Mon amour, souvenir de madame de Warens.

II

« ME VOICI DONC SEUL... »

Les Reveries ne sont pas, à première vue, des rêveries. Ce sont des chicanes que Rousseau (ne pouvant s'adresser aux hommes directement parce qu'il n'a plus leur audience, ne pouvant non plus les atteindre d'une manière indirecte) adresse au sort qui le persécute et dont il finira bien par être écouté.

Alors même qu'il se dit — et peut-être se croit — complètement résigné, Rousseau ne l'est pas, et il en appelle à un dieu inconnu — est-ce la conscience éternelle du bien et du mal ? Est-ce le jugement de la postérité ? *Les Rêveries* sont un monologue, mais qui est destiné à être entendu.

« Me voici donc seul sur la terre, n'ayant plus de frère, de prochain, d'ami, de société que moi-même... Tout est fini pour moi sur la terre. »

Rousseau exclut le recours à la postérité — depuis deux mois, dit-il — et il y a quinze ans qu'il est persécuté — (ailleurs, il dit : vingt ans). Il a été aussi confiant que possible avec les hommes pendant la première partie de sa vie ; cette confiance a été récompensée. Brusquement il est tombé aux mains des méchants, et sa confiance a été punie.

La nature bénéficie de tout ce qu'on enlève à la société *. Personne n'est plus disposé à aimer les plantes et les bêtes, les paysages que celui qui déteste les hommes. La conduite de Rousseau vérifie cet axiome. Il dit lui-même qu'il a fallu la persécution — et par suite l'éloignement forcé — pour qu'il se retirât en lui-même et qu'il fît attention à ce qui l'entoure, et qui n'était pas la société.

Comme font toujours les hommes, Rousseau attribue à une cause extérieure ce qui vient en partie de lui-même.

Gêné par la société, Rousseau tient tellement à elle que les désillusions et même les persécutions ne suffisent pas pour l'en détacher. Il faut encore qu'une crise très grave précipite le dénouement de ce drame en suspens entre les hommes et lui.

C'est le jeudi 24 octobre 1776 qu'après avoir été renversé, tandis qu'il herborisait à Ménilmontant, par un énorme chien, et gravement blessé, il se rend compte en revenant à la santé et en reprenant sa lucidité (trop grande, hélas!) qu'un complot avait été ourdi contre lui, non pas pour le tuer mais pour l'accabler, une fois mort, de nouvelles et définitives calomnies. Voilà la goutte d'eau qui fait déborder le vase et contraindra l'auteur à devenir ce promeneur complètement solitaire qu'il n'était encore qu'en partie et malgré lui.

Ces *Rêveries* ne sont pourtant pas celles d'un promeneur solitaire, son auteur étant un exemplaire unique au monde, inimitable, ou isolé sans recours.

* « Si l'histoire scandaleuse de la société ne fournissait point de matière à leurs conversations, celle de la nature les remplissait de ravissement et de joie. » *(Paul et Virginie.)*

Rousseau intitule son livre *Les Rêveries du Promeneur
solitaire*. Il pense donc que ces rêveries peuvent être
celles de tout homme qui se trouve dans les mêmes
dispositions (le penchant à la rêverie) et la même
situation (l'isolement par rapport aux autres hommes)
que lui *.

Comme il a du mal à se détacher des hommes pour
s'attacher uniquement à la nature! Il ne peut se
consoler de l'animosité que lui montrent les médecins
et les oratoriens — ces « corps collectifs » qui perpétuent une hostilité qui se serait éteinte avec les
individus. Il aurait voulu être l'ami du genre humain.
On ne le lui a pas permis, on le lui a même interdit.
Il aime les enfants, il se plaît à jouer avec eux.
Qu'il ait mis les siens aux Enfants-Trouvés ne signifie
pas qu'il ne les ait pas aimés; au contraire, s'il l'a
fait c'est en vue de leur bien, étant donné ce que sont
Thérèse et sa famille. S'il se rabat sur les animaux,
c'est qu'il cherche un regard de bienveillance partout
où il se trouve.

Il aime à voir briller la joie dans les yeux des jeunes
filles. Rencontrant un pensionnat en promenade, il
leur offre à toutes ce qu'elles désirent, des oublies que
vend un marchand, et il est si heureux de leur contentement qu'il revient ensuite parfois à la même heure
au même endroit pour voir s'il ne pourrait pas renouveler son bienfait.

Il aime les petits Savoyards, si pauvres et si gais;
les fêtes populaires en Suisse, où les mœurs sont simples; les laboureurs aux travaux pacifiques; les invalides qu'il croise quand il va herboriser du côté de

---

* Baudelaire pensait d'abord appeler ses poèmes en
prose : *Le Promeneur solitaire*.

leur hôtel et qui ont un regard si honnête, un salut si franc, aussi longtemps du moins qu'on ne les a pas prévenus contre lui, qu'on ne leur a pas « donné des instructions ».

Malheureusement, la persécution s'étend et il faut chercher un refuge : « Je ne vois qu'animosité sur les visages des hommes, et la nature me rit toujours. »

Rousseau est donc contraint de quitter la société. Les hommes sont trop méchants pour lui. « J'aime mieux les fuir que les haïr. » Mais Rousseau signale, sans y insister, une complication qui apparaît dans ses rapports avec eux. Il serait prêt à s'écarter des hommes alors qu'il n'aurait rien à craindre d'eux, alors qu'il pourrait même avoir la joie de leur faire du bien. Ce serait lorsque la bienfaisance deviendrait pour lui une obligation au lieu d'être un plaisir. La chose lui est arrivée : allant herboriser à Gentilly il trouvait sur son chemin, à la barrière d'Enfer, un petit garçon qui lui demandait l'aumône. Les premières fois, il se plut à lui donner et à lui parler. Puis, s'étant aperçu un jour qu'il changeait de chemin, il comprit que c'était pour éviter ce qui était devenu une obligation (après avoir été un plaisir). Or il lui était insupportable de traîner une chaîne. La liberté lui était nécessaire. Il cesse de revoir le petit garçon à partir du moment où celui-ci « fait une loi d'en être à jamais le bienfaiteur ». Il se réfugie alors dans l'abstention, où il est fort, tandis que dans l'action il est faible et facile à entraîner. Que devient alors le devoir ? Il s'efface devant l'appel de la liberté. Le cœur l'emporte.

Il faut savoir gré de cette franchise à quelqu'un qui passe son temps à parler de vertu.

Il y eut une période de la vie de Rousseau où l'exercice de la vertu et la possession de la liberté ne se contrariaient pas. C'était lorsqu'il vivait avec madame de Warens. Alors, par la grâce médiatrice de l'amour, la liberté coïncidait avec l'état : « Je fis ce que je voulais faire, je fus ce que je voulais être. » L'humanité ne contrariait plus la nature, elle l'achevait : « Une maison isolée, au penchant d'un vallon, fut notre asile. » Remarquons le « notre ». Plus tard, Rousseau dira : une maison isolée fut « mon » asile; ce seul changement de l'article possessif signifie le passage du bonheur au malheur. Il lui restera « les occupations champêtres », il lui manquera « les soins affectueux ». Le goût de la solitude et de la contemplation demeurera, mais il s'exprimera d'une façon amère, faute des « sentiments expansifs et tendres faits pour être son aliment ». En lisant *Les Rêveries*, on a souvent cette impression d'une flamme qui s'élève doucement vers le ciel, mais qui retombe, comme si elle cherchait autour d'elle du bois qui lui servît de nourriture et ne le trouvait pas. Alors la méditation s'éteint dans la récrimination. La voix se brise.

Repoussé par la société, croit-il, ne désirant pas non plus aliéner sa liberté à son service, que reste-t-il à faire à Rousseau? A prendre conscience de sa destinée. Ce faisant, Rousseau ne manque jamais de jeter un regard de regret sur ce qu'il a quitté par force. Il ne manque jamais de faire succéder à l'accusation des autres sa propre justification.

Par exemple, il se justifie d'avoir pris pour devise : *Vitam impendere vero.* Il veut nous convaincre qu'il a en effet consacré sa vie à la vérité. Que de mensonges il a commis pourtant! Mais il n'a de remords que d'un seul, celui qui. a consisté à nier le vol d'une cuiller ou objet analogue, parce que ce mensonge a causé le renvoi d'une servante soupçonnée à tort, Marion. C'est qu'il ne faut pas condamner le mensonge en bloc. Il y a des mensonges innocents, ceux qui ne font de tort à personne, ceux qui portent sur des choses indifférentes et qui sont commis soit par plaisir — et c'est le cas des fictions —, soit par suite de la lenteur des idées, de l'aridité de la conversation, qu'il faut bien égayer, soit par bonté et timidité. Quelqu'un, pour l'embarrasser, demande dans un salon s'il avait eu des enfants. Pris au dépourvu, ne sachant comment se tirer de ce mauvais pas, il répond « Non. » Ce n'est pas qu'il eût l'intention de mentir ni qu'il crût pouvoir abuser ses interlocuteurs. (Il aurait dû se contenter de souligner l'indiscrétion de la question.) Mais c'est un mensonge qui ne compte pas. Encore moins entrent en ligne de compte les mensonges bienfaisants. La vérité n'est nécessaire que lorsqu'elle se confond avec la justice. Rousseau n'a jamais commis l'injustice (sauf une fois), il a donc toujours dit la vérité, ou c'est tout comme.

Rousseau ne manque pas de signaler les mensonges qui peuvent être commis par l'individu contre lui-même, par masochisme, dirait-on aujourd'hui. Il est évident que dans *Les Confessions* ces mensonges doivent être nombreux, comme il l'assure. C'est une partie de la physionomie de Rousseau que cette inclination au *mea culpa*. Est-ce qu'elle ne cache pas une tendance à la dissimulation? Les hommes qui font le plus volontiers des confidences — et des confessions — sont ceux qui laissent le plus leur passé dans l'ombre. Ils prennent les devants et se hâtent de dénoncer des fautes imaginaires ou des peccadilles, de peur qu'on aille fouiller plus avant. Cela ne signifie pas qu'il en soit ainsi pour Rousseau ; mais son attitude donne prise au soupçon *.

III
« MA NATURE IMMORTELLE... »

Le lecteur qui n'a pas une longue familiarité avec les écrivains du xviiie siècle, ou qui ne partage pas la sensibilité de l'époque, ne peut manquer non plus d'être agacé par les hymnes à la conscience, à Dieu et en général à tout ce qui est bon.

Non seulement celui qui écrit n'est coupable de rien, mais encore il respire une sorte de sainteté qui le désigne à la vénération, quoi qu'en puisse souffrir sa modestie. Il se drape dans les plis du manteau de l'Être Suprême. L'époque le veut ainsi.

Il faut reconnaître que Rousseau n'abuse pas des facilités qui lui sont consenties. Il se contente, après avoir vitupéré les « philosophes » athées, ses contemporains et ennemis, de renouveler brièvement la profession de foi du Vicaire savoyard. La croyance en un Dieu créateur, ordonnateur et bienfaiteur est « le sentiment le mieux établi directement et le plus croyable en lui-même ». Rousseau fait appel à l'intuition. Celle-ci lui révèle, au bout d'une méditation qui, elle, est superflue, « une convenance entre ma nature immortelle et la constitution de ce monde (d'une part) et l'ordre physique que j'y vois régner (d'autre part) ». Cette révélation lui apporte un soulagement.

Avec plus de profondeur véritable, Rousseau déclare qu' « il importe d'avoir un sentiment pour soi », c'est-à-

---

* Cf. *Le Souci de sincérité*, d'Yvon Belaval (Gallimard).

dire qu'il n'y a rien qui puisse l'emporter sur une
conviction personnelle, sur un sentiment irréductible.

La croyance en Dieu de Rousseau n'est pas faite
aujourd'hui pour emporter l'adhésion telle qu'elle
est formulée. Les contemporains de Rousseau ne
voyaient dans la nature que ses « harmonies », nos
contemporains n'en voient que les malfaçons. La
création était un chef-d'œuvre ; elle est devenue, deux
cents ans après, un déchet. Déjà un contre-courant
s'était dessiné au début du XIXᵉ siècle, romantique
lui aussi, comme celui auquel il s'opposait : contre-
courant dominé par Byron, Lermontov, Leopardi,
Shelley, Schopenhauer. C'est ce dernier qui triomphe.
   Comment en un plomb vil l'or pur s'est-il changé ?
Le soleil n'est-il pas aussi éclatant, la nuit aussi
étoilée, l'être vivant n'a-t-il pas la même joie de vivre,
les charmes de l'amitié, de l'amour et de la famille
sont-ils moins grands ?

C'est que la distance entre le monde physique
et le monde moral s'est accrue. Le besoin reste le
même pour l'homme d'avoir quelque part un être —
ou des êtres — qui soient pour lui compréhension
et sympathie. Mais il voit de moins en moins autour
de lui, dans « la Nature », des signes de cette présence.
La poésie des *Psaumes* lui est fermée : les cieux ne se
racontent plus la gloire de Dieu, les collines ne bon-
dissent plus d'allégresse, tout est muet. Si Dieu
subsiste, c'est comme une personne morale, qui n'a
rien à voir avec la nature physique. L'argument des
causes finales n'a plus guère de crédit. Celui des exi-
gences de la conscience morale en conserve. De Calvin
à Kant et à Barth il n'a pas perdu de terrain, il a
même gagné ce que le premier perdait...

La religion « naturelle » est une consolation pour Rousseau. Un autre havre pour lui est celui de la Destinée. D'un côté un Dieu juste; de l'autre un Destin indifférent. Il devrait y avoir incompatibilité entre les deux. L'histoire des religions montre qu'il n'en est rien.

Rousseau se console de la méchanceté des hommes en se disant qu'il subit les arrêts de la Destinée, « décrets éternels », « secrets du ciel ». Cependant, ajoute-t-il, Dieu est juste et j'ai confiance en lui. En tout cas, il est résolu à se montrer indifférent : « D'où vient cette indifférence ?... De ce que j'ai appris à porter le joug de la nécessité sans murmurer. » Il n'a subi qu'une atteinte matérielle, dit-il — mais le cœur n'a pas été atteint, et il serait absurde d'expliquer ce qui fait son tourment par une cause extérieure. C'était écrit !

Rousseau tire bien la conséquence du fatalisme : « Tout ce que j'avais à faire encore sur la terre était de m'y regarder comme un être purement passif. » C'est l'abandon, la quiétude, le non-agir. Belle résolution qui ne sera pas tenue, mais c'est celle qui inspirera à Rousseau les plus belles pages des *Rêveries*.

S'il décide d'être passif, ce n'est pas, contrairement à ce qu'en pourrait croire le lecteur d'ouvrages mystiques, pour se laisser aller à l'influx divin ou aux décrets éternels du Destin, mais pour se retrouver lui-même. Là est le tournant décisif qui le ramène de l'Orient à l'Occident. Parlant encore des hommes, il écrit : « Je continuerai, quoi qu'ils fassent, d'être, en dépit d'eux, ce que je suis. » Et encore : « Je jouis de moi-même en dépit d'eux. »

IV

« LIVRONS-NOUS A LA DOUCEUR DE CONVERSER AVEC MON AME. »

Il revient donc à lui. Mais qu'est-il ? « Que suis-je moi-même ? » (après avoir répété que tout lui est indifférent). Voilà ce qu'il se propose d'étudier. Mais il ne répondra pas à la question. — Que suis-je ? C'était la question que se posaient Socrate, saint Augustin, Descartes, Montaigne. Rousseau dit qu'il écrit ses *Rêveries* pour y répondre.

Il prétend arriver à des résultats scientifiques, aussi sûrs que ceux des physiciens. « J'appliquerai le baromètre à mon âme... » C'est peut-être ce qu'il veut faire ? Mais non. Quelques lignes plus haut, il livre sa vraie pensée : « Livrons-nous tout entier à la douceur de converser avec mon âme, puisqu'elle est la seule que les hommes ne puissent m'ôter. » Il cherche le bonheur plus que la vérité. C'est tant mieux pour celui qui le lit parce que Rousseau est plutôt fait pour l'un que pour l'autre.

Cet écrit est destiné à remémorer à son auteur les jouissances qu'il a éprouvées dans la solitude et au contact de la nature. Il n'est pas systématique. C'est un « registre » à consulter pour faire revivre des émotions douces et les sentiments de bonheur. C'est un livre fait par Rousseau pour Rousseau. Son auteur prétend que son dessein est opposé à celui de Montaigne. Je poursuis, dit-il, un but contraire. « Il n'écrivait ses essais que pour les autres; et je n'écris mes rêveries que pour moi. »

Il suffit de relire l'avertissement de Montaigne en tête des *Essais* pour être convaincu du contraire :

s'adressant au lecteur, il écrit : « Je ne m'y suis proposé aucune fin que domestique et privée : je n'y ai
eu nulle considération de ton service ni de ma gloire...
c'est moi que je peins... Je suis moi-même la matière
de mon livre... »

Rousseau veut-il dire que son livre ne contiendra
pas de leçons morales applicables aux hommes comme
celui de Montaigne? Mais d'une manière indirecte il
fait la leçon aux hommes quand il ne le fait pas directement. Je crois qu'il veut dire qu'il ne remuera pas
de pensées, que son entreprise n'est pas, comme on
dit aujourd'hui, celle d'un « intellectuel ». Précisant
ce qu'il entend par registre, il dit : « Je veux tenir un
registre fidèle de mes promenades solitaires et des
rêveries qui les remplissent, quand je laisse ma tête
entièrement libre et mes idées suivre leur pensée sans
résistance et sans gêne. » Montaigne se laisse aller
au fil de ses pensées, mais non au fil de ses rêveries.
Un fait lui en rappelle un autre, ou une idée ou une
phrase. Avec lui nous sommes toujours dans l'univers
humain. Avec Rousseau nous en sortons pour nous
livrer à la magie de la nature. Montaigne (I, 8), dans
son chapitre *De l'oisiveté*, dit qu'il se garde de laisser
son esprit inoccupé, de peur qu'il ne foisonne en
herbes sauvages comme les terres oisives, car « l'âme
qui n'a point de but établi, elle se perd ». Il avait
le même point de départ que Rousseau : « Dernière-
ment que je me retirai chez moi... il me semblait
ne pouvoir faire plus grande faveur à mon esprit,
que de le laisser en pleine oisiveté, s'entretenir soi-
même, et s'arrêter et rasseoir en soi... Mais je trouve...
qu'au rebours, faisant le cheval échappé, il se donne
cent fois plus d'affaire à soi-même, qu'il n'en prenait
pour autrui; et m'enfante tant de chimères et monstres

fantasques les uns sur les autres, sans ordre et sans
propos, que pour en contempler à mon aise l'ineptie et l'étrangeté, j'ai commencé de les mettre en
rôle, espérant avec le temps lui en faire honte à lui-
même. »

Montaigne se cherche, parce qu'il voudrait être
soi et à soi; mais pas là où se cherche Rousseau qui
écrit : « Mes heures de solitude et de méditation sont
les seules où je sois pleinement moi et à moi », où
il nourrit son cœur de « sa propre substance » et l'accou-
tume à « chercher toute sa pâture au dedans de moi ».
Ces deux égocentristes n'ont pas le même centre
pour leur ego.

On est frappé par l'imprécision du vocabulaire de
Rousseau : pour lui, promenade semble équivaloir à
solitude, solitude à rêverie, rêverie à méditation. L'assi-
milation des deux derniers termes est particulièrement
surprenante. En effet une « méditation » a été de tout
temps un exercice réglé qui parfois obéit à des règles
conventionnelles (comme dans toute religion) parfois
à des règles que s'est imposées l'auteur (comme dans
la philosophie). Saint Augustin médite, Descartes
médite et aussi Malebranche. Ils conduisent en
ordre leurs pensées autour d'un mystère ou d'un
problème. Saint Ignace, dans *Manrèse*, a composé
un manuel d'exercices spirituels qui comprend des
méditations aussi soustraites au caprice personnel
que possible. « La rêverie me délasse et m'amuse...
la réflexion me fatigue et m'attriste... Quelquefois
mes rêveries finissent par la méditation, mais plus
souvent mes méditations finissent par la rêverie »,
écrit, en revanche, Rousseau.

C'est avec Rousseau probablement que commence la laïcisation de la méditation qui déjà était passée du plan religieux au plan métaphysique avec les cartésiens. Mais avec les préromantiques et les romantiques ce sera le passage de la philosophie à la poésie, et Rousseau en est l'initiateur. Lamartine pourra écrire des *Méditations* qui sont des effusions, et Hugo des *Contemplations* qui sont des expansions.

Si Rousseau pense qu'il ne faut pas appliquer son esprit pour atteindre ce *moi* inconnu et en jouir, c'est d'abord parce que l'effort intellectuel lui répugne, dit-il; c'est surtout parce qu'il pense que ce serait le mauvais chemin. Ce serait donc, au rebours de tout ce que diront les philosophes de l'action, de l'énergie, de la volonté, un état de non-agir qui nous permettrait de toucher cet être? le « *far niente* »... c'est-à-dire : « l'occupation délicieuse et nécessaire d'un homme qui s'est dévoué à l'oisiveté ».

V

« LE CHARME DES IDÉES ACCESSOIRES M'ATTACHE A LA BOTANIQUE. »

Ce farniente qui va servir de révélateur n'est que relatif. Ne rien faire, c'est encore faire quelque chose, pour Rousseau c'est se livrer à l'occupation innocente qui consiste à herboriser. Rousseau est Suisse, on l'oublie parce que c'est un grand nom de la littérature française. Herboriser n'a jamais été beaucoup une occupation en faveur dans les pays méditerranéens. Rousseau s'y livra jeune dans son pays de montagnes et de lacs; il y fut instruit par un docteur d'Ivernois; il avait passé l'âge de soixante-cinq ans lorsqu'il y revint. Rien que de naturel là-dedans.

Et puis il est naturel à un homme blessé par la société de se tourner du côté de la nature. Mais pourquoi herboriser? Pourquoi cette primauté donnée aux plantes sur les minéraux et les animaux?

Rousseau se donne (inutilement) la peine de l'expliquer. Le règne minéral n'est pas attrayant; il est difficile à explorer et nécessite de grands moyens; il flatte la vanité des riches et c'est tout. Quant au règne animal il faut pratiquer, pour le bien connaître, l'anatomie, qui soulève le dégoût; et il est difficile d'approcher certains animaux. Bref le règne végétal a l'avantage de la commodité, il est proche de nous : les plantes sont faciles à cueillir. Et comme il est agréable d'avoir toujours sous les yeux d'aussi « riants objets ». Surtout, la « science » n'est pas nécessaire. Rousseau ne voit pas la botanique à la manière de Linné. C'est une distraction passionnante, qui ne doit pas entraîner une étude ardue. Beauté et charme sont ici d'accord. Les plantes sont des « étoiles accessibles ».

La botanique n'est pas cultivée pour elle-même. Elle l'est, contre les hommes qu'elle permet de fuir et d'oublier (et encore n'est-ce pas toujours possible en Suisse où il arrive de rencontrer une boutique de libraire sur le sommet d'une montagne et une manufacture de bas au fond d'un précipice). Elle n'est pourtant pas cultivée pour fournir des remèdes. Rousseau a horreur de cette recherche utilitaire qui prouve un trop grand attachement au corps et un manque de sensibilité naturelle. Elle l'est parce qu'elle incite à un contact toujours renouvelé avec la nature, qu'elle est un prétexte à courses et à promenades à travers des forêts, des lacs, des montagnes, dont l'aspect touche le cœur. Et puis l'herbier qui résulte de tous ces vagabondages fait recommencer ceux-ci avec un nouveau charme — c'est un « journal » — c'est une « optique » (et les vues d'optique au XVIIIe siècle faisaient l'office de l'album de photos actuel ou du film tourné par le voyageur). Bref « c'est le charme des idées accessoires qui m'attache à la botanique ».

Mais il convient ici de souligner une condition essentielle qui rend possibles ces « idées accessoires » : c'est le caractère limité de cette occupation et volontairement limité : « un instinct me fit *détailler* le spectacle de la Nature... » « Il faut que quelque circonstance particulière resserre les idées, circonscrive l'imagination »... Rousseau parle du « bonheur d'un homme qui aime à se circonscrire » — il fait « des promenades très circonscrites » — et où donc ? dans une *île* — l'île de Saint-Pierre, c'est-à-dire dans un lieu *isolé* par étymologie et par nature, et dans cette île il se complaît dans « les réduits les plus riants et solitaires ».

Il est curieux que le contact avec la nature dans ce qu'elle a de plus grandiose ne puisse se faire que grâce à ce qu'elle présente de plus petit *.

Cependant il ne procédera pas à la manière des photographes qui « prennent » la baie de Naples et le Vésuve à partir d'un pin parasol planté sur la colline de Pouzzoles, et qui font ainsi ressortir, en le

---

* Marcel Raymond dans sa remarquable édition des *Rêveries* rappelle la réflexion d'Amiel (à propos de Jean-Jacques) : « L'isolement et, si l'on me permet ce néologisme, l'insularité, est sa meilleure protection. Rousseau, qui mettait le *Robinson* au-dessus de tous les autres livres, s'est toujours senti attiré par les îles. »

détachant, un spectacle qui vaut par lui-même et que l'on proclame admirable.

Dans *Les Rêveries* l'homme se promène à travers une nature qui lui est fraternelle et dans laquelle il se plaît à être absorbé; non seulement il lui faut du « circonscrit » mais il lui faut du proche. Les terrasses et les tertres d'où l'on a « un ravissant coup d'œil » ne doivent pas donner sur des paysages démesurés. C'est toujours un idéal d'intimité que poursuit le promeneur solitaire. Le vallon, le lac, fournissent des cadres à ses thèmes lyriques, non pas les montagnes ni la mer. (Le vicaire savoyard ne fait que composer un morceau d'éloquence quand il s'agit de la montagne.)

« Rives sauvages et romantiques mais riantes », tel est le correctif apporté aux deux premières épithètes. Les sauvages que visita Cook étaient riants, eux aussi. L'île Saint-Pierre n'est pas déserte : la famille du receveur y demeure. On y fait pousser des arbres fruitiers, on y élève des animaux domestiques. Rousseau conçoit le projet, et l'exécute, de peupler de lapins la petite île inhabitée qui avoisine la grande. L'île Saint-Pierre est un domaine bucolique, comme l'île Bourbon (de Bernardin). Ce qui est humain, loin d'y être dépaysé, y est favorisé. Cette île est solitaire mais elle est fertile. Ce n'est ni la mer, ni la montagne, ni le désert. Les fictions et les réalités, dit Rousseau lui-même, ne sont pas séparées les unes des autres.

VI

« UN ÉTAT SIMPLE ET PERMANENT... »

Enfin nous en arrivons à ce qui importe dans *Les Rêveries* : c'est la description des extases. Quelles

sont-elles? De quelle nature? Qu'est-ce qui les diffé-
rencie d'autres sortes d'extases? Et d'abord quelles
en sont les conditions?

Un désintérêt à l'égard des choses de la vie quotidienne et des occupations régulières (désintérêt qui
serait néfaste pour la plupart des hommes qui, s'ils
se dégoûtaient de l'activité, ne feraient plus tourner
la grande meule sociale, n'ayant plus de « besoins
toujours renaissants »), une complète insouciance de
l'avenir, un oubli complet du passé, voilà les conditions préalables. Aussi convient-il de ne pas s'installer,
de vivre dans le provisoire pour être « ouvert » aux
inspirations. Une fois débarqué dans l'île, Rousseau
laisse fermées ses caisses et ses malles; il vit, dit-il, dans
l'habitation où il comptait finir ses jours comme
dans une auberge dont il aurait dû partir le lendemain.
Il rend, par avance, impossible l'encroûtement de
la vie quotidienne, semblable en cela à André Gide
qui, dans sa maison de Paris, vivait jadis au milieu
de bagages, toujours sur le point de partir ou d'arriver.
Son mot favori à l'époque était celui de « disponi-
bilité ». La ressemblance s'arrête là. Gide n'était
disponible que pour mieux pourvoir à ses désirs
toujours en éveil; Rousseau ne l'était que pour se
reposer plus tranquillement dans un demi-sommeil
végétal.

Rousseau ne manque pas de marquer l'opposition
entre « le plaisir qui passe » et « le bonheur qui dure ».
Il ne poursuit donc pas la même fin que Gide. Il
n'a que faire des « moments de délire et de passion,
trop rares, trop rapides ». Il veut se soustraire à la
tyrannie de l'*avant* et de l'*après*. Il recherche un « état
simple et permanent » qui ne soit pas vif, mais durable.

Qu'est-ce que cet état?

Il semblerait d'abord que ce fût un état où le temps s'abolit. Extases, ravissements, ce sont les mots employés par les mystiques pour désigner une fuite hors du temps. Or, non seulement l'état privilégié du promeneur solitaire n'exclut pas la succession, mais il la réclame. Le mouvement est nécessaire pour éprouver un sentiment — sans quoi l'âme tombe dans la léthargie. Celle-ci est pour le mysticisme hindou, un acheminement vers l'état parfait de non-différenciation, dont Rousseau n'a ni l'idée ni le désir, et qui même lui ferait horreur. Pour échapper à cet engourdissement possible de la sensibilité, il ne faut pourtant pas chercher l'émotion (qui, comme le mot le dit, est un mouvement qui pousse hors de soi) ni même la pensée (qui entraîne dans un courant intérieur harassant)...

Il est dommage que Gaston Bachelard, dans son livre très suggestif sur *L'Eau et les Rêves*, n'ait pas étudié l'eau du lac qui inspire les rêveries de Rousseau. Cette eau ne me paraît pas entrer dans sa classification. Elle ne fait pas partie des « eaux claires », « printanières », « courantes » et « amoureuses », car elle est presque immobile. Elle ne fait pas non plus partie des eaux « profondes », « dormantes », « mortes » comme chez Edgar Poe, parce qu'elle est légère et vivante. Elle n'évoque pas les images de Caron ni d'Ophélie; ni les symboles maternel et féminin. Elle n'est pas « l'eau violente » de l'Océan comme pour Swinburne; ni l'eau, qui parle une voix humaine, de la source et du ruisseau.

C'est plutôt une eau qui berce et qui endort — celle de la quiétude —, à égale distance de l'eau qui court et de l'eau inerte. Les Taoïstes magnifient cette dernière parce qu'elle symbolise à leurs yeux le Principe qui rend toute action individuelle inutile.

Mais alors la rêverie est impossible, qui se nourrit de virtualités.

Il faut que le mouvement vienne d'ailleurs et qu'il soit insensible et doux. Par exemple, celui que donne la promenade (« Je ne connais qu'une manière de voyager... ») le corps est en mouvement, seul. Et mieux encore la dérive au fil de l'eau dans un bateau où l'on est étendu, les yeux tournés vers le ciel. Ou bien l'on reste assis au bord du lac, bercé par le bruit des vagues. Le mouvement dans chaque cas est extérieur, il est assez monotone pour apaiser; sa répétition est assez variée pour susciter chez celui qui la subit un renouvellement.

C'est que l'idéal dernier, la fin suprême de ces extases, c'est de parvenir à éprouver dans sa plénitude ce sentiment que les mystiques mettent tant d'acharnement à fuir; celui de l'existence. Ou bien — et c'est dans l'Inde ancienne — ils aspirent à la non-existence, moyen radical d'échapper à la souffrance et à la faute, l'une étant la conséquence de l'autre, et la faute consistant dans l'acte même d'exister. Ou bien, et ce sont les nôtres, ils aspirent à la surexistence et ils espèrent atteindre une région où le Bien est seul à régner.

Le promeneur solitaire ne cherche pas, lui, à s'évader de l'existence ni pour l'abolir ni pour la sublimer. Il veut y demeurer et y établir son bonheur. Aussi prendra-t-il la précaution d'écarter de lui tout ce qui romprait l'équilibre du plaisir et de la peine, entre lesquels l'être existant vit dans un perpétuel balancement. Il tendra vers l'assoupissement végétal. C'est en termes de vie végétative que se traduira son bonheur.

Ce ne sont donc pas des exclamations que le spectacle de la nature arrachera à celui qui le contemple, puisque celui-ci n'a qu'un désir : être confondu avec elle, oublié au sein d'elle. (Il sera capable d'effusions lyriques, mais à distance, avec le recul du passé.) Les invocations à la Byron, à la Richard Jefferies ne sont pas de mise. L'ingéniosité consistera à désarmer ce qui est naturellement offensant dans la vie, à découvrir des retraites, des asiles, des refuges, à biaiser avec la renaissance des désirs et des besoins, ne leur donnant qu'une pâture aussi maigre que possible; et cependant empêchant que l'huile de la lampe ne s'éteigne car alors disparaîtrait la condition du bonheur.

Est-ce que cet état qui s'efforce d'être durable n'est pas ce que les théologiens appellent la « délectation morose » (de *morari*), c'est-à-dire celle qui s'attarde sur le sentiment de l'existence personnelle et obnubile tout ce qui n'est pas celle-ci ? Rousseau décrit cet état comme « la jouissance de soi-même et de sa propre existence ». Il ajoute que, de cette façon, « on se suffit à soi-même, comme Dieu * ». C'est donc bien improprement qu'un pareil état peut être confondu avec une extase ou un ravissement, puisque, par définition, les « extases » et les « ravissements » sont temporaires et vous entraînent dans le cercle d'une existence *qui n'est pas la vôtre*, qui vous est étrangère.

On pourrait dire à ce propos que *Les Rêveries* sont un livre éminemment fait pour plaire à l'époque où nous vivons. La jouissance de l'existence personnelle,

---

* « J'aspire au moment où je n'aurai besoin que de moi pour être heureux... » (*Profession de foi du Vicaire savoyard.*)

sans aucun désir de rattacher cette existence à une autre qui en soit le fondement, est caractéristique de la pensée existentialiste. Il est vrai que cette jouissance est désespérée puisqu'il n'y a rien en dehors de celui qui jouit de lui-même — et Rousseau, s'il tend à se substituer à Dieu, ne va pas jusqu'au bout et il garde une certaine sécurité dans l'épanouissement de son existence : il est « presque » Dieu. Ce « presque » suffit pour le préserver du vertige de la solitude. L'existentialiste, au contraire, est seul, enfermé dans la pure subjectivité. Il devrait être heureux, il ne l'est pas et ne demande qu'à se débarrasser d'une liberté qui lui pèse en s'engageant dans une action qui lui permette enfin de s'oublier (il dira : de se réaliser).

Peut-être les romantiques et leur précurseur, Rousseau, ont-ils trouvé ce point d'équilibre où l'homme peut s'aimer lui-même éperdument à travers quelque chose qui n'est pas lui, et grâce à ce quelque chose.

Mais peut-être encore ce sentiment « excluant tout autre et remplissant l'âme entière » est-il l'expression en nous-même de cette divinité immanente à la nature et imaginaire que les Chinois et les poètes romantiques ont cru saisir non seulement dans ses manifestations mais dans sa puissance intérieure même et à laquelle Rousseau a donné une voix inoubliable.

Jean Grenier.

*Les Rêveries
du Promeneur solitaire*

PREMIÈRE PROMENADE

Me voici donc [1] seul sur la terre, n'ayant plus de frère, de prochain, d'ami, de société que moi-même. Le plus sociable et le plus aimant des humains en a été proscrit par un accord unanime. Ils [2] ont cherché dans les raffinements de leur haine quel tourment pouvait être le plus cruel à mon âme sensible, et ils ont brisé violemment tous les liens qui m'attachaient à eux. J'aurais aimé les hommes en dépit d'eux-mêmes. Ils n'ont pu qu'en cessant de l'être se dérober à mon affection. Les voilà donc étrangers, inconnus, nuls enfin pour moi puisqu'ils l'ont voulu. Mais moi, détaché d'eux et de tout, que suis-je moi-même? Voilà ce qui me reste à chercher. Malheureusement, cette recherche doit être précédée d'un coup d'œil sur ma position. C'est une idée par laquelle il faut nécessairement que je passe pour arriver d'eux à moi.

Depuis quinze ans et plus [3] que je suis dans cette étrange position, elle me paraît encore un rêve. Je m'imagine toujours qu'une indigestion me tourmente, que je dors d'un mauvais sommeil, et que je vais me réveiller bien soulagé de ma peine en me retrouvant avec mes amis. Oui, sans doute, il faut que j'aie fait sans que je m'en aperçusse un saut de la veille au

sommeil, ou plutôt de la vie à la mort. Tiré je ne sais
comment de l'ordre des choses, je me suis vu précipité
dans un chaos incompréhensible où je n'aperçois rien
du tout; et plus je pense à ma situation présente et
moins je puis comprendre où je suis.

Eh! comment aurais-je pu prévoir le destin qui
m'attendait? comment le puis-je concevoir encore aujourd'hui que j'y suis livré? Pouvais-je dans mon bon
sens supposer qu'un jour, moi le même homme que
j'étais, le même que je suis encore, je passerais, je
serais tenu sans le moindre doute pour un monstre,
un empoisonneur, un assassin, que je deviendrais l'horreur de la race humaine, le jouet de la canaille, que
toute la salutation que me feraient les passants serait
de cracher sur moi [1], qu'une génération tout entière
s'amuserait d'un accord unanime à m'enterrer tout
vivant? Quand cette étrange révolution se fit, pris au
dépourvu, j'en fus d'abord bouleversé. Mes agitations,
mon indignation me plongèrent dans un délire qui
n'a pas eu trop de dix ans [2] pour se calmer, et dans
cet intervalle, tombé d'erreur en erreur, de faute
en faute, de sottise en sottise, j'ai fourni par mes
imprudences aux directeurs de ma destinée autant
d'instruments qu'ils ont habilement mis en œuvre pour
la fixer sans retour.

Je me suis débattu longtemps aussi violemment que
vainement. Sans adresse, sans art, sans dissimulation,
sans prudence, franc, ouvert, impatient, emporté, je
n'ai fait en me débattant que m'enlacer davantage et
leur donner incessamment de nouvelles prises qu'ils
n'ont eu garde de négliger. Sentant enfin tous mes
efforts inutiles et me tourmentant à pure perte, j'ai
pris le seul parti qui me restait à prendre, celui de
me soumettre à ma destinée sans plus regimber contre
la nécessité. J'ai trouvé dans cette résignation le dé-

dommagement de tous mes maux par la tranquillité
qu'elle me procure et qui ne pouvait s'allier avec
le travail continuel d'une résistance aussi pénible qu'in-
fructueuse.

Une autre chose a contribué à cette tranquillité.
Dans tous les raffinements de leur haine, mes persécuteurs en ont omis un que leur animosité leur a fait
oublier; c'était d'en graduer si bien les effets qu'ils
pussent entretenir et renouveler mes douleurs sans
cesse en me portant toujours quelque nouvelle atteinte.
S'ils avaient eu l'adresse de me laisser quelque lueur
d'espérance, ils me tiendraient encore par là. Ils pourraient faire encore de moi leur jouet par quelque faux
leurre, et me navrer [1] ensuite d'un tourment toujours
nouveau par mon attente déçue. Mais ils ont d'avance
épuisé toutes leurs ressources; en ne me laissant rien
ils se sont tout ôté à eux-mêmes. La diffamation, la
dépression [2], la dérision, l'opprobre dont ils m'ont
couvert ne sont pas plus susceptibles d'augmentation
que d'adoucissement; nous sommes également hors
d'état, eux de les aggraver et moi de m'y soustraire.
Ils se sont tellement pressés de porter à son comble
la mesure de ma misère que toute la puissance humaine, aidée de toutes les ruses de l'enfer, n'y saurait
plus rien ajouter. La douleur physique elle-même au
lieu d'augmenter mes peines y ferait diversion. En
m'arrachant des cris, peut-être, elle m'épargnerait des
gémissements, et les déchirements de mon corps sus-
pendraient ceux de mon cœur.

Qu'ai-je encore à craindre d'eux puisque tout est
fait? Ne pouvant plus empirer mon état, ils ne sauraient plus m'inspirer d'alarmes. L'inquiétude et l'effroi
sont des maux dont ils m'ont pour jamais délivré :
c'est toujours un soulagement. Les maux réels ont
sur moi peu de prise; je prends aisément mon parti sur

ceux que j'éprouve, mais non pas sur ceux que je
crains. Mon imagination effarouchée les combine, les
retourne, les étend et les augmente. Leur attente me
tourmente cent fois plus que leur présence, et la menace
m'est plus terrible que le coup. Sitôt qu'ils arrivent,
l'événement, leur ôtant tout ce qu'ils avaient d'imaginaire, les réduit à leur juste valeur. Je les trouve
alors beaucoup moindres que je ne me les étais figurés,
et même au milieu de ma souffrance je ne laisse pas de
me sentir soulagé. Dans cet état, affranchi de toute
nouvelle crainte et délivré de l'inquiétude de l'espérance, la seule habitude suffira pour me rendre de
jour en jour plus supportable une situation que rien
ne peut empirer, et à mesure que le sentiment s'en
émousse par la durée ils n'ont plus de moyens pour
le ranimer. Voilà le bien que m'ont fait mes persécuteurs en épuisant sans mesure tous les traits de leur
animosité. Ils se sont ôté sur moi tout empire, et je
puis désormais me moquer d'eux.

Il n'y a pas deux mois encore [1] qu'un plein calme
est rétabli dans mon cœur. Depuis longtemps je ne
craignais plus rien, mais j'espérais encore, et cet espoir
tantôt bercé tantôt frustré était une prise par laquelle
mille passions diverses ne cessaient de m'agiter. Un
événement aussi triste qu'imprévu vient enfin d'effacer
de mon cœur ce faible rayon d'espérance et m'a fait voir
ma destinée fixée à jamais sans retour ici-bas. Dès lors
je me suis résigné sans réserve et j'ai retrouvé la paix.

Sitôt que j'ai commencé d'entrevoir la trame dans
toute son étendue, j'ai perdu pour jamais l'idée de
ramener de mon vivant le public sur mon compte;
et même ce retour, ne pouvant plus être réciproque,
me serait désormais bien inutile. Les hommes auraient
beau revenir à moi, ils ne me retrouveraient plus.
Avec le dédain qu'ils m'ont inspiré leur commerce me

serait insipide et même à charge, et je suis cent fois
plus heureux dans ma solitude que je ne pourrais l'être
en vivant avec eux. Ils ont arraché de mon cœur toutes
les douceurs de la société. Elles n'y pourraient plus
germer derechef à mon âge; il est trop tard. Qu'ils
me fassent désormais du bien ou du mal, tout m'est
indifférent de leur part, et quoi qu'ils fassent, mes
contemporains ne seront jamais rien pour moi.

Mais je comptais encore sur l'avenir, et j'espérais
qu'une génération meilleure, examinant mieux et les
jugements portés par celle-ci sur mon compte et sa
conduite avec moi, démêlerait aisément l'artifice de
ceux qui la dirigent et me verrait enfin tel que je suis.
C'est cet espoir qui m'a fait écrire mes *Dialogues*, et
qui m'a suggéré mille folles tentatives pour les faire
passer à la postérité [1]. Cet espoir, quoique éloigné,
tenait mon âme dans la même agitation que quand
je cherchais encore dans le siècle un cœur juste, et mes
espérances que j'avais beau jeter au loin me rendaient
également le jouet des hommes d'aujourd'hui. J'ai
dit dans mes *Dialogues* sur quoi je fondais cette attente.
Je me trompais. Je l'ai senti par bonheur assez à temps
pour trouver encore avant ma dernière heure un intervalle de pleine quiétude et de repos absolu. Cet intervalle a commencé à l'époque dont je parle, et j'ai lieu
de croire qu'il ne sera plus interrompu.

Il se passe bien peu de jours que de nouvelles
réflexions ne me confirment combien j'étais dans l'erreur de compter sur le retour du public, même dans
un autre âge; puisqu'il est conduit dans ce qui me
regarde par des guides qui se renouvellent sans cesse
dans les corps qui m'ont pris en aversion. Les particuliers meurent, mais les corps collectifs ne meurent
point. Les mêmes passions s'y perpétuent, et leur
haine ardente, immortelle comme le démon qui l'ins-

pire, a toujours la même activité. Quand tous mes
ennemis particuliers seront morts, les médecins, les
oratoriens [1] vivront encore, et quand je n'aurais pour
persécuteurs que ces deux corps-là, je dois être sûr
qu'ils ne laisseront pas plus de paix à ma mémoire après
ma mort qu'ils n'en laissent à ma personne de mon
vivant. Peut-être, par trait de temps, les médecins, que
j'ai réellement offensés, pourraient-ils s'apaiser. Mais
les oratoriens que j'aimais, que j'estimais, en qui j'avais
toute confiance et que je n'offensai jamais, les oratoriens, gens d'Église et demi-moines, seront à jamais implacables, leur propre iniquité fait mon crime que
leur amour-propre ne me pardonnera jamais, et le
public dont ils auront soin d'entretenir et ranimer
l'animosité sans cesse, ne s'apaisera pas plus qu'eux [2].

Tout est fini pour moi sur la terre. On ne peut plus
m'y faire ni bien ni mal. Il ne me reste plus rien à
espérer ni à craindre en ce monde, et m'y voilà tranquille au fond de l'abîme, pauvre mortel infortuné,
mais impassible comme Dieu même.

Tout ce qui m'est extérieur m'est étranger désormais. Je n'ai plus en ce monde ni prochain, ni semblables, ni frères. Je suis sur la terre comme dans une
planète étrangère où je serais tombé de celle que
j'habitais. Si je reconnais autour de moi quelque chose,
ce ne sont que des objets affligeants et déchirants pour
mon cœur, et je ne peux jeter les yeux sur ce qui me
touche et m'entoure sans y trouver toujours quelque
sujet de dédain qui m'indigne, ou de douleur qui m'afflige. Écartons donc de mon esprit tous les pénibles
objets dont je m'occuperais aussi douloureusement
qu'inutilement. Seul pour le reste de ma vie, puisque
je ne trouve qu'en moi la consolation, l'espérance et
la paix, je ne dois ni ne veux plus m'occuper que de
moi. C'est dans cet état que je reprends la suite de

l'examen sévère et sincère que j'appelai jadis mes *Confessions*. Je consacre mes derniers jours à m'étudier moi-même et à préparer d'avance le compte que je ne tarderai pas à rendre de moi. Livrons-nous tout entier à la douceur de converser avec mon âme puisqu'elle est la seule que les hommes ne puissent m'ôter. Si à force de réfléchir sur mes dispositions intérieures je parviens à les mettre en meilleur ordre et à corriger le mal qui peut y rester, mes méditations ne seront pas entièrement inutiles, et quoique je ne sois plus bon à rien sur la terre, je n'aurai pas tout à fait perdu mes derniers jours. Les loisirs de mes promenades journalières ont souvent été remplis de contemplations charmantes dont j'ai regret d'avoir perdu le souvenir. Je fixerai par l'écriture celles qui pourront me venir encore ; chaque fois que je les relirai m'en rendra la jouissance. J'oublierai mes malheurs, mes persécuteurs, mes opprobres, en songeant au prix qu'avait mérité mon cœur.

Ces feuilles ne seront proprement qu'un informe journal de mes rêveries. Il y sera beaucoup question de moi, parce qu'un solitaire qui réfléchit s'occupe nécessairement beaucoup de lui-même. Du reste toutes les idées étrangères qui me passent par la tête en me promenant y trouveront également leur place. Je dirai ce que j'ai pensé tout comme il m'est venu et avec aussi peu de liaison que les idées de la veille en ont d'ordinaire avec celles du lendemain. Mais il en résultera toujours une nouvelle connaissance de mon naturel et de mon humeur par celle des sentiments et des pensées dont mon esprit fait sa pâture journalière dans l'étrange état où je suis. Ces feuilles peuvent donc être regardées comme un appendice de mes *Confessions*, mais je ne leur en donne plus le titre, ne sentant plus rien à dire qui puisse le mériter. Mon cœur s'est purifié

à la coupelle [1] de l'adversité, et j'y trouve à peine en
le sondant avec soin quelque reste de penchant répré-
hensible. Qu'aurais-je encore à confesser quand toutes
les affections terrestres en sont arrachées ? Je n'ai pas
plus à me louer qu'à me blâmer : je suis nul désormais
parmi les hommes, et c'est tout ce que je puis être,
n'ayant plus avec eux de relation réelle, de véritable
société. Ne pouvant plus faire aucun bien qui ne tourne
à mal, ne pouvant plus agir sans nuire à autrui ou à
moi-même, m'abstenir est devenu mon unique devoir,
et je le remplis autant qu'il est en moi. Mais dans ce
désœuvrement du corps mon âme est encore active,
elle produit encore des sentiments, des pensées, et sa
vie interne et morale semble encore s'être accrue par
la mort de tout intérêt terrestre et temporel. Mon corps
n'est plus pour moi qu'un embarras, qu'un obstacle,
et je m'en dégage d'avance autant que je puis.

Une situation si singulière mérite assurément d'être
examinée et décrite, et c'est à cet examen que je
consacre mes derniers loisirs. Pour le faire avec succès
il y faudrait procéder avec ordre et méthode : mais
je suis incapable de ce travail et même il m'écarterait
de mon but qui est de me rendre compte des modifi-
cations de mon âme et de leurs successions. Je ferai
sur moi-même à quelque égard les opérations que font
les physiciens sur l'air pour en connaître l'état jour-
nalier. J'appliquerai le baromètre à mon âme, et ces
opérations bien dirigées et longtemps répétées me
pourraient fournir des résultats aussi sûrs que les leurs.
Mais je n'étends pas jusque-là mon entreprise. Je me
contenterai de tenir le registre des opérations sans chercher à les réduire en système. Je fais la même entreprise que Montaigne [2], mais avec un but tout contraire
au sien : car il n'écrivait ses *Essais* que pour les autres,
et je n'écris mes rêveries que pour moi. Si dans mes

plus vieux jours, aux approches du départ, je reste,
comme je l'espère, dans la même disposition où je
suis, leur lecture me rappellera la douceur que je goûte
à les écrire et, faisant renaître ainsi pour moi le temps
passé, doublera pour ainsi dire mon existence. En
dépit des hommes je saurai goûter encore le charme de
la société et je vivrai décrépit avec moi dans un autre
âge comme je vivrais avec un moins vieux ami.

J'écrivais mes premières *Confessions* et mes *Dialogues*
dans un souci continuel sur les moyens de les dérober
aux mains rapaces de mes persécuteurs, pour les transmettre, s'il était possible, à d'autres générations. La
même inquiétude ne me tourmente plus pour cet écrit,
je sais qu'elle serait inutile, et le désir d'être mieux
connu des hommes s'étant éteint dans mon cœur n'y
laisse qu'une indifférence profonde sur le sort et de
mes vrais écrits et des monuments de mon innocence,
qui déjà peut-être ont été tous pour jamais anéantis.
Qu'on épie ce que je fais, qu'on s'inquiète de ces
feuilles, qu'on s'en empare, qu'on les supprime, qu'on
les falsifie, tout cela m'est égal désormais. Je ne les
cache ni ne les montre. Si on me les enlève de mon
vivant on ne m'enlèvera ni le plaisir de les avoir
écrites, ni le souvenir de leur contenu, ni les méditations solitaires dont elles sont le fruit et dont la source
ne peut s'éteindre qu'avec mon âme. Si dès mes premières calamités j'avais su ne point regimber contre
ma destinée et prendre le parti que je prends aujourd'hui, tous les efforts des hommes, toutes leurs
épouvantables machines eussent été sur moi sans effet,
et ils n'auraient pas plus troublé mon repos par toutes
leurs trames qu'ils ne peuvent le troubler désormais
par tous leurs succès; qu'ils jouissent à leur gré de mon
opprobre, ils ne m'empêcheront pas de jouir de mon
innocence et d'achever mes jours en paix malgré eux.

DEUXIÈME PROMENADE

Ayant donc formé le projet de décrire l'état habituel de mon âme dans la plus étrange position où se puisse jamais trouver un mortel, je n'ai vu nulle manière plus simple et plus sûre d'exécuter cette entreprise que de tenir un registre fidèle de mes promenades solitaires et des rêveries qui les remplissent quand je laisse ma tête entièrement libre, et mes idées suivre leur pente sans résistance et sans gêne. Ces heures de solitude et de méditation sont les seules de la journée où je sois pleinement moi et à moi sans diversion, sans obstacle, et où je puisse véritablement dire être ce que la nature a voulu.

J'ai bientôt senti que j'avais trop tardé d'exécuter ce projet. Mon imagination déjà moins vive ne s'enflamme plus comme autrefois à la contemplation de l'objet qui l'anime, je m'enivre moins du délire de la rêverie; il y a plus de réminiscence que de création dans ce qu'elle produit désormais, un tiède alanguissement énerve [1] toutes mes facultés, l'esprit de vie s'éteint en moi par degrés; mon âme ne s'élance plus qu'avec peine hors de sa caduque enveloppe, et sans l'espérance de l'état auquel j'aspire parce que je m'y sens avoir droit, je n'existerais plus que par des souvenirs.

Ainsi pour me contempler moi-même avant mon déclin, il faut que je remonte au moins de quelques années au temps où, perdant tout espoir ici-bas et ne trouvant plus d'aliment pour mon cœur sur la terre, je m'accoutumais peu à peu à le nourrir de sa propre substance et à chercher toute sa pâture au-dedans de moi.

Cette ressource, dont je m'avisai trop tard, devint si féconde qu'elle suffit bientôt pour me dédommager de tout. L'habitude de rentrer en moi-même me fit perdre enfin le sentiment et presque le souvenir de mes maux, j'appris ainsi par ma propre expérience que la source du vrai bonheur est en nous, et qu'il ne dépend pas des hommes de rendre vraiment misérable celui qui sait vouloir être heureux. Depuis quatre ou cinq ans [1] je goûtais habituellement ces délices internes que trouvent dans la contemplation les âmes aimantes et douces. Ces ravissements, ces extases que j'éprouvais quelquefois en me promenant ainsi seul étaient des jouissances que je devais à mes persécuteurs : sans eux je n'aurais jamais trouvé ni connu les trésors que je portais en moi-même. Au milieu de tant de richesses, comment en tenir un registre fidèle ? En voulant me rappeler tant de douces rêveries, au lieu de les décrire j'y retombais. C'est un état que son souvenir ramène, et qu'on cesserait bientôt de connaître en cessant tout à fait de le sentir.

J'éprouvai bien cet effet dans les promenades qui suivirent le projet d'écrire la suite de mes *Confessions*, surtout dans celle dont je vais parler et dans laquelle un accident imprévu [2] vint rompre le fil de mes idées et leur donner pour quelque temps un autre cours.

Le jeudi 24 octobre 1776, je suivis après dîner les boulevards jusqu'à la rue du Chemin-Vert par laquelle je gagnai les hauteurs de Ménilmontant, et de là prenant les sentiers à travers les vignes et les prairies, je

traversai jusqu'à Charonne le riant paysage qui sépare
ces deux villages, puis je fis un détour pour revenir
par les mêmes prairies en prenant un autre chemin.
Je m'amusais à les parcourir avec ce plaisir et cet intérêt que m'ont toujours donnés les sites agréables, et
m'arrêtant quelquefois à fixer des plantes dans la verdure. J'en aperçus deux que je voyais assez rarement
autour de Paris et que je trouvai très abondantes dans
ce canton-là. L'une est la *Picris hieracioïdes*, de la famille des composées, et l'autre le *Buplevrum falcatum*,
de celle des ombellifères. Cette découverte me réjouit
et m'amusa très longtemps et finit par celle d'une
plante encore plus rare, surtout dans un pays élevé,
savoir le *Cerastium aquaticum* que, malgré l'accident
qui m'arriva le même jour, j'ai retrouvé dans un livre
que j'avais sur moi et placé dans mon herbier.

Enfin, après avoir parcouru [1] en détail plusieurs autres plantes que je voyais encore en fleurs, et dont l'aspect et l'énumération qui m'était familière me don-
naient néanmoins toujours du plaisir, je quittai peu à
peu ces menues observations pour me livrer à l'impression non moins agréable mais plus touchante que faisait
sur moi l'ensemble de tout cela. Depuis quelques jours
on avait achevé la vendange; les promeneurs de la ville
s'étaient déjà retirés; les paysans aussi quittaient les
champs jusqu'aux travaux d'hiver. La campagne, encore verte et riante, mais défeuillée en partie et déjà
presque déserte, offrait partout l'image de la solitude
et des approches de l'hiver. Il résultait de son aspect
un mélange d'impression douce et triste, trop analogue
à mon âge et à mon sort pour que je ne m'en fisse pas
l'application. Je me voyais au déclin d'une vie innocente et infortunée, l'âme encore pleine de sentiments
vivaces et l'esprit encore orné de quelques fleurs, mais
déjà flétries par la tristesse et desséchées par les ennuis.

Seul et délaissé je sentais venir le froid des premières glaces, et mon imagination tarissante ne peuplait plus ma solitude d'êtres formés selon mon cœur. Je me disais en soupirant : qu'ai-je fait ici-bas ? J'étais fait pour vivre, et je meurs sans avoir vécu. Au moins ce n'a pas été ma faute, et je porterai à l'auteur de mon être, sinon l'offrande des bonnes œuvres qu'on ne m'a pas laissé faire, du moins un tribut de bonnes intentions frustrées, de sentiments sains mais rendus sans effet et d'une patience à l'épreuve des mépris des hommes. Je m'attendrissais sur ces réflexions, je récapitulais les mouvements de mon âme dès ma jeunesse, et pendant mon âge mûr, et depuis qu'on m'a séquestré de la société des hommes, et durant la longue retraite dans laquelle je dois achever mes jours. Je revenais avec complaisance sur toutes les affections de mon cœur, sur ses attachements si tendres mais si aveugles, sur les idées moins tristes que consolantes dont mon espoir s'était nourri depuis quelques années, et je me préparai à les rappeler assez pour les décrire avec un plaisir presque égal à celui que j'avais pris à m'y livrer. Mon après-midi se passa dans ces paisibles méditations, et je m'en revenais très content de ma journée, quand, au fort de ma rêverie j'en fus tiré par l'événement qui me reste à raconter.

J'étais sur les six heures à la descente de Ménilmontant presque vis-à-vis du Galant Jardinier [1], quand, des personnes qui marchaient devant moi s'étant tout à coup brusquement écartées, je vis fondre sur moi un gros chien danois qui, s'élançant à toutes jambes devant un carrosse [2], n'eut pas même le temps de retenir sa course ou de se détourner quand il m'aperçut. Je jugeai que le seul moyen que j'avais d'éviter d'être jeté par terre était de faire un grand saut si juste que le chien passât sous moi tandis que je serais en l'air.

Cette idée plus prompte que l'éclair et que je n'eus le temps ni de raisonner ni d'exécuter fut la dernière avant mon accident. Je ne sentis ni le coup ni la chute, ni rien de ce qui s'ensuivit jusqu'au moment où je revins à moi.

Il était presque nuit quand je repris connaissance. Je me trouvai entre les bras de trois ou quatre jeunes gens qui me racontèrent ce qui venait de m'arriver. Le chien danois n'ayant pu retenir son élan s'était précipité sur mes deux jambes et, me choquant de sa masse et de sa vitesse, m'avait fait tomber la tête en avant : la mâchoire supérieure portant tout le poids de mon corps avait frappé sur un pavé très raboteux, et la chute avait été d'autant plus violente qu'étant à la descente, ma tête avait donné plus bas que mes pieds.

Le carrosse auquel appartenait le chien suivait immédiatement et m'aurait passé sur le corps si le cocher n'eût à l'instant retenu ses chevaux. Voilà ce que j'appris par le récit de ceux qui m'avaient relevé et qui me soutenaient encore lorsque je revins à moi. L'état auquel je me trouvai dans cet instant est trop singulier pour n'en pas faire ici la description.

La nuit s'avançait. J'aperçus le ciel, quelques étoiles, et un peu de verdure. Cette première sensation fut un moment délicieux. Je ne me sentais encore que par là. Je naissais dans cet instant à la vie, et il me semblait que je remplissais de ma légère existence tous les objets que j'apercevais. Tout entier au moment présent je ne me souvenais de rien; je n'avais nulle notion distincte de mon individu, pas la moindre idée de ce qui venait de m'arriver; je ne savais ni qui j'étais ni où j'étais; je ne sentais ni mal, ni crainte, ni inquiétude. Je voyais couler mon sang comme j'aurais vu couler un ruisseau, sans songer seulement que ce sang m'appartînt en aucune sorte. Je sentais dans tout mon être un calme ravissant auquel, chaque fois que je me le rappelle, je ne trouve rien de comparable dans toute l'activité des plaisirs connus [1].

On me demanda où je demeurais; il me fut impossible de le dire. Je demandai où j'étais; on me dit, *à la Haute-Borne* [2]; c'était comme si l'on m'eût dit *au mont Atlas*. Il fallut demander successivement le pays, la ville et le quartier où je me trouvais. Encore cela ne put-il suffire pour me reconnaître; il me fallut tout le trajet de là jusqu'au boulevard pour me rappeler ma demeure et mon nom. Un monsieur que je ne connaissais pas et qui eut la charité de m'accompagner quelque temps, apprenant que je demeurais si loin, me conseilla de prendre au Temple un fiacre pour me conduire chez moi. Je marchais très bien, très légèrement, sans sentir ni douleur ni blessure, quoique je crachasse toujours beaucoup de sang. Mais j'avais un frisson glacial qui faisait claquer d'une façon très incommode mes dents fracassées. Arrivé au Temple, je pensai que puisque je marchais sans peine il valait mieux continuer ainsi ma route à pied que de m'exposer à périr de froid dans un fiacre. Je fis ainsi la demi-lieue qu'il y a du Temple à la rue Plâtrière, marchant sans peine, évitant les embarras, les voitures, choisissant et suivant mon chemin tout aussi bien que j'aurais pu faire en pleine santé. J'arrive, j'ouvre le secret qu'on a fait mettre à la porte de la rue, je monte l'escalier dans l'obscurité, et j'entre enfin chez moi sans autre accident que ma chute et ses suites, dont je ne m'apercevais pas même encore alors.

Les cris de ma femme en me voyant me firent comprendre que j'étais plus maltraité que je ne pensais. Je passai la nuit sans connaître encore et sentir mon mal. Voici ce que je sentis et trouvai le lendemain. J'avais la lèvre supérieure fendue en dedans jusqu'au

nez, en dehors la peau l'avait mieux garantie et empêchait la totale séparation, quatre dents enfoncées à la
mâchoire supérieure, toute la partie du visage qui la
couvre extrêmement enflée et meurtrie, le pouce droit
foulé et très gros, le pouce gauche grièvement blessé,
le bras gauche foulé, le genou gauche aussi très enflé
et qu'une contusion forte et douloureuse empêchait
totalement de plier. Mais avec tout ce fracas rien de
brisé, pas même une dent, bonheur qui tient du prodige dans une chute comme celle-là.

Voilà très fidèlement l'histoire de mon accident. En
peu de jours cette histoire se répandit dans Paris tellement changée et défigurée qu'il était impossible d'y
rien reconnaître. J'aurais dû compter d'avance sur cette
métamorphose; mais il s'y joignit tant de circonstances
bizarres; tant de propos obscurs et de réticences l'ac-
compagnèrent, on m'en parlait d'un air si risiblement
discret que tous ces mystères m'inquiétèrent. J'ai toujours haï les ténèbres, elles m'inspirent naturellement
une horreur que celles dont on m'environne depuis
tant d'années n'ont pas dû diminuer. Parmi toutes les
singularités de cette époque je n'en remarquerai qu'une,
mais suffisante pour faire juger des autres.

M. Lenoir, lieutenant général de police, avec lequel
je n'avais eu jamais aucune relation, envoya son secrétaire s'informer de mes nouvelles, et me faire d'ins-
tantes offres de services qui ne me parurent pas dans
la circonstance d'une grande utilité pour mon soulagement. Son secrétaire ne laissa pas de me presser très
vivement de me prévaloir de ces offres, jusqu'à me
dire que si je ne me fiais pas à lui je pouvais écrire
directement à M. Lenoir. Ce grand empressement et
l'air de confidence qu'il y joignit me firent comprendre
qu'il y avait sous tout cela quelque mystère que je
cherchais vainement à pénétrer. Il n'en fallait pas tant

pour m'effaroucher, surtout dans l'état d'agitation où mon accident et la fièvre qui s'y était jointe avaient mis ma tête. Je me livrais à mille conjectures inquiétantes et tristes, et je faisais sur tout ce qui se passait autour de moi des commentaires qui marquaient plutôt le délire de la fièvre que le sang-froid d'un homme qui ne prend plus d'intérêt à rien.

Un autre événement vint achever de troubler ma tranquillité. Madame d'Ormoy m'avait recherché depuis quelques années, sans que je pusse deviner pourquoi. De petits cadeaux affectés, de fréquentes visites sans objet et sans plaisir me marquaient assez un but secret à tout cela, mais ne me le montraient pas. Elle m'avait parlé d'un roman qu'elle voulait faire pour le présenter à la reine. Je lui avais dit ce que je pensais des femmes auteurs. Elle m'avait fait entendre que ce projet avait pour but le rétablissement de sa fortune pour lequel elle avait besoin de protection; je n'avais rien à répondre à cela. Elle me dit depuis que n'ayant pu avoir accès auprès de la reine elle était déterminée à donner son livre au public. Ce n'était plus le cas de lui donner des conseils qu'elle ne me demandait pas, et qu'elle n'aurait pas suivis. Elle m'avait parlé de me montrer auparavant le manuscrit. Je la priai de n'en rien faire, et elle n'en fit rien.

Un beau jour, durant ma convalescence, je reçus de sa part ce livre tout imprimé [1] et même relié, et je vis dans la préface de si grosses louanges de moi, si maussadement plaquées et avec tant d'affectation, que j'en fus désagréablement affecté. La rude flagornerie qui s'y faisait sentir ne s'allia jamais avec la bienveillance, mon cœur ne saurait se tromper là-dessus.

Quelques jours après, madame d'Ormoy me vint voir avec sa fille. Elle m'apprit que son livre faisait le plus grand bruit à cause d'une note qui le lui attirait;

j'avais à peine remarqué cette note en parcourant rapidement ce roman. Je la relus après le départ de
madame d'Ormoy, j'en examinai la tournure, j'y crus
trouver le motif de ses visites, de ses cajoleries, des
grosses louanges de sa préface, et je jugeai que tout
cela n'avait d'autre but que de disposer le public à
m'attribuer la note et par conséquent le blâme qu'elle
pouvait attirer à son auteur dans la circonstance où
elle était publiée [1].

Je n'avais aucun moyen de détruire ce bruit et l'impression qu'il pouvait faire, et tout ce qui dépendait
de moi était de ne pas l'entretenir en souffrant la
continuation des vaines et ostensives [2] visites de madame d'Ormoy et de sa fille. Voici pour cet effet le
billet que j'écrivis à la mère :

« Rousseau ne recevant chez lui aucun auteur re-
mercie madame d'Ormoy de ses bontés et la prie de ne
plus l'honorer de ses visites. »

Elle me répondit par une lettre honnête dans la
forme, mais tournée comme toutes celles que l'on
m'écrit en pareil cas. J'avais barbarement porté le
poignard dans son cœur sensible, et je devais croire au
ton de sa lettre qu'ayant pour moi des sentiments si
vifs et si vrais elle ne supporterait point sans mourir
cette rupture. C'est ainsi que la droiture et la franchise en toute chose sont des crimes affreux dans le
monde, et je paraîtrais à mes contemporains méchant
et féroce quand je n'aurais à leurs yeux d'autre crime que de n'être pas faux et perfide comme
eux.

J'étais déjà sorti plusieurs fois et je me promenais
même assez souvent aux Tuileries, quand je vis à
l'étonnement de plusieurs de ceux qui me rencontraient
qu'il y avait encore à mon égard quelque autre nouvelle que j'ignorais. J'appris enfin que le bruit public

était que j'étais mort de ma chute, et ce bruit se répandit si rapidement et si opiniâtrement que plus de
quinze jours après que j'en fus instruit le roi même et
la reine en parlèrent comme d'une chose sûre. Le *Courrier d'Avignon*, à ce qu'on eut soin de m'écrire, annon-
çant cette heureuse nouvelle, ne manqua pas d'anti-
ciper à cette occasion sur le tribut d'outrages et d'indignités qu'on prépare à ma mémoire après ma mort, en
forme d'oraison funèbre [1].

Cette nouvelle fut accompagnée d'une circonstance
encore plus singulière que je n'appris que par hasard
et dont je n'ai pu savoir aucun détail. C'est qu'on
avait ouvert en même temps une souscription pour
l'impression des manuscrits que l'on trouverait chez
moi. Je compris par là qu'on tenait prêt un recueil
d'écrits fabriqués tout exprès pour me les attribuer
d'abord après ma mort : car de penser qu'on impri-
mât fidèlement aucun de ceux qu'on pourrait trouver
en effet, c'était une bêtise qui ne pouvait entrer dans
l'esprit d'un homme sensé, et dont quinze ans d'expérience ne m'ont que trop garanti.

Ces remarques faites coup sur coup et suivies de
beaucoup d'autres qui n'étaient guère moins étonnantes
effarouchèrent derechef mon imagination que je croyais
amortie, et ces noires ténèbres qu'on renforçait sans
relâche autour de moi ranimèrent toute l'horreur
qu'elles m'inspirent naturellement. Je me fatiguai à
faire sur tout cela mille commentaires et à tâcher de
comprendre des mystères qu'on a rendus inexplicables
pour moi. Le seul résultat constant de tant d'énigmes
fut la confirmation de toutes mes conclusions précédentes, savoir que, la destinée de ma personne et celle
de ma réputation ayant été fixées de concert par toute
la génération présente, nul effort de ma part ne pouvait m'y soustraire puisqu'il m'est de toute impossibilité

de transmettre aucun dépôt à d'autres âges sans le faire passer dans celui-ci par des mains intéressées à le supprimer.

Mais cette fois j'allai plus loin. L'amas de tant de circonstances fortuites, l'élévation de tous mes plus cruels ennemis affectée pour ainsi dire par la fortune, tous ceux qui gouvernent l'État, tous ceux qui dirigent l'opinion publique, tous les gens en place, tous les hommes en crédit triés comme sur le volet parmi ceux qui ont contre moi quelque animosité secrète, pour concourir au commun complot, cet accord universel est trop extraordinaire pour être purement fortuit. Un seul homme qui eût refusé d'en être complice, un seul événement qui lui eût été contraire, une seule circonstance imprévue qui lui eût fait obstacle, suffisait pour le faire échouer. Mais toutes les volontés, toutes les fatalités, la fortune et toutes les révolutions ont affermi l'œuvre des hommes, et un concours si frappant qui tient du prodige ne peut me laisser douter que son plein succès ne soit écrit dans les décrets éternels. Des foules d'observations particulières, soit dans le passé, soit dans le présent, me confirment tellement dans cette opinion que je ne puis m'empêcher de regarder désormais comme un de ces secrets du ciel impénétrables à la raison humaine la même œuvre que je n'envisageais jusqu'ici que comme un fruit de la méchanceté des hommes.

Cette idée, loin de m'être cruelle et déchirante, me console, me tranquillise, et m'aide à me résigner. Je ne vais pas si loin que saint Augustin qui se fût consolé d'être damné si telle eût été la volonté de Dieu [1]. Ma résignation vient d'une source moins désintéressée, il est vrai, mais non moins pure et plus digne à mon gré de l'Être parfait que j'adore. Dieu est juste; il veut que je souffre; et il sait que je suis innocent. Voilà le motif de ma confiance, mon cœur et ma raison me crient qu'elle ne me trompera pas. Laissons donc faire les hommes et la destinée; apprenons à souffrir sans murmure; tout doit à la fin rentrer dans l'ordre, et mon tour viendra tôt ou tard.

TROISIÈME PROMENADE

Je deviens vieux en apprenant toujours.

Solon répétait souvent ce vers [1] dans sa vieillesse. Il a un sens dans lequel je pourrais le dire aussi dans la mienne; mais c'est une bien triste science que celle que depuis vingt ans [2] l'expérience m'a fait acquérir : l'ignorance est encore préférable. L'adversité sans doute est un grand maître, mais il fait payer cher ses leçons, et souvent le profit qu'on en retire ne vaut pas le prix qu'elles ont coûté. D'ailleurs, avant qu'on ait obtenu tout cet acquis par des leçons si tardives, l'à-propos d'en user se passe. La jeunesse est le temps d'étudier la sagesse; la vieillesse est le temps de la pratiquer. L'expérience instruit toujours, je l'avoue ; mais elle ne profite que pour l'espace qu'on a devant soi. Est-il temps au moment qu'il faut mourir d'apprendre comment on aurait dû vivre ?

Eh ! que me servent des lumières si tard et si douloureusement acquises sur ma destinée et sur les passions d'autrui dont elle est l'œuvre ? Je n'ai appris à mieux connaître les hommes que pour mieux sentir la misère où ils m'ont plongé, sans que cette connaissance, en me découvrant tous leurs pièges, m'en ait pu faire éviter aucun. Que ne suis-je resté toujours dans cette imbécile [3] mais douce confiance qui me rendit

durant tant d'années la proie et le jouet de mes
bruyants amis, sans qu'enveloppé de toutes leurs trames
j'en eusse même le moindre soupçon! J'étais leur dupe
et leur victime, il est vrai, mais je me croyais aimé
d'eux, et mon cœur jouissait de l'amitié qu'ils m'avaient
inspirée en leur en attribuant autant pour moi. Ces
douces illusions sont détruites. La triste vérité que le
temps et la raison m'ont dévoilée en me faisant sentir
mon malheur m'a fait voir qu'il était sans remède et
qu'il ne me restait qu'à m'y résigner. Ainsi toutes les
expériences de mon âge sont pour moi dans mon état
sans utilité présente et sans profit pour l'avenir.

Nous entrons en lice à notre naissance, nous en
sortons à la mort. Que sert d'apprendre à mieux
conduire son char quand on est au bout de la carrière? Il ne reste plus à penser alors que comment on
en sortira. L'étude d'un vieillard, s'il lui en reste encore à faire, est uniquement d'apprendre à mourir, et
c'est précisément celle qu'on fait le moins à mon âge,
on y pense à tout hormis à cela. Tous les vieillards
tiennent plus à la vie que les enfants et en sortent de
plus mauvaise grâce que les jeunes gens. C'est que,
tous leurs travaux ayant été pour cette même vie, ils
voient à sa fin qu'ils ont perdu leurs peines. Tous leurs
soins, tous leurs biens, tous les fruits de leurs labo-
rieuses veilles, ils quittent tout quand ils s'en vont. Ils
n'ont songé à rien acquérir durant leur vie qu'ils pussent emporter à leur mort.

Je me suis dit tout cela quand il était temps de
me le dire, et si je n'ai pas mieux su tirer parti de
mes réflexions, ce n'est pas faute de les avoir faites à
temps et de les avoir bien digérées. Jeté dès mon enfance dans le tourbillon du monde, j'appris de bonne
heure par l'expérience que je n'étais pas fait pour y
vivre, et que je n'y parviendrais jamais à l'état dont

mon cœur sentait le besoin. Cessant donc de chercher
parmi les hommes le bonheur que je sentais n'y pouvoir trouver, mon ardente imagination sautait déjà
par-dessus l'espace de ma vie, à peine commencée,
comme sur un terrain qui m'était étranger, pour se
reposer sur une assiette tranquille où je pusse me fixer.

Ce sentiment, nourri par l'éducation dès mon enfance
et renforcé durant toute ma vie par ce long tissu de
misères et d'infortunes qui l'a remplie, m'a fait chercher dans tous les temps à connaître la nature et la
destination de mon être avec plus d'intérêt et de soin
que je n'en ai trouvé dans aucun autre homme. J'en
ai beaucoup vu qui philosophaient bien plus docte-
ment que moi, mais leur philosophie leur était pour
ainsi dire étrangère. Voulant être plus savants que
d'autres, ils étudiaient l'univers pour savoir comment
il était arrangé, comme ils auraient étudié quelque
machine qu'ils auraient aperçue, par pure curiosité.
Ils étudiaient la nature humaine pour en pouvoir parler savamment, mais non pas pour se connaître; ils
travaillaient pour instruire les autres, mais non pas
pour s'éclairer en dedans. Plusieurs d'entre eux ne
voulaient que faire un livre, n'importait quel, pourvu
qu'il fût accueilli. Quand le leur était fait et publié,
son contenu ne les intéressait plus en aucune sorte, si
ce n'est pour le faire adopter aux autres et pour le
défendre au cas qu'il fût attaqué, mais du reste sans
en rien tirer pour leur propre usage, sans s'embarrasser
même que ce contenu fût faux ou vrai pourvu qu'il
ne fût pas réfuté. Pour moi, quand j'ai désiré d'apprendre, c'était pour savoir moi-même et non pas pour
enseigner; j'ai toujours cru qu'avant d'instruire les
autres il fallait commencer par savoir assez pour soi,
et de toutes les études que j'ai tâché de faire en ma
vie au milieu des hommes il n'y en a guère que je

n'eusse faite également seul dans une île déserte où j'aurais été confiné pour le reste de mes jours. Ce qu'on doit faire dépend beaucoup de ce qu'on doit croire, et dans tout ce qui ne tient pas aux premiers besoins de la nature nos opinions sont la règle de nos actions. Dans ce principe, qui fut toujours le mien, j'ai cherché souvent et longtemps pour diriger l'emploi de ma vie à connaître sa véritable fin, et je me suis bientôt consolé de mon peu d'aptitude à me conduire habilement dans ce monde, en sentant qu'il n'y fallait pas chercher cette fin.

Né dans une famille [1] où régnaient les mœurs et la piété, élevé ensuite avec douceur chez un ministre plein de sagesse et de religion, j'avais reçu dès ma plus tendre enfance des principes, des maximes, d'autres diraient des préjugés, qui ne m'ont jamais tout à fait abandonné. Enfant encore et livré à moi-même, alléché par des caresses, séduit par la vanité, leurré par l'espérance, forcé par la nécessité, je me fis catholique [2], mais je demeurai toujours chrétien, et bientôt gagné par l'habitude mon cœur s'attacha sincèrement à ma nouvelle religion. Les instructions, les exemples de madame de Warens m'affermirent dans cet attachement. La solitude champêtre où j'ai passé la fleur de ma jeunesse, l'étude des bons livres à laquelle je me livrai tout entier renforcèrent auprès d'elle mes dispositions naturelles aux sentiments affectueux, et me rendirent dévot presque à la manière de Fénelon. La méditation dans la retraite, l'étude de la nature, la contemplation de l'univers forcent un solitaire à s'élancer incessamment vers l'auteur des choses et à chercher avec une douce inquiétude la fin de tout ce qu'il voit et la cause de tout ce qu'il sent. Lorsque ma destinée me rejeta dans le torrent du monde je n'y retrouvai plus rien qui pût flatter un moment mon

cœur. Le regret de mes doux loisirs me suivit partout
et jeta l'indifférence et le dégoût sur tout ce qui pouvait se trouver à ma portée, propre à mener à la fortune et aux honneurs. Incertain dans mes inquiets
désirs, j'espérai peu, j'obtins moins, et je sentis dans
des lueurs même de prospérité que quand j'aurais obtenu tout ce que je croyais chercher je n'y aurais point
trouvé ce bonheur dont mon cœur était avide sans en
savoir démêler l'objet. Ainsi tout contribuait à détacher mes affections de ce monde, même avant les malheurs qui devaient m'y rendre tout à fait étranger. Je
parvins jusqu'à l'âge de quarante ans flottant entre
l'indigence et la fortune, entre la sagesse et l'égarement, plein de vices d'habitude sans aucun mauvais
penchant dans le cœur, vivant au hasard sans principes
bien décidés par ma raison, et distrait sur mes devoirs
sans les mépriser, mais souvent sans les bien connaître.

Dès ma jeunesse j'avais fixé cette époque de quarante
ans comme le terme de mes efforts pour parvenir et
celui de mes prétentions en tout genre. Bien résolu,
dès cet âge atteint et dans quelque situation que je
fusse, de ne plus me débattre pour en sortir et de passer
le reste de mes jours à vivre au jour la journée sans
plus m'occuper de l'avenir. Le moment venu, j'exécutai
ce projet sans peine et quoique alors ma fortune sem-
blât vouloir prendre une assiette plus fixe j'y renonçai
non seulement sans regret mais avec un plaisir véritable.
En me délivrant de tous ces leurres, de toutes ces
vaines espérances, je me livrai pleinement à l'incurie
et au repos d'esprit qui fit toujours mon goût le plus
dominant et mon penchant le plus durable. Je quittai
le monde et ses pompes, je renonçai à toute parure,
plus d'épée, plus de montre, plus de bas blancs, de
dorure, de coiffure, une perruque toute simple, un
bon gros habit de drap, et mieux que tout cela, je

déracinai de mon cœur les cupidités et les convoitises qui donnent du prix à tout ce que je quittais. Je renonçai à la place que j'occupais alors, pour laquelle je n'étais nullement propre, et je me mis à copier de la musique à tant la page, occupation pour laquelle j'avais eu toujours un goût décidé.

Je ne bornai pas ma réforme aux choses extérieures. Je sentis que celle-là même en exigeait une autre, plus pénible sans doute mais plus nécessaire, dans les opinions, et résolu de n'en pas faire à deux fois, j'entrepris de soumettre mon intérieur à un examen sévère qui le réglât pour le reste de ma vie tel que je voulais le trouver à ma mort.

Une grande révolution qui venait de se faire en moi, un autre monde moral qui se dévoilait à mes regards, les insensés jugements des hommes dont sans prévoir encore combien j'en serais la victime je commençais à sentir l'absurdité, le besoin toujours croissant d'un autre bien que la gloriole littéraire dont à peine la vapeur m'avait atteint que j'en étais déjà dégoûté, le désir enfin de tracer pour le reste de ma carrière une route moins incertaine que celle dans laquelle j'en venais de passer la plus belle moitié, tout m'obligeait à cette grande revue dont je sentais depuis longtemps le besoin. Je l'entrepris donc et je ne négligeai rien de ce qui dépendait de moi pour bien exécuter cette entreprise.

C'est de cette époque que je puis dater mon entier renoncement au monde et ce goût vif pour la solitude qui ne m'a plus quitté depuis ce temps-là. L'ouvrage que j'entreprenais [1] ne pouvait s'exécuter que dans une retraite absolue; il demandait de longues et paisibles méditations que le tumulte de la société ne souffre pas. Cela me força de prendre pour un temps une autre manière de vivre dont ensuite je me trouvai si bien que, ne l'ayant interrompue depuis lors que par force et pour peu d'instants, je l'ai reprise de tout mon cœur et m'y suis borné sans peine aussitôt que je l'ai pu, et quand ensuite les hommes m'ont réduit à vivre seul, j'ai trouvé qu'en me séquestrant pour me rendre misérable ils avaient plus fait pour mon bonheur que je n'avais su faire moi-même.

Je me livrai au travail que j'avais entrepris avec un zèle proportionné et à l'importance de la chose et au besoin que je sentais en avoir. Je vivais alors avec des philosophes modernes qui ne ressemblaient guère aux anciens. Au lieu de lever mes doutes et de fixer mes irrésolutions, ils avaient ébranlé toutes les certitudes que je croyais avoir sur les points qu'il m'importait le plus de connaître : car, ardents missionnaires d'athéisme [1] et très impérieux dogmatiques, ils n'enduraient point sans colère que sur quelque point que ce pût être on osât penser autrement qu'eux. Je m'étais défendu souvent assez faiblement par haine pour la dispute et par peu de talent pour la soutenir; mais jamais je n'adoptai leur désolante doctrine, et cette résistance à des hommes aussi intolérants, qui d'ailleurs avaient leurs vues, ne fut pas une des moindres causes qui attisèrent leur animosité.

Ils ne m'avaient pas persuadé mais ils m'avaient inquiété. Leurs arguments m'avaient ébranlé sans m'avoir jamais convaincu; je n'y trouvais point de bonne réponse mais je sentais qu'il y en devait avoir. Je m'accusais moins d'erreur que d'ineptie, et mon cœur leur répondait mieux que ma raison.

Je me dis enfin : Me laisserai-je éternellement ballotter par les sophismes des mieux disants, dont je ne suis pas même sûr que les opinions qu'ils prêchent et qu'ils ont tant d'ardeur à faire adopter aux autres soient bien les leurs à eux-mêmes? Leurs passions, qui gouvernent leur doctrine, leurs intérêts de faire croire ceci ou cela, rendent impossible à pénétrer ce qu'ils croient eux-mêmes. Peut-on chercher de la bonne foi dans des chefs de parti ? Leur philosophie est pour les autres ; il m'en faudrait une pour moi. Cherchons-la de toutes mes forces tandis qu'il est temps encore afin d'avoir une règle fixe de conduite pour le reste de mes jours. Me voilà dans la maturité de l'âge, dans toute la force de l'entendement. Déjà je touche au déclin. Si j'attends encore, je n'aurai plus dans ma délibération tardive l'usage de toutes mes forces ; mes facultés intellectuelles auront déjà perdu de leur activité, je ferai moins bien ce que je puis faire aujourd'hui de mon mieux possible : saisissons ce moment favorable ; il est l'époque de ma réforme externe et matérielle, qu'il soit aussi celle de ma réforme intellectuelle et morale. Fixons une bonne fois mes opinions, mes principes, et soyons pour le reste de ma vie ce que j'aurai trouvé devoir être après y avoir bien pensé.

J'exécutai ce projet lentement et à diverses reprises [1], mais avec tout l'effort et toute l'attention dont j'étais capable. Je sentais vivement que le repos du reste de mes jours et mon sort total en dépendaient. Je m'y trouvai d'abord dans un tel labyrinthe d'embarras, de difficultés, d'objections, de tortuosités, de ténèbres que, vingt fois tenté de tout abandonner, je fus près, renonçant à de vaines recherches, de m'en tenir dans mes délibérations aux règles de la prudence commune sans plus en chercher dans des principes que j'avais tant de peine à débrouiller. Mais cette prudence même m'était tellement étrangère, je me sentais si peu propre à l'acquérir que la prendre pour mon guide n'était autre chose que vouloir à travers les mers, les orages, chercher sans gouvernail, sans boussole, un fanal presque inaccessible et qui ne m'indiquait aucun port.

Je persistai : pour la première fois de ma vie j'eus du courage, et je dois à son succès d'avoir pu soutenir l'horrible destinée qui dès lors commençait à m'envelopper sans que j'en eusse le moindre soupçon. Après les recherches les plus ardentes et les plus sincères qui jamais peut-être aient été faites par aucun mortel, je me décidai pour toute ma vie sur tous les sentiments qu'il m'importait d'avoir, et si j'ai pu me tromper dans mes résultats, je suis sûr au moins que mon erreur ne peut m'être imputée à crime, car j'ai fait tous mes efforts pour m'en garantir. Je ne doute point, il est vrai, que les préjugés de l'enfance et les vœux secrets de mon cœur n'aient fait pencher la balance du côté le plus consolant pour moi. On se défend difficilement de croire ce qu'on désire avec tant d'ardeur, et qui peut douter que l'intérêt d'admettre ou rejeter les jugements de l'autre vie ne détermine la foi de la plupart des hommes sur leur espérance ou leur crainte ? Tout cela pouvait fasciner mon jugement, j'en conviens, mais non pas altérer ma bonne foi : car je craignais de me tromper sur toute chose. Si tout consistait dans l'usage de cette vie, il m'importait de le savoir, pour en tirer du moins le meilleur parti qu'il dépendrait de moi tandis qu'il était encore temps, et n'être pas tout à fait dupe. Mais ce que j'avais le plus à redouter au monde dans la disposition où je me sentais était d'exposer le sort éternel de mon âme pour la jouissance des biens de ce monde, qui ne m'ont jamais paru d'un grand prix [1].

J'avoue encore que je ne levai pas toujours à ma satisfaction toutes ces difficultés qui m'avaient embarrassé, et dont nos philosophes avaient si souvent rebattu mes oreilles. Mais, résolu de me décider enfin sur des matières où l'intelligence humaine a si peu de prise et trouvant de toutes parts des mystères impénétrables et des objections insolubles, j'adoptai dans chaque ques-

tion le sentiment qui me parut le mieux établi directement, le plus croyable en lui-même, sans m'arrêter
aux objections que je ne pouvais résoudre mais qui
se rétorquaient par d'autres objections non moins
fortes dans le système opposé. Le ton dogmatique sur
ces matières ne convient qu'à des charlatans; mais il
importe d'avoir un sentiment pour soi, et de le choisir
avec toute la maturité de jugement qu'on y peut mettre.
Si malgré cela nous tombons dans l'erreur, nous n'en
saurions porter la peine en bonne justice puisque nous
n'en aurons point la coulpe. Voilà le principe inébran-
lable qui sert de base à ma sécurité.

Le résultat de mes pénibles recherches fut tel à peu
près que je l'ai consigné depuis dans la *Profession de
foi du Vicaire savoyard*, ouvrage indignement prostitué
et profané dans la génération présente, mais qui peut
faire un jour révolution parmi les hommes si jamais
il y renaît du bon sens et de la bonne foi.

Depuis lors, resté tranquille dans les principes que
j'avais adoptés après une méditation si longue et si
réfléchie, j'en ai fait la règle immuable de ma conduite
et de ma foi, sans plus m'inquiéter ni des objections
que je n'avais pu résoudre ni de celles que je n'avais
pu prévoir et qui se présentaient nouvellement de
temps à autre à mon esprit. Elles m'ont inquiété quelquefois mais elles ne m'ont jamais ébranlé. Je me suis
toujours dit : Tout cela ne sont que des arguties et des
subtilités métaphysiques qui ne sont d'aucun poids
auprès des principes fondamentaux adoptés par ma
raison, confirmés par mon cœur, et qui tous portent le
sceau de l'assentiment intérieur dans le silence des
passions. Dans des matières si supérieures à l'entendement humain une objection que je ne puis résoudre
renversera-t-elle tout un corps de doctrine si solide,
si bien liée et formée avec tant de méditation et de

soin, si bien appropriée à ma raison, à mon cœur, à tout mon être, et renforcée de l'assentiment intérieur que je sens manquer à toutes les autres? Non, de vaines argumentations ne détruiront jamais la convenance que j'aperçois entre ma nature immortelle et la constitution de ce monde et l'ordre physique que j'y vois régner. J'y trouve dans l'ordre moral correspondant et dont le système est le résultat de mes recherches les appuis dont j'ai besoin pour supporter les misères de ma vie. Dans tout autre système je vivrais sans ressource et je mourrais sans espoir. Je serais la plus malheureuse des créatures. Tenons-nous-en donc à celui qui seul suffit pour me rendre heureux en dépit de la fortune et des hommes.

Cette délibération et la conclusion que j'en tirai ne semblent-elles pas avoir été dictées par le ciel même pour me préparer à la destinée qui m'attendait et me mettre en état de la soutenir? Que serais-je devenu, que deviendrais-je encore, dans les angoisses affreuses qui m'attendaient et dans l'incroyable situation où je suis réduit pour le reste de ma vie, si, resté sans asile où je pusse échapper à mes implacables persécuteurs, sans dédommagement des opprobres qu'ils me font essuyer en ce monde et sans espoir d'obtenir jamais la justice qui m'était due, je m'étais vu livré tout entier au plus horrible sort qu'ait éprouvé sur la terre aucun mortel? Tandis que, tranquille dans mon innocence, je n'imaginais qu'estime et bienveillance pour moi parmi les hommes, tandis que mon cœur ouvert et confiant s'épanchait avec des amis et des frères, les traîtres m'enlaçaient en silence de rets forgés au fond des enfers. Surpris par les plus imprévus de tous les malheurs et les plus terribles pour une âme fière, traîné dans la fange sans jamais savoir par qui ni pourquoi, plongé dans un abîme d'ignominie, enveloppé d'horribles ténèbres à travers lesquelles je n'apercevais que de sinistres objets, à la première surprise je fus terrassé, et jamais je ne serais revenu de l'abattement où me jeta ce genre imprévu de malheurs si je ne m'étais ménagé d'avance des forces pour me relever dans mes chutes.

Ce ne fut qu'après des années d'agitations que, reprenant enfin mes esprits et commençant de rentrer en moi-même, je sentis le prix des ressources que je m'étais ménagées pour l'adversité. Décidé sur toutes les choses dont il m'importait de juger, je vis, en comparant mes maximes à ma situation, que je donnais aux insensés jugements des hommes et aux petits événements de cette courte vie beaucoup plus d'importance qu'ils n'en avaient. Que cette vie n'étant qu'un état d'épreuves, il importait peu que ces épreuves fussent de telle ou telle sorte pourvu qu'il en résultât l'effet auquel elles étaient destinées, et que par conséquent plus les épreuves étaient grandes, fortes, multipliées, plus il était avantageux de les savoir soutenir. Toutes les plus vives peines perdent leur force pour quiconque en voit le dédommagement grand et sûr ; et la certitude de ce dédommagement était le principal fruit que j'avais retiré de mes méditations précédentes.

Il est vrai qu'au milieu des outrages sans nombre et des indignités sans mesure dont je me sentais accablé de toutes parts, des intervalles d'inquiétude et de doutes venaient de temps à autre ébranler mon espérance et troubler ma tranquillité. Les puissantes objections que je n'avais pu résoudre se présentaient alors à mon esprit avec plus de force pour achever de m'abattre précisément dans les moments où, surchargé du poids de ma destinée, j'étais prêt à tomber dans le découragement. Souvent des arguments nouveaux que j'entendais faire me revenaient dans l'esprit à l'appui de ceux qui m'avaient déjà tourmenté. Ah ! me disais-je

alors dans des serrements de cœur prêts à m'étouffer,
qui me garantira du désespoir si dans l'horreur de mon
sort je ne vois plus que des chimères dans les consolations que me fournissait ma raison ? si, détruisant ainsi
son propre ouvrage, elle renverse tout l'appui d'espérance et de confiance qu'elle m'avait ménagé dans
l'adversité ? Quel appui que des illusions qui ne bercent
que moi seul au monde ? Toute la génération présente
ne voit qu'erreurs et préjugés dans les sentiments dont
je me nourris seul ; elle trouve la vérité, l'évidence,
dans le système contraire au mien ; elle semble même
ne pouvoir croire que je l'adopte de bonne foi, et moi-
même en m'y livrant de toute ma volonté j'y trouve
des difficultés insurmontables qu'il m'est impossible
de résoudre et qui ne m'empêchent pas d'y persister.
Suis-je donc seul sage, seul éclairé parmi les mortels ?
Pour croire que les choses sont ainsi suffit-il qu'elles
me conviennent ? Puis-je prendre une confiance éclairée
en des apparences qui n'ont rien de solide aux yeux
du reste des hommes et qui me sembleraient même illu-
soires à moi-même si mon cœur ne soutenait pas ma
raison ? N'eût-il pas mieux valu combattre mes persécuteurs à armes égales en adoptant leurs maximes que
de rester sur les chimères des miennes en proie à leurs
atteintes sans agir pour les repousser ? Je me crois sage
et je ne suis que dupe, victime et martyr d'une vaine
erreur.

Combien de fois dans ces moments de doute et d'in-
certitude je fus prêt à m'abandonner au désespoir !
Si jamais j'avais passé dans cet état un mois entier,
c'était fait de ma vie et de moi. Mais ces crises, quoique autrefois assez fréquentes, ont toujours été courtes,
et maintenant que je n'en suis pas délivré tout à fait
encore elles sont si rares et si rapides qu'elles n'ont pas
même la force de troubler mon repos. Ce sont de lé-

gères inquiétudes qui n'affectent pas plus mon âme qu'une plume qui tombe dans la rivière ne peut altérer le cours de l'eau. J'ai senti que remettre en délibération les mêmes points sur lesquels je m'étais ci-devant décidé était me supposer de nouvelles lumières ou le jugement plus formé ou plus de zèle pour la vérité que je n'avais lors de mes recherches, qu'aucun de ces cas n'étant ni ne pouvant être le mien, je ne pouvais préférer par aucune raison solide des opinions qui dans l'accablement du désespoir ne me tentaient que pour augmenter ma misère, à des sentiments adoptés dans la vigueur de l'âge, dans toute la maturité de l'esprit, après l'examen le plus réfléchi, et dans des temps où le calme de ma vie ne me laissait d'autre intérêt dominant que celui de connaître la vérité. Aujourd'hui que mon cœur serré de détresse, mon âme affaissée par les ennuis, mon imagination effarouchée, ma tête troublée par tant d'affreux mystères dont je suis environné, aujourd'hui que toutes mes facultés, affaiblies par la vieillesse et les angoisses, ont perdu tout leur ressort, irai-je m'ôter à plaisir toutes les ressources que je m'étais ménagées, et donner plus de confiance à ma raison déclinante pour me rendre injustement malheureux, qu'à ma raison pleine et vigoureuse pour me dédommager des maux que je souffre sans les avoir mérités ? Non, je ne suis ni plus sage, ni mieux instruit, ni de meilleure foi que quand je me décidai sur ces grandes questions, je n'ignorais pas alors les difficultés dont je me laisse troubler aujourd'hui; elles ne m'arrêtèrent pas, et s'il s'en présente quelques nouvelles dont on ne s'était pas encore avisé, ce sont les sophismes d'une subtile métaphysique qui ne sauraient balancer les vérités éternelles admises de tous les temps, par tous les sages, reconnues par toutes les nations et gravées dans le cœur humain en caractères ineffaçables.

Je savais en méditant sur ces matières que l'entendement humain circonscrit par les sens ne les pouvait
embrasser dans toute leur étendue. Je m'en tins donc
à ce qui était à ma portée sans m'engager dans ce
qui la passait. Ce parti était raisonnable, je l'embrassai
jadis, et m'y tins avec l'assentiment de mon cœur et
de ma raison. Sur quel fondement y renoncerais-je
aujourd'hui que tant de puissants motifs m'y doivent
tenir attaché? Quel danger vois-je à le suivre? Quel
profit trouverais-je à l'abandonner? En prenant la doctrine de mes persécuteurs, prendrais-je aussi leur morale? Cette morale sans racine et sans fruit qu'ils
étalent pompeusement dans des livres ou dans quelque
action d'éclat sur le théâtre, sans qu'il en pénètre
jamais rien dans le cœur ni dans la raison; ou bien cette
autre morale secrète et cruelle, doctrine intérieure de
tous leurs initiés, à laquelle l'autre ne sert que de
masque, qu'ils suivent seule dans leur conduite et
qu'ils ont si habilement pratiquée à mon égard. Cette
morale, purement offensive, ne sert point à la défense
et n'est bonne qu'à l'agression. De quoi me servirait-
elle dans l'état où ils m'ont réduit? Ma seule innocence
me soutient dans les malheurs, et combien me ren-
drais-je plus malheureux encore, si m'ôtant cette unique
mais puissante ressource, j'y substituais la méchanceté?
Les atteindrais-je dans l'art de nuire, et quand j'y
réussirais, de quel mal me soulagerait celui que je leur
pourrais faire? Je perdrais ma propre estime et je ne
gagnerais rien à la place.

C'est ainsi que raisonnant avec moi-même je parvins
à ne plus me laisser ébranler dans mes principes par
des arguments captieux, par des objections insolubles
et par des difficultés qui passaient ma portée et peut-
être celle de l'esprit humain. Le mien, restant dans
la plus solide assiette que j'avais pu lui donner, s'ac-

coutuma si bien à s'y reposer à l'abri de ma conscience qu'aucune doctrine étrangère ancienne ou nouvelle ne peut plus l'émouvoir, ni troubler un instant mon repos. Tombé dans la langueur et l'appesantissement d'esprit, j'ai oublié jusqu'aux raisonnements sur lesquels je fondais ma croyance et mes maximes, mais je n'oublierai jamais les conclusions que j'en ai tirées avec l'approbation de ma conscience et de ma raison, et je m'y tiens désormais. Que tous les philosophes viennent ergoter contre : ils perdront leur temps et leurs peines. Je me tiens pour le reste de ma vie en toute chose au parti que j'ai pris quand j'étais plus en état de bien choisir.

Tranquille dans ces dispositions, j'y trouve, avec le contentement de moi, l'espérance et les consolations dont j'ai besoin dans ma situation. Il n'est pas possible qu'une solitude aussi complète, aussi permanente, aussi triste en elle-même, l'animosité toujours sensible et toujours active de toute la génération présente, les indignités dont elle m'accable sans cesse, ne me jettent quelquefois dans l'abattement ; l'espérance ébranlée, les doutes décourageants reviennent encore de temps à autre troubler mon âme et la remplir de tristesse. C'est alors qu'incapable des opérations de l'esprit nécessaires pour me rassurer moi-même, j'ai besoin de me rappeler mes anciennes résolutions ; les soins, l'attention, la sincérité de cœur que j'ai mis à les prendre reviennent alors à mon souvenir et me rendent toute ma confiance. Je me refuse ainsi à toutes nouvelles idées comme à des erreurs funestes qui n'ont qu'une fausse apparence et ne sont bonnes qu'à troubler mon repos.

Ainsi retenu dans l'étroite sphère de mes anciennes connaissances, je n'ai pas, comme Solon, le bonheur de pouvoir m'instruire chaque jour en vieillissant, et je dois même me garantir du dangereux orgueil de

vouloir apprendre ce que je suis désormais hors d'état
de bien savoir. Mais s'il me reste peu d'acquisitions à
espérer du côté des lumières utiles, il m'en reste de
bien importantes à faire du côté des vertus nécessaires
à mon état. C'est là qu'il serait temps d'enrichir et
d'orner mon âme d'un acquis qu'elle pût emporter
avec elle, lorsque, délivrée de ce corps qui l'offusque
et l'aveugle, et voyant la vérité sans voile, elle aper-
cevra la misère de toutes ces connaissances dont nos
faux savants sont si vains. Elle gémira des moments
perdus en cette vie à les vouloir acquérir. Mais la
patience, la douceur, la résignation, l'intégrité, la justice
impartiale sont un bien qu'on emporte avec soi, et
dont on peut s'enrichir sans cesse, sans craindre que
la mort même nous en fasse perdre le prix. C'est à
cette unique et utile étude que je consacre le reste de
ma vieillesse. Heureux si par mes progrès sur moi-
même j'apprends à sortir de la vie, non meilleur, car
cela n'est pas possible, mais plus vertueux que je n'y
suis entré.

QUATRIÈME PROMENADE

Dans le petit nombre de livres que je lis quelquefois encore, Plutarque est celui qui m'attache et me profite le plus. Ce fut la première lecture de mon enfance [1], ce sera la dernière de ma vieillesse; c'est presque le seul auteur que je n'ai jamais lu sans en tirer quelque fruit. Avant-hier, je lisais dans ses œuvres morales le traité *Comment on pourra tirer utilité de ses ennemis* [2]. Le même jour, en rangeant quelques brochures qui m'ont été envoyées par les auteurs, je tombai sur un des journaux de l'abbé Rosier [3], au titre duquel il avait mis ces paroles : *Vitam vero impendenti*, Rosier. Trop au fait des tournures de ces messieurs pour prendre le change sur celle-là, je compris qu'il avait cru sous cet air de politesse me dire une cruelle contre-vérité : mais sur quoi fondé? Pourquoi ce sarcasme? Quel sujet y pouvais-je avoir donné? Pour mettre à profit les leçons du bon Plutarque je résolus d'employer à m'examiner sur le mensonge la promenade du lendemain, et j'y vins bien confirmé dans l'opinion déjà prise que le *Connais-toi toi-même* du temple de Delphes n'était pas une maxime si facile à suivre que je l'avais cru dans mes *Confessions*.

Le lendemain, m'étant mis en marche pour exécuter

cette résolution, la première idée qui me vint en commençant à me recueillir fut celle d'un mensonge affreux fait dans ma première jeunesse, dont le souvenir m'a troublé toute ma vie et vient, jusque dans ma vieillesse, contrister encore mon cœur déjà navré [1] de tant d'autres façons [2]. Ce mensonge, qui fut un grand crime en lui-même, en dut être un plus grand encore par ses effets que j'ai toujours ignorés, mais que le remords m'a fait supposer aussi cruels qu'il était possible. Cependant, à ne consulter que la disposition où j'étais en le faisant, ce mensonge ne fut qu'un fruit de la mauvaise honte, et bien loin qu'il partît d'une intention de nuire à celle qui en fut la victime, je puis jurer à la face du ciel qu'à l'instant même où cette honte invincible me l'arrachait j'aurais donné tout mon sang avec joie pour en détourner l'effet sur moi seul. C'est un délire que je ne puis expliquer qu'en disant comme je crois le sentir qu'en cet instant mon naturel timide subjugua tous les vœux de mon cœur.

Le souvenir de ce malheureux acte et les inextinguibles regrets qu'il m'a laissés m'ont inspiré pour le mensonge une horreur qui a dû garantir mon cœur de ce vice pour le reste de ma vie. Lorsque je pris ma devise, je me sentais fait pour la mériter, et je me doutais pas que je n'en fusse digne quand sur le mot de l'abbé Rosier je commençai de m'examiner plus sérieusement.

Alors, en m'épluchant avec plus de soin, je fus bien surpris du nombre de choses de mon invention que je me rappelais avoir dites comme vraies dans le même temps où, fier en moi-même de mon amour pour la vérité, je lui sacrifiais ma sûreté, mes intérêts, ma personne avec une impartialité dont je ne connais nul autre exemple parmi les humains.

Ce qui me surprit le plus était qu'en me rappelant

ces choses controuvées, je n'en sentais aucun vrai repentir. Moi dont l'horreur pour la fausseté n'a rien dans mon cœur qui la balance, moi qui braverais les supplices s'il les fallait éviter par un mensonge, par quelle bizarre inconséquence mentais-je ainsi de gaieté de cœur sans nécessité, sans profit, et par quelle inconcevable contradiction n'en sentais-je pas le moindre regret, moi que le remords d'un mensonge n'a cessé d'affliger pendant cinquante ans? Je ne me suis jamais endurci sur mes fautes; l'instinct moral m'a toujours bien conduit, ma conscience a gardé sa première intégrité, et quand même elle se serait altérée en se pliant à mes intérêts, comment, gardant toute sa droiture dans les occasions où l'homme forcé par ses passions peut au moins s'excuser sur sa faiblesse, la perd-elle uniquement dans les choses indifférentes où le vice n'a point d'excuse? Je vis que de la solution de ce problème dépendait la justesse du jugement que j'avais à porter en ce point sur moi-même, et après l'avoir bien examiné voici de quelle manière je parvins à me l'expliquer.

Je me souviens d'avoir lu dans un livre de philosophie que mentir c'est cacher une vérité que l'on doit manifester. Il suit bien de cette définition que taire une vérité qu'on n'est pas obligé de dire n'est pas mentir; mais celui qui non content en pareil cas de ne pas dire la vérité dit le contraire, ment-il alors, ou ne ment-il pas? Selon la définition, l'on ne saurait dire qu'il ment; car s'il donne de la fausse monnaie à un homme auquel il ne doit rien, il trompe cet homme, sans doute, mais il ne le vole pas.

Il se présente ici deux questions à examiner, très importantes l'une et l'autre. La première, quand et comment on doit à autrui la vérité, puisqu'on ne la doit pas toujours. La seconde, s'il est des cas où l'on

puisse tromper innocemment. Cette seconde question
est très décidée, je le sais bien; négativement dans les
livres, où la plus austère morale ne coûte rien à l'auteur, affirmativement dans la société où la morale des
livres passe pour un bavardage impossible à pratiquer.
Laissons donc ces autorités qui se contredisent, et
cherchons par mes propres principes à résoudre pour
moi ces questions.

La vérité générale et abstraite est le plus précieux
de tous les biens. Sans elle l'homme est aveugle; elle
est l'œil de la raison. C'est par elle que l'homme
apprend à se conduire, à être ce qu'il doit être, à faire
ce qu'il doit faire, à tendre à sa véritable fin. La vérité
particulière et individuelle n'est pas toujours un bien,
elle est quelquefois un mal, très souvent une chose
indifférente. Les choses qu'il importe à un homme de
savoir et dont la connaissance est nécessaire à son bonheur ne sont peut-être pas en grand nombre; mais en
quelque nombre qu'elles soient elles sont un bien qui
lui appartient, qu'il a droit de réclamer partout où il
le trouve, et dont on ne peut le frustrer sans commettre
le plus inique de tous les vols, puisqu'elle est de ces
biens communs à tous dont la communication n'en
prive point celui qui le donne.

Quant aux vérités qui n'ont aucune sorte d'utilité
ni pour l'instruction ni dans la pratique, comment
seraient-elles un bien dû, puisqu'elles ne sont pas
même un bien? et puisque la propriété n'est fondée
que sur l'utilité, où il n'y a point d'utilité possible il
ne peut y avoir de propriété. On peut réclamer un
terrain quoique stérile parce qu'on peut au moins
habiter sur le sol : mais qu'un fait oiseux, indifférent
à tous égards et sans conséquence pour personne, soit
vrai ou faux, cela n'intéresse qui que ce soit. Dans
l'ordre moral rien n'est inutile non plus que dans

l'ordre physique. Rien ne peut être dû de ce qui n'est bon à rien, pour qu'une chose soit due il faut qu'elle soit ou puisse être utile. Ainsi, la vérité due est celle qui intéresse la justice, et c'est profaner ce nom sacré de vérité que de l'appliquer aux choses vaines dont l'existence est indifférente à tous, et dont la connaissance est inutile à tout. La vérité dépouillée de toute espèce d'utilité même possible ne peut donc pas être une chose due, et par conséquent celui qui la tait ou la déguise ne ment point.

Mais est-il de ces vérités si parfaitement stériles qu'elles soient de tout point inutiles à tout, c'est un autre article à discuter et auquel je reviendrai tout à l'heure. Quant à présent passons à la seconde question.

Ne pas dire ce qui est vrai et dire ce qui est faux sont deux choses très différentes, mais dont peut néanmoins résulter le même effet; car ce résultat est assurément bien le même toutes les fois que cet effet est nul. Partout où la vérité est indifférente l'erreur contraire est indifférente aussi; d'où il suit qu'en pareil cas celui qui trompe en disant le contraire de la vérité n'est pas plus injuste que celui qui trompe en ne la déclarant pas; car en fait de vérités inutiles, l'erreur n'a rien de pire que l'ignorance. Que je croie le sable qui est au fond de la mer blanc ou rouge, cela ne m'importe pas plus que d'ignorer de quelle couleur il est. Comment pourrait-on être injuste en ne nuisant à personne, puisque l'injustice ne consiste que dans le tort fait à autrui?

Mais ces questions ainsi sommairement décidées ne sauraient me fournir encore aucune application sûre pour la pratique, sans beaucoup d'éclaircissements préalables nécessaires pour faire avec justesse cette application dans tous les cas qui peuvent se présenter. Car

si l'obligation de dire la vérité n'est fondée que sur
son utilité, comment me constituerai-je juge de cette
utilité ? Très souvent l'avantage de l'un fait le préjudice de l'autre, l'intérêt particulier est presque toujours en opposition avec l'intérêt public. Comment se
conduire en pareil cas ? Faut-il sacrifier l'utilité de
l'absent à celle de la personne à qui l'on parle ? Faut-il
taire ou dire la vérité qui profitant à l'un nuit à
l'autre ? Faut-il peser tout ce qu'on doit dire à l'unique
balance du bien public ou à celle de la justice distri-
butive, et suis-je assuré de connaître assez tous les
rapports de la chose pour ne dispenser les lumières
dont je dispose que sur les règles de l'équité ? De plus,
en examinant ce qu'on doit aux autres, ai-je examiné
suffisamment ce qu'on se doit à soi-même, ce qu'on
doit à la vérité pour elle seule ? Si je ne fais aucun tort
à un autre en le trompant, s'ensuit-il que je ne m'en
fasse point à moi-même, et suffit-il de n'être jamais
injuste pour être toujours innocent ?

Que d'embarrassantes discussions dont il serait aisé
de se tirer en se disant : Soyons toujours vrais au
risque de tout ce qui en peut arriver. La justice elle-
même est dans la vérité des choses ; le mensonge est
toujours iniquité, l'erreur est toujours imposture, quand
on donne ce qui n'est pas pour la règle de ce qu'on
doit faire ou croire : et quelque effet qui résulte de la
vérité on est toujours inculpable quand on l'a dite,
parce qu'on n'y a rien mis du sien.

Mais c'est là trancher la question sans la résoudre.
Il ne s'agissait pas de prononcer s'il serait bon de dire
toujours la vérité, mais si l'on y était toujours également obligé, et sur la définition que j'examinais supposant que non, de distinguer les cas où la vérité est
rigoureusement due, de ceux où l'on peut la taire
sans injustice et la déguiser sans mensonge : car j'ai

trouvé que de tels cas existaient réellement. Ce dont il s'agit est donc de chercher une règle sûre pour les connaître et les bien déterminer.

Mais d'où tirer cette règle et la preuve de son infaillibilité ?... Dans toutes les questions de morale difficiles comme celle-ci, je me suis toujours bien trouvé de les résoudre par le dictamen de ma conscience, plutôt que par les lumières de ma raison. Jamais l'instinct moral ne m'a trompé : il a gardé jusqu'ici sa pureté dans mon cœur assez pour que je puisse m'y confier, et s'il se tait quelquefois devant mes passions dans ma conduite, il reprend bien son empire sur elles dans mes souvenirs. C'est là que je me juge moi-même avec autant de sévérité peut-être que je serai jugé par le souverain juge après cette vie.

Juger des discours des hommes par les effets qu'ils produisent, c'est souvent mal les apprécier. Outre que ces effets ne sont pas toujours sensibles et faciles à connaître, ils varient à l'infini comme les circonstances dans lesquelles ces discours sont tenus. Mais c'est uniquement l'intention de celui qui les tient qui les apprécie et détermine leur degré de malice ou de bonté. Dire faux n'est mentir que par l'intention de tromper, et l'intention même de tromper, loin d'être toujours jointe avec celle de nuire, a quelquefois un but tout contraire. Mais pour rendre un mensonge innocent il ne suffit pas que l'intention de nuire ne soit pas expresse, il faut de plus la certitude que l'erreur dans laquelle on jette ceux à qui l'on parle ne peut nuire à eux ni à personne en quelque façon que ce soit. Il est rare et difficile qu'on puisse avoir cette certitude; aussi est-il difficile et rare qu'un mensonge soit parfaitement innocent. Mentir pour son avantage à soi-même est imposture, mentir pour l'avantage d'autrui est fraude, mentir pour nuire est calomnie; c'est

la pire espèce de mensonge. Mentir sans profit ni préjudice de soi ni d'autrui n'est pas mentir : ce n'est
pas mensonge, c'est fiction.

Les fictions qui ont un objet moral s'appellent apologues ou fables, et comme leur objet n'est ou ne doit
être que d'envelopper des vérités utiles sous des formes
sensibles et agréables, en pareil cas on ne s'attache
guère à cacher le mensonge de fait qui n'est que
l'habit de la vérité, et celui qui ne débite une fable
que pour une fable ne ment en aucune façon.

Il est d'autres fictions purement oiseuses, telles que
sont la plupart des contes et des romans qui, sans ren-
fermer aucune instruction véritable, n'ont pour objet
que l'amusement. Celles-là, dépouillées de toute utilité
morale, ne peuvent s'apprécier que par l'intention de
celui qui les invente, et lorsqu'il les débite avec affir-
mation comme des vérités réelles on ne peut guère
disconvenir qu'elles ne soient de vrais mensonges. Cependant, qui jamais s'est fait un grand scrupule de
ces mensonges-là, et qui jamais en a fait un reproche
grave à ceux qui les font? S'il y a par exemple quelque
objet moral dans *Le Temple de Gnide* [1], cet objet est
bien offusqué et gâté par les détails voluptueux et par
les images lascives. Qu'a fait l'auteur pour couvrir
cela d'un vernis de modestie [2]? Il a feint que son
ouvrage était la traduction d'un manuscrit grec, et il
a fait l'histoire de la découverte de ce manuscrit de
la façon la plus propre à persuader ses lecteurs de la
vérité de son récit. Si ce n'est pas là un mensonge
bien positif, qu'on me dise donc ce que c'est que
mentir? Cependant, qui est-ce qui s'est avisé de faire
à l'auteur un crime de ce mensonge et de le traiter
pour cela d'imposteur?

On dira vainement que ce n'est là qu'une plaisanterie, que l'auteur tout en affirmant ne voulait persua-

der personne, qu'il n'a persuadé personne en effet, et que le public n'a pas douté un moment qu'il ne fût lui-même l'auteur de l'ouvrage prétendu grec dont il se donnait pour le traducteur. Je répondrai qu'une pareille plaisanterie sans aucun objet n'eût été qu'un bien sot enfantillage, qu'un menteur ne ment pas moins quand il affirme quoiqu'il ne persuade pas, qu'il faut détacher du public instruit des multitudes de lecteurs simples et crédules à qui l'histoire du manuscrit narrée par un auteur grave avec un air de bonne foi en a réellement imposé, et qui ont bu sans crainte dans une coupe de forme antique le poison dont ils se seraient au moins défiés s'il leur eût été présenté dans un vase moderne.

Que ces distinctions se trouvent ou non dans les livres, elles ne s'en font pas moins dans le cœur de tout homme de bonne foi avec lui-même, qui ne veut rien se permettre que sa conscience puisse lui reprocher. Car dire une chose fausse à son avantage n'est pas moins mentir que si on la disait au préjudice d'autrui, quoique le mensonge soit moins criminel. Donner l'avantage à qui ne doit pas l'avoir, c'est troubler l'ordre et la justice, attribuer faussement à soi-même ou à autrui un acte d'où peut résulter louange ou blâme, inculpation ou disculpation, c'est faire une chose injuste; or tout ce qui, contraire à la vérité, blesse la justice en quelque façon que ce soit, c'est mensonge. Voilà la limite exacte : mais tout ce qui, contraire à la vérité, n'intéresse la justice en aucune sorte, n'est que fiction, et j'avoue que quiconque se reproche une pure fiction comme un mensonge a la conscience plus délicate que moi.

Ce qu'on appelle mensonges officieux sont de vrais mensonges, parce qu'en imposer à l'avantage soit d'autrui soit de soi-même n'est pas moins injuste que d'en imposer à son détriment. Quiconque loue ou blâme contre la vérité ment, dès qu'il s'agit d'une personne réelle. S'il s'agit d'un être imaginaire il en peut dire tout ce qu'il veut sans mentir, à moins qu'il ne juge sur la moralité des faits qu'il invente et qu'il n'en juge faussement : car alors s'il ne ment pas dans le fait, il ment contre la vérité morale, cent fois plus respectable que celle des faits [1].

J'ai vu de ces gens qu'on appelle vrais dans le monde. Toute leur véracité s'épuise dans les conversations oiseuses à citer fidèlement les lieux, les temps, les personnes, à ne se permettre aucune fiction, à ne broder aucune circonstance, à ne rien exagérer. En tout ce qui ne touche point à leur intérêt ils sont dans leurs narrations de la plus inviolable fidélité. Mais s'agit-il de traiter quelque affaire qui les regarde, de narrer quelque fait qui leur touche de près, toutes les couleurs sont employées pour présenter les choses sous le jour qui leur est le plus avantageux, et si le mensonge leur est utile et qu'ils s'abstiennent de le dire eux-mêmes, ils le favorisent avec adresse et font en sorte qu'on l'adopte sans le leur pouvoir imputer. Ainsi le veut la prudence : adieu la véracité.

L'homme que j'appelle *vrai* fait tout le contraire. En choses parfaitement indifférentes la vérité qu'alors l'autre respecte si fort le touche fort peu, et il ne se fera guère de scrupule d'amuser une compagnie par des faits controuvés dont il ne résulte aucun jugement injuste ni pour ni contre qui que ce soit, vivant ou mort. Mais tout discours qui produit pour quelqu'un profit ou dommage, estime ou mépris, louange ou blâme contre la justice et la vérité est un mensonge qui jamais n'approchera de son cœur, ni de sa bouche, ni de sa plume. Il est solidement *vrai*, même contre son intérêt, quoiqu'il se pique assez peu de l'être dans les conversations oiseuses. Il est *vrai* en ce qu'il ne cherche à tromper personne, qu'il est aussi fidèle à la vérité qui l'accuse qu'à celle qui l'honore, et qu'il n'en impose jamais pour son avantage ni pour nuire à son ennemi. La différence donc qu'il y a entre mon homme *vrai* et l'autre est que celui du monde est très rigoureusement fidèle à toute vérité qui ne lui coûte rien, mais pas au-delà, et que le mien ne la sert jamais si fidèlement que quand il faut s'immoler pour elle.

Mais, dirait-on, comment accorder ce relâchement avec cet ardent amour pour la vérité dont je le glorifie ? Cet amour est donc faux puisqu'il souffre tant d'alliage ? Non, il est pur et vrai : mais il n'est qu'une émanation de l'amour de la justice et ne veut jamais être faux quoiqu'il soit souvent fabuleux. Justice et vérité sont dans son esprit deux mots synonymes qu'il prend l'un pour l'autre indifféremment. La sainte vérité que son cœur adore ne consiste point en faits indifférents et en noms inutiles, mais à rendre fidèlement à chacun ce qui lui est dû en choses qui sont véritablement siennes, en imputations bonnes ou mauvaises, en rétributions d'honneur ou de blâme, de louange ou d'improbation. Il n'est faux ni contre autrui, parce que son équité l'en empêche et qu'il ne veut nuire à personne injustement, ni pour lui-même, parce que sa conscience l'en empêche et qu'il ne saurait s'approprier ce qui n'est pas à lui. C'est surtout de sa propre estime qu'il est jaloux; c'est le bien dont il peut le moins se passer, et il sentirait une perte réelle d'acquérir celle des autres aux dépens de ce bien-là. Il mentira donc quelquefois en choses indifférentes sans scrupule et sans croire mentir, jamais pour le dommage ou le profit d'autrui ni de lui-même. En tout ce qui tient aux vérités historiques, en tout ce qui a trait à la conduite des hommes, à la justice, à la sociabilité, aux lumières utiles, il garantira de l'erreur et lui-même et les autres autant qu'il dépendra de lui. Tout mensonge hors de là selon lui n'en est pas un. Si *Le Temple de Gnide* est un ouvrage utile, l'histoire du manuscrit grec n'est qu'une fiction très innocente ; elle est un mensonge très punissable si l'ouvrage est dangereux.

Telles furent mes règles de conscience sur le mensonge et sur la vérité. Mon cœur suivait machinalement ces règles avant que ma raison les eût adoptées, et l'instinct moral en fit seul l'application. Le criminel mensonge dont la pauvre Marion fut la victime m'a laissé d'ineffaçables remords qui m'ont garanti tout le reste de ma vie non seulement de tout mensonge de cette espèce, mais de tous ceux qui, de quelque façon que ce pût être, pouvaient toucher l'intérêt et la réputation d'autrui. En généralisant ainsi l'exclusion je me suis dispensé de peser exactement l'avantage et le préjudice, et de marquer les limites précises du mensonge nuisible et du mensonge officieux ; en regardant l'un et l'autre comme coupables, je me les suis interdits tous les deux.

En ceci comme en tout le reste mon tempérament a beaucoup influé sur mes maximes, ou plutôt sur mes habitudes ; car je n'ai guère agi par règles ou n'ai guère suivi d'autres règles en toute chose que les impulsions de mon naturel. Jamais mensonge prémédité n'approcha de ma pensée, jamais je n'ai menti pour mon intérêt ; mais souvent j'ai menti par honte, pour me tirer d'embarras en choses indifférentes ou qui n'intéressaient tout au plus que moi seul, lorsqu'ayant à soutenir un entretien la lenteur de mes idées et l'aridité de ma conversation me forçaient de recourir aux fictions pour avoir quelque chose à dire. Quand il faut nécessairement parler et que des vérités amusantes ne se présentent pas assez tôt à mon esprit, je débite des fables pour ne pas demeurer muet; mais dans l'invention de ces fables j'ai soin, tant que je puis, qu'elles ne soient pas des mensonges, c'est-à-dire qu'elles ne blessent ni la justice ni la vérité due et qu'elles ne soient que des fictions indifférentes à tout le monde et à moi. Mon désir serait bien d'y substituer au moins à la vérité des faits une vérité morale; c'est-à-dire d'y bien représenter les affections naturelles au cœur humain, et d'en faire sortir toujours quelque instruction utile, d'en faire en un mot des contes moraux, des apologues; mais il faudrait plus de présence d'esprit que je n'en ai et plus de facilité dans la parole pour savoir mettre à profit pour l'instruction le babil de la conversation. Sa marche, plus rapide que celle de mes idées, me forçant presque toujours de parler avant de penser, m'a souvent suggéré des sottises et des inepties que ma raison désapprouvait et que mon cœur désavouait à mesure qu'elles échappaient de ma bouche, mais qui, précédant mon propre jugement, ne pouvaient plus être réformées par sa censure.

C'est encore par cette première et irrésistible impulsion du tempérament que dans des moments imprévus et rapides la honte et la timidité m'arrachent souvent des mensonges auxquels ma volonté n'a point de part, mais qui la précèdent en quelque sorte par la nécessité de répondre à l'instant. L'impression profonde du souvenir de la pauvre Marion peut bien retenir toujours ceux qui pourraient être nuisibles à d'autres, mais non pas ceux qui peuvent servir à me tirer d'embarras quand il s'agit de moi seul, ce qui n'est pas moins contre ma conscience et mes principes que ceux qui peuvent influer sur le sort d'autrui.

J'atteste le ciel que si je pouvais l'instant d'après retirer le mensonge qui m'excuse et dire la vérité qui me charge sans me faire un nouvel affront en me ré-

tractant, je le ferais de tout mon cœur ; mais la honte
de me prendre ainsi moi-même en faute me retient
encore, et je me repens très sincèrement de ma faute,
sans néanmoins l'oser réparer. Un exemple expliquera
mieux ce que je veux dire et montrera que je ne
mens ni par intérêt ni par amour-propre, encore moins
par envie ou par malignité : mais uniquement par
embarras et mauvaise honte, sachant même très bien
quelquefois que ce mensonge est connu pour tel et ne
peut me servir du tout à rien.

Il y a quelque temps que M. Foulquier m'engagea
contre mon usage à aller avec ma femme dîner en
manière de pique-nique avec lui et son ami Benoit
chez la dame Vacassin [1], restauratrice, laquelle et ses
deux filles dînèrent aussi avec nous. Au milieu du
dîner, l'aînée, qui est mariée et qui était grosse, s'avisa
de me demander brusquement et en me fixant si j'avais
eu des enfants. Je répondis en rougissant jusqu'aux
yeux que je n'avais pas eu ce bonheur. Elle sourit
malignement en regardant la compagnie : tout cela
n'était pas bien obscur, même pour moi.

Il est clair d'abord que cette réponse n'est point
celle que j'aurais voulu faire, quand même j'aurais
eu l'intention d'en imposer ; car dans la disposition où
je voyais celle qui me faisait la question j'étais bien
sûr que ma négative ne changerait rien à son opinion
sur ce point. On s'attendait à cette négative, on la
provoquait même pour jouir du plaisir de m'avoir fait
mentir. Je n'étais pas assez bouché pour ne pas sentir
cela. Deux minutes après, la réponse que j'aurais dû
faire me vint d'elle-même. *Voilà une question peu
discrète de la part d'une jeune femme à un homme qui a
vieilli garçon.* En parlant ainsi, sans mentir, sans
avoir à rougir d'aucun aveu, je mettais les rieurs de
mon côté, et je lui faisais une petite leçon qui natu-

rellement devait la rendre un peu moins impertinente à me questionner. Je ne fis rien de tout cela, je ne dis point ce qu'il fallait dire, je dis ce qu'il ne fallait pas et qui ne pouvait me servir de rien. Il est donc certain que ni mon jugement ni ma volonté ne dictèrent ma réponse et qu'elle fut l'effet machinal de mon embarras. Autrefois je n'avais point cet embarras et je faisais l'aveu de mes fautes avec plus de franchise que de honte parce que je ne doutais pas qu'on ne vît ce qui les rachetait et que je sentais au dedans de moi; mais l'œil de la malignité me navre et me déconcerte; en devenant plus malheureux je suis devenu plus timide et jamais je n'ai menti que par timidité.

Je n'ai jamais mieux senti mon aversion naturelle pour le mensonge qu'en écrivant mes *Confessions*, car c'est là que les tentations auraient été fréquentes et fortes, pour peu que mon penchant m'eût porté de ce côté. Mais loin d'avoir rien tu, rien dissimulé qui fût à ma charge, par un tour d'esprit que j'ai peine à m'expliquer et qui vient peut-être d'éloignement pour toute imitation, je me sentais plutôt porté à mentir dans le sens contraire en m'accusant avec trop de sévérité qu'en m'excusant avec trop d'indulgence, et ma conscience m'assure qu'un jour je serai jugé moins sévèrement que je ne me suis jugé moi-même. Oui, je le dis et le sens avec une fière élévation d'âme, j'ai porté dans cet écrit la bonne foi, la véracité, la franchise aussi loin, plus loin même, au moins je le crois, que ne fit jamais aucun autre homme; sentant que le bien surpassait le mal j'avais mon intérêt à tout dire, et j'ai tout dit.

Je n'ai jamais dit moins, j'ai dit plus quelquefois, non dans les faits, mais dans les circonstances, et cette espèce de mensonge fut plutôt l'effet du délire de l'imagination qu'un acte de la volonté. J'ai tort même de l'appeler mensonge, car aucune de ces additions n'en fut un. J'écrivais mes *Confessions* déjà vieux [1], et dégoûté des vains plaisirs de la vie que j'avais tous effleurés et dont mon cœur avait bien senti le vide. Je les écrivais de mémoire; cette mémoire me manquait souvent ou ne me fournissait que des souvenirs imparfaits et j'en remplissais les lacunes par des détails que j'imaginais en supplément de ces souvenirs, mais qui ne leur étaient jamais contraires. J'aimais m'étendre sur les moments heureux de ma vie, et je les embellissais quelquefois des ornements que de tendres regrets venaient me fournir. Je disais les choses que j'avais oubliées comme il me semblait qu'elles avaient dû être, comme elles avaient été peut-être en effet, jamais au contraire de ce que je me rappelais qu'elles avaient été. Je prêtais quelquefois à la vérité des charmes étrangers, mais jamais je n'ai mis le mensonge à la place pour pallier mes vices ou pour m'arroger des vertus.

Que si quelquefois, sans y songer, par un mouvement involontaire, j'ai caché le côté difforme en me peignant de profil [2], ces réticences ont bien été compensées par d'autres réticences plus bizarres qui m'ont souvent fait taire le bien plus soigneusement que le mal. Ceci est une singularité de mon naturel qu'il est fort pardonnable aux hommes de ne pas croire, mais qui, tout incroyable qu'elle est, n'en est pas moins réelle : j'ai souvent dit le mal dans toute sa turpitude, j'ai rarement dit le bien dans tout ce qu'il eut d'aimable, et souvent je l'ai tu tout à fait parce qu'il m'honorait trop, et qu'en faisant mes *Confessions* j'aurais l'air d'avoir fait mon éloge. J'ai décrit mes jeunes ans sans me vanter des heureuses qualités dont mon cœur était doué et même en supprimant les faits qui les mettaient trop en évidence. Je m'en rappelle ici deux de ma

première enfance, qui tous deux sont bien venus à
mon souvenir en écrivant, mais que j'ai rejetés l'un
et l'autre par l'unique raison dont je viens de parler.

J'allais presque tous les dimanches passer la journée
aux Pâquis chez M. Fazy, qui avait épousé une de
mes tantes et qui avait là une fabrique d'indiennes.
Un jour j'étais à l'étendage dans la chambre de la
calandre [1] et j'en regardais les rouleaux de fonte :
leur luisant flattait ma vue, je fus tenté d'y poser mes
doigts et je les promenais avec plaisir sur le lissé du
cylindre, quand le jeune Fazy s'étant mis dans la roue
lui donna un demi-quart de tour si adroitement qu'il
n'y prit que le bout de mes deux plus longs doigts;
mais c'en fut assez pour qu'ils y fussent écrasés par
le bout et que les deux ongles y restassent. Je fis un
cri perçant, Fazy détourne à l'instant la roue, mais les
ongles ne restèrent pas moins au cylindre et le sang
ruisselait de mes doigts. Fazy consterné s'écrie, sort de
la roue, m'embrasse et me conjure d'apaiser mes cris,
ajoutant qu'il était perdu. Au fort de ma douleur la
sienne me toucha, je me tus, nous fûmes à la car-
pière [2] où il m'aida à laver mes doigts et à étancher
mon sang avec de la mousse. Il me supplia avec larmes
de ne point l'accuser; je le lui promis et le tins si bien
que plus de vingt ans après personne ne savait par
quelle aventure j'avais deux de mes doigts cicatrisés;
car ils le sont demeurés toujours. Je fus détenu dans
mon lit plus de trois semaines, et plus de deux mois
hors d'état de me servir de ma main, disant toujours
qu'une grosse pierre en tombant m'avait écrasé mes
doigts.

Magnanima menzôgna! or quando è il vero
Si bello che si possa a te preporre [3]*?*

Cet accident me fut pourtant bien sensible par la circonstance, car c'était le temps des exercices où l'on faisait manœuvrer la bourgeoisie, et nous avions fait un rang de trois autres enfants de mon âge avec lesquels je devais en uniforme faire l'exercice avec la compagnie de mon quartier. J'eus la douleur d'entendre le tambour de la compagnie passant sous ma fenêtre avec mes trois camarades, tandis que j'étais dans mon lit.

Mon autre histoire est toute semblable, mais d'un âge plus avancé.

Je jouais au mail à Plainpalais [1] avec un de mes camarades appelé Pleince. Nous prîmes querelle au jeu, nous nous battîmes et durant le combat il me donna sur la tête nue un coup de mail si bien appliqué que d'une main plus forte il m'eût fait sauter la cervelle. Je tombe à l'instant. Je ne vis de ma vie une agitation pareille à celle de ce pauvre garçon voyant mon sang ruisseler dans mes cheveux. Il crut m'avoir tué. Il se précipite sur moi, m'embrasse, me serre étroitement en fondant en larmes et poussant des cris perçants. Je l'embrassais aussi de toute ma force en pleurant comme lui dans une émotion confuse qui n'était pas sans quelque douceur. Enfin il se mit en devoir d'étancher mon sang qui continuait de couler, et voyant que nos deux mouchoirs n'y pouvaient suffire, il m'entraîna chez sa mère qui avait un petit jardin près de là. Cette bonne dame faillit à se trouver mal en me voyant dans cet état. Mais elle sut conserver des forces pour me panser, et après avoir bien bassiné ma plaie elle y appliqua des fleurs de lis macérées dans l'eau-de-vie, vulnéraire excellent et très usité dans notre pays. Ses larmes et celles de son fils pénétrèrent mon cœur au point que longtemps je la regardai comme ma mère et son fils comme mon frère, jusqu'à ce qu'ayant perdu l'un et l'autre de vue, je les oubliai peu à peu.

Je gardai le même secret sur cet accident que sur l'autre, et il m'en est arrivé cent autres de pareille nature en ma vie, dont je n'ai pas même été tenté de parler dans mes *Confessions*, tant j'y cherchais peu l'art de faire valoir le bien que je sentais dans mon caractère. Non, quand j'ai parlé contre la vérité qui m'était connue, ce n'a jamais été qu'en choses indifférentes, et plus ou par l'embarras de parler ou pour le plaisir d'écrire que par aucun motif d'intérêt pour moi, ni d'avantage ou de préjudice d'autrui. Et quiconque lira mes *Confessions* impartialement, si jamais cela arrive, sentira que les aveux que j'y fais sont plus humiliants, plus pénibles à faire que ceux d'un mal plus grand mais moins honteux à dire, et que je n'ai pas dit parce que je ne l'ai pas fait.

Il suit de toutes ces réflexions que la profession de véracité que je me suis faite a plus son fondement sur des sentiments de droiture et d'équité que sur la réalité des choses, et que j'ai plus suivi dans la pratique les directions morales de ma conscience que les notions abstraites du vrai et du faux. J'ai souvent débité bien des fables, mais j'ai très rarement menti. En suivant ces principes j'ai donné sur moi beaucoup de prise aux autres, mais je n'ai fait tort à qui que ce fût, et je ne me suis point attribué à moi-même plus d'avantage qu'il ne m'en était dû. C'est uniquement par là, ce me semble, que la vérité est une vertu. A tout autre égard elle n'est pour nous qu'un être métaphysique dont il ne résulte ni bien ni mal [1].

Je ne sens pourtant pas mon cœur assez content de ces distinctions pour me croire tout à fait irrépréhensible. En pesant avec tant de soin ce que je devais aux autres, ai-je assez examiné ce que je me devais à moi-même ? S'il faut être juste pour autrui, il faut être vrai pour soi, c'est un hommage que l'honnête homme doit rendre à sa propre dignité. Quand la stérilité de ma conversation me forçait d'y suppléer par d'innocentes fictions j'avais tort, parce qu'il ne faut point pour amuser autrui s'avilir soi-même; et quand, entraîné par le plaisir d'écrire, j'ajoutais à des choses réelles des ornements inventés, j'avais plus de tort encore parce qu'orner la vérité par des fables c'est en effet la défigurer.

Mais ce qui me rend plus inexcusable est la devise que j'avais choisie. Cette devise m'obligeait plus que tout autre homme à une profession plus étroite de la vérité, et il ne suffisait pas que je lui sacrifiasse partout mon intérêt et mes penchants, il fallait lui sacrifier aussi ma faiblesse et mon naturel timide. Il fallait avoir le courage et la force d'être vrai toujours en toute occasion et qu'il ne sortît jamais ni fiction ni fable d'une bouche et d'une plume qui s'étaient particulièrement consacrées à la vérité. Voilà ce que j'aurais dû me dire en prenant cette fière devise, et me répéter sans cesse tant que j'osai la porter. Jamais la fausseté ne dicta mes mensonges, ils sont tous venus de faiblesse, mais cela m'excuse très mal. Avec une âme faible on peut tout au plus se garantir du vice, mais c'est être arrogant et téméraire d'oser professer de grandes vertus.

Voilà des réflexions qui probablement ne me seraient jamais venues dans l'esprit si l'abbé Rosier ne me les eût suggérées. Il est bien tard, sans doute, pour en faire usage; mais il n'est pas trop tard au moins pour redresser mon erreur et remettre ma volonté dans la règle : car c'est désormais tout ce qui dépend de moi. En ceci donc et en toutes choses semblables la maxime de Solon est applicable à tous les âges, et il n'est jamais trop tard pour apprendre, même de ses ennemis, à être sage, vrai, modeste, et à moins présumer de soi.

CINQUIÈME PROMENADE

De toutes les habitations où j'ai demeuré (et j'en ai eu de charmantes), aucune ne m'a rendu si véritablement heureux et ne m'a laissé de si tendres regrets que l'île de Saint-Pierre au milieu du lac de Bienne [1]. Cette petite île qu'on appelle à Neuchâtel l'île de La Motte est bien peu connue, même en Suisse. Aucun voyageur, que je sache, n'en fait mention. Cependant elle est très agréable et singulièrement située pour le bonheur d'un homme qui aime à se circonscrire; car quoique je sois peut-être le seul au monde à qui sa destinée en ait fait une loi, je ne puis croire être le seul qui ait un goût si naturel, quoique je ne l'aie trouvé jusqu'ici chez nul autre.

Les rives du lac de Bienne sont plus sauvages et romantiques [2] que celles du lac de Genève, parce que les rochers et les bois y bordent l'eau de plus près; mais elles ne sont pas moins riantes. S'il y a moins de culture de champs et de vignes, moins de villes et de maisons, il y a aussi plus de verdure naturelle, plus de prairies, d'asiles ombragés de bocages, des contrastes plus fréquents et des accidents plus rapprochés. Comme il n'y a pas sur ces heureux bords de grandes routes commodes pour les voitures, le pays est peu fréquenté par les voyageurs; mais qu'il est intéressant pour des contemplatifs solitaires qui aiment à s'enivrer à loisir des charmes de la nature, et à se recueillir dans un silence que ne trouble aucun autre bruit que le cri des aigles, le ramage entrecoupé de quelques oiseaux, et le roulement des torrents qui tombent de la montagne! Ce beau bassin d'une forme presque ronde enferme dans son milieu deux petites îles, l'une habitée et cultivée, d'environ demi-lieue de tour; l'autre plus petite, déserte et en friche, et qui sera détruite à la fin par les transports de la terre qu'on en ôte sans cesse pour réparer les dégâts que les vagues et les orages font à la grande. C'est ainsi que la substance du faible est toujours employée au profit du puissant.

Il n'y a dans l'île qu'une seule maison, mais grande, agréable et commode, qui appartient à l'hôpital de Berne ainsi que l'île, et où loge un receveur avec sa famille et ses domestiques. Il y entretient une nombreuse basse-cour, une volière et des réservoirs pour le poisson. L'île dans sa petitesse est tellement variée dans ses terrains et ses aspects qu'elle offre toutes sortes de sites et souffre toutes sortes de cultures. On y trouve des champs, des vignes, des bois, des vergers, de gras pâturages ombragés de bosquets et bordés d'arbrisseaux de toute espèce dont le bord des eaux entretient la fraîcheur; une haute terrasse plantée de deux rangs d'arbres borde l'île dans sa longueur, et dans le milieu de cette terrasse on a bâti un joli salon où les habitants des rives voisines se rassemblent et viennent danser les dimanches durant les vendanges.

C'est dans cette île que je me réfugiai après la lapidation de Môtiers. J'en trouvai le séjour si charmant, j'y menais une vie si convenable à mon humeur que, résolu d'y finir mes jours, je n'avais d'autre inquiétude sinon qu'on ne me laissât pas exécuter ce

projet qui ne s'accordait pas avec celui de m'entraîner
en Angleterre, dont je sentais déjà les premiers effets.
Dans les pressentiments qui m'inquiétaient j'aurais
voulu qu'on m'eût fait de cet asile une prison perpétuelle, qu'on m'y eût confiné pour toute ma vie [1], et
qu'en m'ôtant toute puissance et tout espoir d'en sortir
on m'eût interdit toute espèce de communication avec
la terre ferme de sorte qu'ignorant tout ce qui se
faisait dans le monde j'en eusse oublié l'existence et
qu'on y eût oublié la mienne aussi.

On ne m'a laissé passer guère que deux mois [2] dans
cette île, mais j'y aurais passé deux ans, deux siècles
et toute l'éternité sans m'y ennuyer un moment,
quoique je n'y eusse, avec ma compagne, d'autre société que celle du receveur, de sa femme et de ses
domestiques, qui tous étaient à la vérité de très bonnes
gens et rien de plus, mais c'était précisément ce qu'il
me fallait. Je compte ces deux mois pour le temps
le plus heureux de ma vie et tellement heureux qu'il
m'eût suffi durant toute mon existence sans laisser
naître un seul instant dans mon âme le désir d'un
autre état.

Quel était donc ce bonheur et en quoi consistait sa
jouissance ? Je le donnerais à deviner à tous les hommes
de ce siècle sur la description de la vie que j'y menais.
Le précieux *far niente* fut la première et la principale
de ces jouissances que je voulus savourer dans toute
sa douceur, et tout ce que je fis durant mon séjour
ne fut en effet que l'occupation délicieuse et nécessaire
d'un homme qui s'est dévoué à l'oisiveté.

L'espoir qu'on ne demanderait pas mieux que de
me laisser dans ce séjour isolé où je m'étais enlacé
de moi-même, dont il m'était impossible de sortir sans
assistance et sans être bien aperçu, et où je ne pouvais avoir ni communication ni correspondance que

par le concours des gens qui m'entouraient, cet espoir,
dis-je, me donnait celui d'y finir mes jours plus tranquillement que je ne les avais passés, et l'idée que
j'aurais le temps de m'y arranger tout à loisir fit que
je commençai par n'y faire aucun arrangement. Transporté là brusquement seul et nu, j'y fis venir successivement ma gouvernante, mes livres et mon petit équi-
page, dont j'eus le plaisir de ne rien déballer, laissant
mes caisses et mes malles comme elles étaient arrivées
et vivant dans l'habitation où je comptais achever
mes jours comme dans une auberge dont j'aurais dû
partir le lendemain. Toutes choses telles qu'elles
étaient allaient si bien que vouloir les mieux ranger
était y gâter quelque chose. Un de mes plus grands
délices était surtout de laisser toujours mes livres bien
encaissés et de n'avoir point d'écritoire. Quand de mal-
heureuses lettres me forçaient de prendre la plume
pour y répondre, j'empruntais en murmurant l'écritoire du receveur, et je me hâtais de la rendre dans la
vaine espérance de n'avoir plus besoin de la rem-
prunter. Au lieu de ces tristes paperasses et de toute
cette bouquinerie, j'emplissais ma chambre de fleurs
et de foin; car j'étais alors dans ma première ferveur
de botanique, pour laquelle le docteur d'Ivernois [1]
m'avait inspiré un goût qui bientôt devint passion.
Ne voulant plus d'œuvre de travail il m'en fallait une
d'amusement qui me plût et qui ne me donnât de
peine que celle qu'aime à prendre un paresseux. J'entrepris de faire la *Flora petrinsularis* et de décrire
toutes les plantes de l'île sans en omettre une seule,
avec un détail suffisant pour m'occuper le reste de mes
jours. On dit qu'un Allemand a fait un livre sur un
zeste de citron, j'en aurais fait un sur chaque gramen
des prés, sur chaque mousse des bois, sur chaque lichen
qui tapisse les rochers; enfin je ne voulais pas laisser

un poil d'herbe, pas un atome végétal qui ne fût
amplement décrit. En conséquence de ce beau projet,
tous les matins après le déjeuner, que nous faisions
tous ensemble, j'allais, une loupe à la main et mon
Systema naturæ [1] sous le bras, visiter un canton de
l'île que j'avais pour cet effet divisée en petits carrés
dans l'intention de les parcourir l'un après l'autre
en chaque saison. Rien n'est plus singulier que les
ravissements, les extases que j'éprouvais à chaque observation que je faisais sur la structure et l'organisation
végétale, et sur le jeu des parties sexuelles dans la
fructification, dont le système était alors tout à fait
nouveau pour moi. La distinction des caractères géné-
riques, dont je n'avais pas auparavant la moindre idée,
m'enchantait en les vérifiant sur les espèces communes
en attendant qu'il s'en offrît à moi de plus rares. La
fourchure des deux longues étamines de la brunelle, le
ressort de celles de l'ortie et de la pariétaire, l'explosion
du fruit de la balsamine et de la capsule du buis, mille
petits jeux de la fructification que j'observais pour la
première fois me comblaient de joie, et j'allais deman-
dant si l'on avait vu les cornes de la brunelle comme
La Fontaine demandait si l'on avait lu Habacuc [2].
Au bout de deux ou trois heures, je m'en revenais
chargé d'une ample moisson, provision d'amusement
pour l'après-dînée au logis, en cas de pluie. J'employais
le reste de la matinée à aller avec le receveur, sa
femme et Thérèse visiter leurs ouvriers et leur récolte,
mettant le plus souvent la main à l'œuvre avec eux,
et souvent des Bernois qui me venaient voir m'ont
trouvé juché sur de grands arbres ceint d'un sac que
je remplissais de fruits, et que je dévalais ensuite à
terre avec une corde. L'exercice que j'avais fait dans
la matinée et la bonne humeur qui en est inséparable
me rendaient le repos du dîner très agréable; mais

quand il se prolongeait trop et que le beau temps
m'invitait, je ne pouvais si longtemps attendre, et pendant qu'on était encore à table je m'esquivais et
j'allais me jeter seul dans un bateau que je conduisais
au milieu du lac quand l'eau était calme, et là, m'étendant tout de mon long dans le bateau les yeux tournés
vers le ciel, je me laissais aller et dériver lentement au
gré de l'eau [1], quelquefois pendant plusieurs heures,
plongé dans mille rêveries confuses mais délicieuses, et
qui sans avoir aucun objet bien déterminé ni constant
ne laissaient pas d'être à mon gré cent fois préférables
à tout ce que j'avais trouvé de plus doux dans ce
qu'on appelle les plaisirs de la vie. Souvent averti par
le baisser du soleil de l'heure de la retraite je me
trouvais si loin de l'île que j'étais forcé de travailler
de toute ma force pour arriver avant la nuit close.
D'autres fois, au lieu de m'écarter en pleine eau, je me
plaisais à côtoyer les verdoyantes rives de l'île dont les
limpides eaux et les ombrages frais m'ont souvent en-
gagé à m'y baigner. Mais une de mes navigations les
plus fréquentes était d'aller de la grande à la petite
île, d'y débarquer et d'y passer l'après-dînée, tantôt
à des promenades très circonscrites au milieu des mar-
ceaux, des bourdaines, des persicaires, des arbrisseaux
de toute espèce, et tantôt m'établissant au sommet d'un
tertre sablonneux couvert de gazon, de serpolet, de
fleurs, même d'esparcette et de trèfles qu'on y avait
vraisemblablement semés autrefois, et très propre à
loger des lapins qui pouvaient là multiplier en paix
sans rien craindre et sans nuire à rien. Je donnai cette
idée au receveur qui fit venir de Neuchâtel des lapins
mâles et femelles, et nous allâmes en grande pompe, sa
femme, une de ses sœurs, Thérèse et moi, les établir
dans la petite île, où ils commençaient à peupler avant
mon départ et où ils auront prospéré sans doute s'ils

ont pu soutenir la rigueur des hivers. La fondation de
cette petite colonie fut une fête. Le pilote des Argo-
nautes n'était pas plus fier que moi menant en
triomphe la compagnie et les lapins de la grande île
à la petite, et je notais avec orgueil que la receveuse,
qui redoutait l'eau à l'excès et s'y trouvait toujours
mal, s'embarqua sous ma conduite avec confiance et
ne montra nulle peur durant la traversée.

Quand le lac agité ne me permettait pas la naviga-
tion, je passais mon après-midi à parcourir l'île en her-
borisant à droite et à gauche, m'asseyant tantôt dans
les réduits les plus riants et les plus solitaires pour y
rêver à mon aise, tantôt sur les terrasses et les tertres,
pour parcourir des yeux le superbe et ravissant coup
d'œil du lac et de ses rivages couronnés d'un côté par
des montagnes prochaines et de l'autre élargis en riches
et fertiles plaines, dans lesquelles la vue s'étendait
jusqu'aux montagnes bleuâtres plus éloignées qui la
bornaient.

Quand le soir approchait je descendais des cimes de
l'île et j'allais volontiers m'asseoir au bord du lac sur
la grève dans quelque asile caché; là le bruit des vagues et l'agitation de l'eau fixant mes sens et chassant
de mon âme toute autre agitation la plongeaient dans
une rêverie délicieuse où la nuit me surprenait souvent sans que je m'en fusse aperçu. Le flux et reflux de
cette eau, son bruit continu mais renflé par intervalles
frappant sans relâche mon oreille et mes yeux, sup-
pléaient aux mouvements internes que la rêverie étei-
gnait en moi et suffisaient pour me faire sentir avec
plaisir mon existence sans prendre la peine de penser.
De temps à autre naissait quelque faible et courte
réflexion sur l'instabilité des choses de ce monde dont la
surface des eaux m'offrait l'image : mais bientôt ces
impressions légères s'effaçaient dans l'uniformité du

mouvement continu qui me berçait, et qui sans aucun
concours actif de mon âme ne laissait pas de m'attacher au point qu'appelé par l'heure et par le
signal convenu je ne pouvais m'arracher de là sans
efforts.

Après le souper, quand la soirée était belle, nous al-
lions encore tous ensemble faire quelque tour de promenade sur la terrasse pour y respirer l'air du lac et
la fraîcheur. On se reposait dans le pavillon, on riait,
on causait, on chantait quelque vieille chanson qui valait bien le tortillage moderne, et enfin l'on s'allait
coucher content de sa journée et n'en désirant qu'une
semblable pour le lendemain.

Telle est, laissant à part les visites imprévues et
importunes [1], la manière dont j'ai passé mon temps
dans cette île durant le séjour que j'y ai fait. Qu'on
me dise à présent ce qu'il y a là d'assez attrayant pour
exciter dans mon cœur des regrets si vifs, si tendres et
si durables qu'au bout de quinze ans [2] il m'est impossible de songer à cette habitation chérie sans m'y sentir à chaque fois transporté encore par les élans du
désir.

J'ai remarqué dans les vicissitudes d'une longue vie
que les époques des plus douces jouissances et des
plaisirs les plus vifs ne sont pourtant pas celles dont
le souvenir m'attire et me touche le plus. Ces courts moments de délire et de passion, quelque vifs qu'ils puissent être, ne sont cependant, et par leur vivacité même,
que des points bien clairsemés dans la ligne de la vie.
Ils sont trop rares et trop rapides pour constituer un
état, et le bonheur que mon cœur regrette n'est point
composé d'instants fugitifs mais un état simple et permanent, qui n'a rien de vif en lui-même, mais dont la
durée accroît le charme au point d'y trouver enfin la
suprême félicité.

Tout est dans un flux continuel sur la terre : rien n'y garde une forme constante et arrêtée, et nos affections qui s'attachent aux choses extérieures passent et changent nécessairement comme elles. Toujours en avant ou en arrière de nous, elles rappellent le passé qui n'est plus ou préviennent l'avenir qui souvent ne doit point être : il n'y a rien là de solide à quoi le cœur se puisse attacher. Aussi n'a-t-on guère ici-bas que du plaisir qui passe; pour le bonheur qui dure je doute qu'il soit connu. A peine est-il dans nos plus vives jouissances un instant où le cœur puisse véritablement nous dire : *Je voudrais que cet instant durât toujours;* et comment peut-on appeler bonheur un état fugitif qui nous laisse encore le cœur inquiet et vide, qui nous fait regretter quelque chose avant, ou désirer encore quelque chose après?

Mais s'il est un état où l'âme trouve une assiette assez solide pour s'y reposer tout entière et rassembler là tout son être, sans avoir besoin de rappeler le passé ni d'enjamber sur l'avenir; où le temps ne soit rien pour elle, où le présent dure toujours sans néanmoins marquer sa durée et sans aucune trace de succession, sans aucun autre sentiment de privation ni de jouissance, de plaisir ni de peine, de désir ni de crainte que celui seul de notre existence, et que ce sentiment seul puisse la remplir tout entière; tant que cet état dure celui qui s'y trouve peut s'appeler heureux, non d'un bonheur imparfait, pauvre et relatif, tel que celui qu'on trouve dans les plaisirs de la vie, mais d'un bonheur suffisant, parfait et plein, qui ne laisse dans l'âme aucun vide qu'elle sente le besoin de remplir. Tel est l'état où je me suis trouvé souvent à l'île de Saint-Pierre dans mes rêveries solitaires, soit couché dans mon bateau que je laissais dériver au gré de l'eau, soit assis sur les rives du lac agité, soit ailleurs au bord d'une belle rivière ou d'un ruisseau [1] murmurant sur le gravier.

De quoi jouit-on dans une pareille situation? De rien d'extérieur à soi, de rien sinon de soi-même et de sa propre existence, tant que cet état dure on se suffit à soi-même comme Dieu. Le sentiment de l'existence dépouillé de toute autre affection est par lui-même un sentiment précieux de contentement et de paix, qui suffirait seul pour rendre cette existence chère et douce à qui saurait écarter de soi toutes les impressions sensuelles et terrestres qui viennent sans cesse nous en distraire et en troubler ici-bas la douceur. Mais la plupart des hommes, agités de passions continuelles, connaissent peu cet état, et ne l'ayant goûté qu'imparfaitement durant peu d'instants n'en conservent qu'une idée obscure et confuse qui ne leur en fait pas sentir le charme. Il ne serait pas même bon, dans la présente constitution des choses, qu'avides de ces douces extases ils s'y dégoûtassent de la vie active dont leurs besoins toujours renaissants leur prescrivent le devoir. Mais un infortuné qu'on a retranché de la société humaine et qui ne peut plus rien faire ici-bas d'utile et de bon pour autrui ni pour soi, peut trouver dans cet état à toutes les félicités humaines des dédommagements que la fortune et les hommes ne lui sauraient ôter.

Il est vrai que ces dédommagements ne peuvent être sentis par toutes les âmes ni dans toutes les situations. Il faut que le cœur soit en paix et qu'aucune passion n'en vienne troubler le calme. Il y faut des dispositions de la part de celui qui les éprouve, il en faut dans le concours des objets environnants. Il n'y faut ni un repos absolu ni trop d'agitation, mais un mouvement uniforme et modéré qui n'ait ni secousses ni intervalles. Sans mouvement la vie n'est qu'une léthargie. Si le mouvement est inégal ou trop fort, il réveille; en

nous rappelant aux objets environnants, il détruit le
charme de la rêverie et nous arrache d'au dedans de
nous pour nous remettre à l'instant sous le joug de la
fortune et des hommes et nous rendre au sentiment de
nos malheurs. Un silence absolu porte à la tristesse. Il
offre une image de la mort. Alors le secours d'une imagination riante est nécessaire et se présente assez naturellement à ceux que le ciel en a gratifiés. Le mouvement qui ne vient pas du dehors se fait alors au
dedans de nous. Le repos est moindre, il est vrai, mais
il est aussi plus agréable quand de légères et douces
idées, sans agiter le fond de l'âme ne font pour ainsi
dire qu'en effleurer la surface. Il n'en faut qu'assez
pour se souvenir de soi-même en oubliant tous ses
maux. Cette espèce de rêverie peut se goûter partout
où l'on peut être tranquille, et j'ai souvent pensé qu'à
la Bastille [1], et même dans un cachot où nul objet
n'eût frappé ma vue, j'aurais encore pu rêver agréablement.

Mais il faut avouer que cela se faisait bien mieux et
plus agréablement dans une île fertile et solitaire, naturellement circonscrite et séparée du reste du monde,
où rien ne m'offrait que des images riantes, où rien ne
me rappelait des souvenirs attristants, où la société du
petit nombre d'habitants était liante et douce sans être
intéressante au point de m'occuper incessamment, où
je pouvais enfin me livrer tout le jour sans obstacle
et sans soins aux occupations de mon goût ou à la
plus molle oisiveté. L'occasion sans doute était belle
pour un rêveur qui, sachant se nourrir d'agréables
chimères au milieu des objets les plus déplaisants,
pouvait s'en rassasier à son aise en y faisant concourir
tout ce qui frappait reellement ses sens. En sortant d'une
longue et douce rêverie. en me voyant entoure de verdure, de fleurs, d'oiseaux et laissant errer mes yeux au

loin sur les romanesques [1] rivages qui bordaient une
vaste étendue d'eau claire et cristalline, j'assimilais à
mes fictions tous ces aimables objets; et me trouvant
enfin ramené par degrés à moi-même et à ce qui m'entourait, je ne pouvais marquer le point de séparation
des fictions aux réalités; tant tout concourait également
à me rendre chère la vie recueillie et solitaire que je
menais dans ce beau séjour. Que ne peut-elle renaître
encore? Que ne puis-je aller finir mes jours dans cette
île chérie sans en ressortir jamais, ni jamais y revoir
aucun habitant du continent qui me rappelât le souvenir des calamités de toute espèce qu'ils se plaisent
à rassembler sur moi depuis tant d'années? Ils seraient
bientôt oubliés pour jamais : sans doute ils ne m'ou-
blieraient pas de même, mais que m'importerait,
pourvu qu'ils n'eussent aucun accès pour y venir troubler mon repos? Délivré de toutes les passions terrestres qu'engendre le tumulte de la vie sociale, mon âme
s'élancerait fréquemment au-dessus de cette atmo-
sphère, et commercerait d'avance avec les intelligences
célestes dont elle espère aller augmenter le nombre
dans peu de temps. Les hommes se garderont, je le sais,
de me rendre un si doux asile où ils n'ont pas voulu me
laisser. Mais ils ne m'empêcheront pas du moins de
m'y transporter chaque jour sur les ailes de l'imagination, et d'y goûter durant quelques heures le même
plaisir que si je l'habitais encore. Ce que j'y ferais de
plus doux serait d'y rêver à mon aise. En rêvant que
j'y suis ne fais-je pas la même chose? Je fais même
plus; à l'attrait d'une rêverie abstraite et monotone
je joins des images charmantes qui la vivifient. Leurs
objets échappaient souvent à mes sens dans mes extases,
et maintenant plus ma rêverie est profonde plus
elle me les peint vivement. Je suis souvent plus
au milieu d'eux et plus agréablement encore que

quand j'y étais réellement. Le malheur est qu'à mesure que l'imagination s'attiédit cela vient avec plus de peine et ne dure pas si longtemps. Hélas, c'est quand on commence à quitter sa dépouille qu'on en est le plus offusqué!

SIXIÈME PROMENADE

Nous n'avons guère de mouvement machinal dont nous ne pussions trouver la cause dans notre cœur, si nous savions bien l'y chercher [1]. Hier, passant sur le nouveau boulevard pour aller herboriser le long de la Bièvre du côté de Gentilly, je fis le crochet à droite en approchant de la barrière d'Enfer, et m'écartant dans la campagne j'allai par la route de Fontainebleau gagner les hauteurs qui bordent cette petite rivière. Cette marche était fort indifférente en elle-même, mais en me rappelant que j'avais fait plusieurs fois machinalement le même détour, j'en recherchai la cause en moi-même, et je ne pus m'empêcher de rire quand je vins à la démêler.

Dans un coin du boulevard, à la sortie de la barrière d'Enfer, s'établit journellement en été une femme qui vend du fruit, de la tisane et des petits pains. Cette femme a un petit garçon fort gentil mais boiteux qui, clopinant avec ses béquilles, s'en va d'assez bonne grâce demander l'aumône aux passants. J'avais fait une espèce de connaissance avec ce petit bonhomme ; il ne manquait pas chaque fois que je passais de venir me faire son petit compliment, toujours suivi de ma petite offrande. Les premières fois je fus charmé de le voir, je lui donnais de très bon cœur, et je continuai quelque temps de le faire avec le même plaisir, y joignant même le plus souvent celui d'exciter et d'écouter son petit babil que je trouvais agréable. Ce plaisir devenu par degrés habitude se trouva, je ne sais comment, transformé dans une espèce de devoir dont je sentis bientôt la gêne, surtout à cause de la harangue préliminaire qu'il fallait écouter, et dans laquelle il ne manquait jamais de m'appeler souvent M. Rousseau pour montrer qu'il me connaissait bien, ce qui m'apprenait assez au contraire qu'il ne me connaissait pas plus que ceux qui l'avaient instruit. Dès lors je passai par là moins volontiers, et enfin je pris machinalement l'habitude de faire le plus souvent un détour quand j'approchais de cette traverse.

Voilà ce que je découvris en y réfléchissant : car rien de tout cela ne s'était offert jusqu'alors distinctement à ma pensée. Cette observation m'en a rappelé successivement des multitudes d'autres qui m'ont bien confirmé que les vrais et premiers motifs de la plupart de mes actions ne me sont pas aussi clairs à moi-même que je me l'étais longtemps figuré. Je sais et je sens que faire du bien est le plus vrai bonheur que le cœur humain puisse goûter ; mais il y a longtemps que ce bonheur a été mis hors de ma portée, et ce n'est pas dans un aussi misérable sort que le mien qu'on peut espérer de placer avec choix et avec fruit une seule action réellement bonne. Le plus grand soin de ceux qui règlent ma destinée ayant été que tout ne fût pour moi que fausse et trompeuse apparence, un motif de vertu n'est jamais qu'un leurre qu'on me présente pour m'attirer dans le piège où l'on veut m'enlacer. Je sais cela ; je sais que le seul bien qui soit désormais en ma puissance est de m'abstenir d'agir de peur de mal faire sans le vouloir et sans le savoir.

Mais il fut des temps plus heureux où, suivant les mouvements de mon cœur, je pouvais quelquefois rendre un autre cœur content, et je me dois l'honorable témoignage que chaque fois que j'ai pu goûter ce plaisir je l'ai trouvé plus doux qu'aucun autre. Ce penchant fut vif, vrai, pur, et rien dans mon plus secret intérieur ne l'a jamais démenti. Cependant j'ai senti souvent le poids de mes propres bienfaits par la chaîne des devoirs qu'ils entraînaient à leur suite : alors le plaisir a disparu et je n'ai plus trouvé dans la continuation des mêmes soins qui m'avaient d'abord charmé qu'une gêne presque insupportable. Durant mes courtes prospérités beaucoup de gens recouraient à moi, et jamais dans tous les services que je pus leur rendre aucun d'eux ne fut éconduit. Mais de ces premiers bienfaits versés avec effusion de cœur naissaient des chaînes d'engagements successifs que je n'avais pas prévus et dont je ne pouvais plus secouer le joug. Mes premiers services n'étaient aux yeux de ceux qui les recevaient que les erres [1] de ceux qui les devaient suivre; et dès que quelque infortuné avait jeté sur moi le grappin d'un bienfait reçu, c'en était fait désormais, et ce premier bienfait libre et volontaire devenait un droit indéfini à tous ceux dont il pouvait avoir besoin dans la suite, sans que l'impuissance même suffît pour m'en affranchir. Voilà comment des jouissances très douces se transformaient pour moi dans la suite en d'onéreux assujettissements.

Ces chaînes cependant ne me parurent pas très pesantes tant qu'ignoré du public je vécus dans l'obscurité. Mais quand une fois ma personne fut affichée par mes écrits, faute grave sans doute, mais plus qu'expiée par mes malheurs, dès lors je devins le bureau général d'adresse de tous les souffreteux ou soi-disant tels, de tous les aventuriers qui cherchaient des dupes, de tous ceux qui sous prétexte du grand crédit qu'ils feignaient de m'attribuer voulaient s'emparer de moi de manière ou d'autre. C'est alors que j'eus lieu de connaître que tous les penchants de la nature sans excepter la bienfaisance elle-même, portés ou suivis dans la société sans prudence et sans choix, changent de nature et deviennent souvent aussi nuisibles qu'ils étaient utiles dans leur première direction. Tant de cruelles expériences changèrent peu à peu mes premières dispositions, ou plutôt, les renfermant enfin dans leurs véritables bornes, elles m'apprirent à suivre moins aveuglément mon penchant à bien faire, lorsqu'il ne servait qu'à favoriser la méchanceté d'autrui.

Mais je n'ai point regret à ces mêmes expériences, puisqu'elles m'ont procuré par la réflexion de nouvelles lumières sur la connaissance de moi-même et sur les vrais motifs de ma conduite en mille circonstances sur lesquelles je me suis si souvent fait illusion. J'ai vu que pour bien faire avec plaisir il fallait que j'agisse librement, sans contrainte, et que pour m'ôter toute la douceur d'une bonne œuvre il suffisait qu'elle devînt un devoir pour moi. Dès lors le poids de l'obligation me fait un fardeau des plus douces jouissances et, comme je l'ai dit dans l'*Émile*, à ce que je crois [1], j'eusse été chez les Turcs un mauvais mari à l'heure où le cri public les appelle à remplir les devoirs de leur état.

Voilà ce qui modifie beaucoup l'opinion que j'eus longtemps de ma propre vertu; car il n'y en a point à suivre ses penchants et à se donner, quand ils nous y portent, le plaisir de bien faire. Mais elle consiste à les vaincre quand le devoir le commande, pour faire ce qu'il nous prescrit, et voilà ce que j'ai su moins faire qu'homme du monde. Né sensible et bon, portant la pitié jusqu'à la faiblesse, et me sentant exalter l'âme par tout ce qui tient à la générosité, je fus humain, bienfaisant, secourable, par goût, par passion même, tant qu'on n'intéressa que mon cœur; j'eusse été le meilleur et le plus clément des hommes si j'en avais été le plus puissant, et pour éteindre en moi tout désir de vengeance il m'eût suffi de pouvoir me venger. J'aurais même été juste sans peine contre mon propre intérêt, mais contre celui des personnes qui m'étaient chères je n'aurais pu me résoudre à l'être. Dès que mon devoir et mon cœur étaient en contradiction, le premier eut rarement la victoire, à moins qu'il ne fallût seulement que m'abstenir; alors j'étais fort le plus souvent, mais agir contre mon penchant me fut toujours impossible. Que ce soient les hommes, le devoir ou même la nécessité qui commandent quand mon cœur se tait, ma volonté reste sourde, et je ne saurais obéir. Je vois le mal qui me menace et je le laisse arriver plutôt que de m'agiter pour le prévenir. Je commence quelquefois avec effort, mais cet effort me lasse et m'épuise bien vite; je ne saurais continuer. En toute chose imaginable ce que je ne fais pas avec plaisir m'est bientôt impossible à faire.

Il y a plus. La contrainte d'accord avec mon désir suffit pour l'anéantir, et le changer en répugnance, en aversion même, pour peu qu'elle agisse trop fortement, et voilà ce qui me rend pénible la bonne œuvre qu'on exige et que je faisais de moi-même lorsqu'on ne l'exigeait pas. Un bienfait purement gratuit est certainement une œuvre que j'aime à faire. Mais quand celui qui l'a reçu s'en fait un titre pour en exiger la continuation sous peine de sa haine, quand il me fait une loi d'être à jamais son bienfaiteur pour avoir d'abord pris plaisir à l'être, dès lors la gêne commence et le plaisir s'évanouit. Ce que je fais alors quand je cède est faiblesse et mauvaise honte, mais la bonne volonté n'y est plus, et loin que je m'en applaudisse en moi-même, je me reproche en ma conscience de bien faire à contre-cœur.

Je sais qu'il y a une espèce de contrat et même le plus saint de tous entre le bienfaiteur et l'obligé. C'est une sorte de société qu'ils forment l'un avec l'autre, plus étroite que celle qui unit les hommes en général, et si l'obligé s'engage tacitement à la reconnaissance, le bienfaiteur s'engage de même à conserver à l'autre, tant qu'il ne s'en rendra pas indigne, la même bonne volonté qu'il vient de lui témoigner, et à lui en renouveler les actes toutes les fois qu'il le pourra et qu'il en sera requis. Ce ne sont pas là des conditions expresses, mais ce sont des effets naturels de la relation qui vient de s'établir entre eux. Celui qui la première fois refuse un service gratuit qu'on lui demande ne donne aucun droit de se plaindre à celui qu'il a refusé [1]; mais celui qui dans un cas semblable refuse au même la même grâce qu'il lui accorda ci-devant frustre une espérance qu'il l'a autorisé à concevoir; il trompe et dément une attente qu'il a fait naître. On sent dans ce refus je ne sais quoi d'injuste et de plus dur que dans l'autre; mais il n'en est pas moins l'effet d'une indépendance que le cœur aime, et à laquelle il ne renonce pas sans effort. Quand je paye une dette, c'est un devoir que je remplis; quand je fais un don, c'est un plaisir que je me donne. Or le plaisir de remplir ses devoirs est de ceux que la seule habitude de la vertu fait naître : ceux qui nous viennent immédiatement de la nature ne s'élèvent pas si haut que cela.

Après tant de tristes expériences j'ai appris à prévoir de loin les conséquences de mes premiers mouvements suivis, et je me suis souvent abstenu d'une bonne œuvre que j'avais le désir et le pouvoir de faire, effrayé de l'assujettissement auquel dans la suite je m'allais soumettre si je m'y livrais inconsidérément. Je n'ai pas toujours senti cette crainte, au contraire dans ma jeunesse je m'attachais par mes propres bienfaits, et j'ai souvent éprouvé de même que ceux que j'obligeais s'affectionnaient à moi par reconnaissance encore plus que par intérêt. Mais les choses ont bien changé de face à cet égard comme à tout autre aussitôt que mes malheurs ont commencé. J'ai vécu dès lors dans une génération nouvelle qui ne ressemblait point à la première, et mes propres sentiments pour les autres ont souffert des changements que j'ai trouvés dans les leurs. Les mêmes gens que j'ai vus successivement dans ces deux générations si différentes se sont pour ainsi dire assimilés successivement à l'une et à l'autre [1]. De vrais et francs qu'ils étaient d'abord, devenus ce qu'ils sont, ils ont fait comme tous les autres; et par cela seul que les temps sont changés, les hommes ont changé comme eux. Eh! comment pourrais-je garder les mêmes sentiments pour ceux en qui je trouve le contraire de ce qui les fit naître? Je ne les hais point, parce que je ne saurais haïr; mais je ne puis me défendre du mépris qu'ils méritent ni m'abstenir de le leur témoigner.

Peut-être, sans m'en apercevoir, ai-je changé moi-même plus qu'il n'aurait fallu. Quel naturel résisterait sans s'altérer à une situation pareille à la mienne? Convaincu par vingt ans [2] d'expérience que tout ce que la nature a mis d'heureuses dispositions dans mon cœur est tourné par ma destinée et par ceux qui en disposent au préjudice de moi-même ou d'autrui, je ne puis plus regarder une bonne œuvre qu'on me présente à faire que comme un piège qu'on me tend et sous lequel est caché quelque mal. Je sais que, quel que soit l'effet de l'œuvre, je n'en aurai pas moins le

mérite de ma bonne intention. Oui, ce mérite y est toujours sans doute, mais le charme intérieur n'y est
plus, et sitôt que ce stimulant me manque, je ne sens
qu'indifférence et glace au dedans de moi, et sûr qu'au
lieu de faire une action vraiment utile je ne fais qu'un
acte de dupe, l'indignation de l'amour-propre jointe
au désaveu de la raison ne m'inspire que répugnance
et résistance où j'eusse été plein d'ardeur et de zèle
dans mon état naturel.

Il est des sortes d'adversités qui élèvent et renforcent
l'âme, mais il en est qui l'abattent et la tuent; telle est
celle dont je suis la proie. Pour peu qu'il y eût eu
quelque mauvais levain dans la mienne elle l'eût fait
fermenter à l'excès, elle m'eût rendu frénétique; mais
elle ne m'a rendu que nul. Hors d'état de bien faire et
pour moi-même et pour autrui, je m'abstiens d'agir;
et cet état, qui n'est innocent que parce qu'il est forcé,
me fait trouver une sorte de douceur à me livrer pleinement sans reproche à mon penchant naturel. Je vais
trop loin sans doute, puisque j'évite les occasions d'agir,
même où je ne vois que du bien à faire. Mais certain
qu'on ne me laisse pas voir les choses comme elles sont,
je m'abstiens de juger sur les apparences qu'on leur
donne, et de quelque leurre qu'on couvre les motifs
d'agir, il suffit que ces motifs soient laissés à ma portée
pour que je sois sûr qu'ils sont trompeurs.

Ma destinée semble avoir tendu dès mon enfance
le premier piège qui m'a rendu longtemps si facile
à tomber dans tous les autres. Je suis né le plus confiant
des hommes et durant quarante ans entiers [1] jamais
cette confiance ne fut trompée une seule fois. Tombé
tout d'un coup dans un autre ordre de gens et de
choses j'ai donné dans mille embûches sans jamais
en apercevoir aucune, et vingt ans d'expérience [2]
ont à peine suffi pour m'éclairer sur mon sort. Une

fois convaincu qu'il n'y a que mensonge et fausseté
dans les démonstrations grimacières qu'on me prodi-
gue, j'ai passé rapidement à l'autre extrémité : car
quand on est une fois sorti de son naturel, il n'y a plus
de bornes qui nous retiennent. Dès lors je me suis
dégoûté des hommes, et ma volonté concourant avec
la leur à cet égard me tient encore plus éloigné d'eux
que ne font toutes leurs machines.

Ils ont beau faire : cette répugnance ne peut jamais
aller jusqu'à l'aversion. En pensant à la dépendance
où ils se sont mis de moi pour me tenir dans la leur,
ils me font une pitié réelle. Si je suis malheureux ils
le sont eux-mêmes, et chaque fois que je rentre en
moi je les trouve toujours à plaindre. L'orgueil peut-
être se mêle encore à ces jugements, je me sens trop
au-dessus d'eux pour les haïr. Ils peuvent m'intéresser
tout au plus jusqu'au mépris, mais jamais jusqu'à la
haine : enfin je m'aime trop moi-même pour pouvoir
haïr qui que ce soit. Ce serait resserrer, comprimer
mon existence, et je voudrais plutôt l'étendre sur tout
l'univers.

J'aime mieux les fuir que les haïr. Leur aspect
frappe mes sens et par eux mon cœur d'impressions
que mille regards cruels me rendent pénibles; mais le
malaise cesse aussitôt que l'objet qui le cause a disparu.
Je m'occupe d'eux, et bien malgré moi par leur présence, mais jamais par leur souvenir. Quand je ne les
vois plus, ils sont pour moi comme s'ils n'existaient
point.

Ils ne me sont même indifférents qu'en ce qui se
rapporte à moi; car dans leurs rapports entre eux ils
peuvent encore m'intéresser et m'émouvoir comme
les personnages d'un drame que je verrais représenter.
Il faudrait que mon être moral fût anéanti pour que
la justice me devînt indifférente. Le spectacle de l'in-

justice et de la méchanceté me fait encore bouillir le sang de colère; les actes de vertu où je ne vois ni forfanterie ni ostentation me font toujours tressaillir de joie et m'arrachent encore de douces larmes. Mais il faut que je les voie et les apprécie moi-même; car après ma propre histoire il faudrait que je fusse insensé pour adopter sur quoi que ce fût le jugement des hommes, et pour croire aucune chose sur la foi d'autrui.

Si ma figure et mes traits étaient aussi parfaitement inconnus aux hommes que le sont mon caractère et mon naturel, je vivrais encore sans peine au milieu d'eux. Leur société même pourrait me plaire tant que je leur serais parfaitement étranger. Livré sans contrainte à mes inclinations naturelles, je les aimerais encore s'ils ne s'occupaient jamais de moi. J'exercerais sur eux une bienveillance universelle et parfaitement désintéressée : mais sans former jamais d'attachement particulier, et sans porter le joug d'aucun devoir, je ferais envers eux librement et de moi-même tout ce qu'ils ont tant de peine à faire incités par leur amour-propre et contraints par toutes leurs lois.

Si j'étais resté libre, obscur, isolé, comme j'étais fait pour l'être, je n'aurais fait que du bien : car je n'ai dans le cœur le germe d'aucune passion nuisible. Si j'eusse été invisible et tout-puissant comme Dieu, j'aurais été bienfaisant et bon comme lui. C'est la force et la liberté qui font les excellents hommes. La faiblesse et l'esclavage n'ont fait jamais que des méchants. Si j'eusse été possesseur de l'anneau de Gygès, il m'eût tiré de la dépendance des hommes et les eût mis dans la mienne. Je me suis souvent demandé, dans mes châteaux en Espagne, quel usage j'aurais fait de cet anneau; car c'est bien là que la tentation d'abuser doit être près du pouvoir. Maître de contenter mes désirs, pouvant tout sans pouvoir être trompé par personne, qu'aurais-je pu désirer avec quelque suite? Une seule chose : c'eût été de voir tous les cœurs contents. L'aspect de la félicité publique eût pu seul toucher mon cœur d'un sentiment permanent, et l'ardent désir d'y concourir eût été ma plus constante passion. Toujours juste sans partialité et toujours bon sans faiblesse, je me serais également garanti des méfiances aveugles et des haines implacables; parce que, voyant les hommes tels qu'ils sont et lisant aisément au fond de leurs cœurs, j'en aurais peu trouvé d'assez aimables pour mériter toutes mes affections, peu d'assez odieux pour mériter toute ma haine, et que leur méchanceté même m'eût disposé à les plaindre par la connaissance certaine du mal qu'ils se font à eux-mêmes en voulant en faire à autrui. Peut-être aurais-je eu dans des moments de gaieté l'enfantillage d'opérer quelquefois des prodiges : mais parfaitement désintéressé pour moi-même et n'ayant pour loi que mes inclinations naturelles, sur quelques actes de justice sévère j'en aurais fait mille de clémence et d'équité. Ministre de la Providence et dispensateur de ses lois selon mon pouvoir, j'aurais fait des miracles plus sages et plus utiles que ceux de la légende dorée et du tombeau de Saint-Médard [1].

Il n'y a qu'un seul point sur lequel la faculté de pénétrer partout invisible m'eût pu faire chercher des tentations auxquelles j'aurais mal résisté [2], et une fois entré dans ces voies d'égarement, où n'eussé-je point été conduit par elles? Ce serait bien mal connaître la nature et moi-même que de me flatter que ces facilités ne m'auraient point séduit, ou que la raison m'aurait arrêté dans cette fatale pente. Sûr de moi sur tout autre article, j'étais perdu par celui-là seul. Celui que sa puissance met au-dessus de l'homme doit

être au-dessus des faiblesses de l'humanité, sans quoi
cet excès de force ne servira qu'à le mettre en effet au-
dessous des autres et de ce qu'il eût été lui-même s'il
fût resté leur égal.

Tout bien considéré, je crois que je ferai mieux de
jeter mon anneau magique avant qu'il m'ait fait faire
quelque sottise. Si les hommes s'obstinent à me voir
tout autre que je ne suis et que mon aspect irrite leur
injustice, pour leur ôter cette vue il faut les fuir, mais
non pas m'éclipser au milieu d'eux. C'est à eux de
se cacher devant moi, de me dérober leurs manœuvres,
de fuir la lumière du jour, de s'enfoncer en terre
comme des taupes. Pour moi, qu'ils me voient s'ils peuvent, tant mieux, mais cela leur est impossible; ils ne
verront jamais à ma place que le Jean-Jacques qu'ils
se sont fait et qu'ils ont fait selon leur cœur, pour
le haïr à leur aise. J'aurais donc tort de m'affecter de
la façon dont ils me voient : je n'y dois prendre
aucun intérêt véritable, car ce n'est pas moi qu'ils
voient ainsi.

Le résultat que je puis tirer de toutes ces réflexions
est que je n'ai jamais été vraiment propre à la société
civile où tout est gêne, obligation, devoir, et que mon
naturel indépendant me rendit toujours incapable des
assujettissements nécessaires à qui veut vivre avec les
hommes. Tant que j'agis librement je suis bon et je
ne fais que du bien; mais sitôt que je sens le joug,
soit de la nécessité soit des hommes, je deviens rebelle
ou plutôt rétif, alors je suis nul. Lorsqu'il faut faire
le contraire de ma volonté, je ne le fais point, quoi
qu'il arrive; je ne fais pas non plus ma volonté même,
parce que je suis faible. Je m'abstiens d'agir : car toute
ma faiblesse est pour l'action, toute ma force est négative, et tous mes péchés sont d'omission, rarement de
commission. Je n'ai jamais cru que la liberté de

l'homme consistât à faire ce qu'il veut, mais bien à ne
jamais faire ce qu'il ne veut pas [1], et voilà celle que
j'ai toujours réclamée, souvent conservée, et par qui
j'ai été le plus en scandale à mes contemporains. Car
pour eux, actifs, remuants, ambitieux, détestant la
liberté dans les autres et n'en voulant point pour eux-
mêmes, pourvu qu'ils fassent quelquefois leur volonté,
ou plutôt qu'ils dominent celle d'autrui, ils se gênent
toute leur vie à faire ce qui leur répugne et n'omettent
rien de servile pour commander [2]. Leur tort n'a donc
pas été de m'écarter de la société comme un membre
inutile, mais de m'en proscrire comme un membre pernicieux : car j'ai très peu fait de bien, je l'avoue, mais
pour du mal, il n'en est entré dans ma volonté de ma
vie, et je doute qu'il y ait aucun homme au monde
qui en ait réellement moins fait que moi.

SEPTIÈME PROMENADE

Le recueil de mes longs rêves est à peine commencé, et déjà je sens qu'il touche à sa fin. Un autre amusement lui succède, m'absorbe, et m'ôte même le temps de rêver. Je m'y livre avec un engouement qui tient de l'extravagance et qui me fait rire moi-même quand j'y réfléchis ; mais je ne m'y livre pas moins, parce que dans la situation où me voilà, je n'ai plus d'autre règle de conduite que de suivre en tout mon penchant sans contrainte. Je ne peux rien à mon sort, je n'ai que des inclinations innocentes, et tous les jugements des hommes étant désormais nuls pour moi, la sagesse même veut qu'en ce qui reste à ma portée je fasse tout ce qui me flatte, soit en public soit à part moi, sans autre règle que ma fantaisie, et sans autre mesure que le peu de force qui m'est resté. Me voilà donc à mon foin pour toute nourriture, et à la botanique pour toute occupation. Déjà vieux, j'en avais pris la première teinture en Suisse auprès du docteur d'Iver-nois [1], et j'avais herborisé assez heureusement durant mes voyages pour prendre une connaissance passable du règne végétal. Mais devenu plus que sexagénaire et sédentaire à Paris, les forces commençant à me manquer pour les grandes herborisations, et d'ailleurs

assez livré à ma copie de musique pour n'avoir pas
besoin d'autre occupation, j'avais abandonné cet amusement qui ne m'était plus nécessaire; j'avais vendu
mon herbier, j'avais vendu mes livres, content de revoir quelquefois les plantes communes que je trouvais
autour de Paris dans mes promenades. Durant cet
intervalle le peu que je savais s'est presque entièrement effacé de ma mémoire, et bien plus rapidement
qu'il ne s'y était gravé.

Tout d'un coup, âgé de soixante-cinq ans passés [1],
privé du peu de mémoire que j'avais et des forces
qui me restaient pour courir la campagne, sans guide,
sans livres, sans jardin, sans herbier, me voilà repris de
cette folie, mais avec plus d'ardeur encore que je n'en
eus en m'y livrant la première fois; me voilà sérieusement occupé du sage projet d'apprendre par cœur tout
le *Regnum vegetabile* de Murray [2] et de connaître toutes
les plantes connues sur la terre. Hors d'état de racheter
des livres de botanique, je me suis mis en devoir de
transcrire ceux qu'on m'a prêtés, et résolu de refaire
un herbier plus riche que le premier, en attendant
que j'y mette toutes les plantes de la mer et des
Alpes et de tous les arbres des Indes, je commence
toujours à bon compte par le mouron, le cerfeuil, la
bourrache et le seneçon; j'herborise savamment sur la
cage de mes oiseaux et à chaque nouveau brin d'herbe
que je rencontre je me dis avec satisfaction : Voilà
toujours une plante de plus.

Je ne cherche pas à justifier le parti que je prends
de suivre cette fantaisie; je la trouve très raisonnable,
persuadé que dans la position où je suis, me livrer aux
amusements qui me flattent est une grande sagesse, et
même une grande vertu : c'est le moyen de ne laisser
germer dans mon cœur aucun levain de vengeance
ou de haine, et pour trouver dans ma destinée du

goût à quelque amusement, il faut assurément avoir un naturel bien épuré de toutes passions irascibles. C'est me venger de mes persécuteurs à ma manière, je ne saurais les punir plus cruellement que d'être heureux malgré eux.

Oui, sans doute, la raison me permet, me prescrit même de me livrer à tout penchant qui m'attire et que rien ne m'empêche de suivre; mais elle ne m'apprend pas pourquoi ce penchant m'attire, et quel attrait je puis trouver à une vaine étude faite sans profit, sans progrès, et qui, vieux, radoteur, déjà caduc et pesant, sans facilité, sans mémoire, me ramène aux exercices de la jeunesse et aux leçons d'un écolier. Or c'est une bizarrerie que je voudrais m'expliquer; il me semble que, bien éclaircie, elle pourrait jeter quelque nouveau jour sur cette connaissance de moi-même à l'acquisition de laquelle j'ai consacré mes derniers loisirs.

J'ai pensé quelquefois assez profondément; mais rarement avec plaisir, presque toujours contre mon gré et comme par force : la rêverie me délasse et m'amuse, la réflexion me fatigue et m'attriste; penser fut toujours pour moi une occupation pénible et sans charme. Quelquefois mes rêveries finissent par la méditation, mais plus souvent mes méditations finissent par la rêverie, et durant ces égarements mon âme erre et plane dans l'univers sur les ailes de l'imagination dans des extases qui passent toute autre jouissance.

Tant que je goûtai celle-là dans toute sa pureté, toute autre occupation me fut toujours insipide. Mais quand, une fois jeté dans la carrière littéraire par des impulsions étrangères, je sentis la fatigue du travail d'esprit et l'importunité d'une célébrité malheureuse, je sentis en même temps languir et s'attiédir mes douces rêveries, et bientôt forcé de m'occuper malgré moi de ma triste situation, je ne pus plus retrouver que bien rarement ces chères extases qui durant cinquante ans m'avaient tenu lieu de fortune et de gloire, et sans autre dépense que celle du temps m'avaient rendu dans l'oisiveté le plus heureux des mortels.

J'avais même à craindre dans mes rêveries que mon imagination effarouchée par mes malheurs ne tournât enfin de ce côté son activité, et que le continuel sentiment de mes peines, me resserrant le cœur par degrés, ne m'accablât enfin de leur poids. Dans cet état, un instinct qui m'est naturel, me faisant fuir toute idée attristante, imposa silence à mon imagination et, fixant mon attention sur les objets qui m'environnaient, me fit pour la première fois détailler le spectacle de la nature, que je n'avais guère contemplé jusqu'alors qu'en masse et dans son ensemble.

Les arbres, les arbrisseaux, les plantes sont la parure et le vêtement de la terre. Rien n'est si triste que l'aspect d'une campagne nue et pelée qui n'étale aux yeux que des pierres, du limon et des sables. Mais vivifiée par la nature et revêtue de sa robe de noces au milieu du cours des eaux et du chant des oiseaux, la terre offre à l'homme dans l'harmonie des trois règnes un spectacle plein de vie, d'intérêt et de charme, le seul spectacle au monde dont ses yeux et son cœur ne se lassent jamais.

Plus un contemplateur a l'âme sensible, plus il se livre aux extases qu'excite en lui cet accord. Une rêverie douce et profonde s'empare alors de ses sens, et il se perd avec une délicieuse ivresse dans l'immensité de ce beau système avec lequel il se sent identifié. Alors tous les objets particuliers lui échappent; il ne voit et ne sent rien que dans le tout. Il faut que quelque circonstance particulière resserre ses idées et circonscrive son imagination pour qu'il puisse observer par parties cet univers qu'il s'efforçait d'embrasser.

C'est ce qui m'arriva naturellement quand mon cœur resserré par la détresse rapprochait et concentrait tous ses mouvements autour de lui pour conserver ce reste de chaleur prêt à s'évaporer et s'éteindre dans l'abattement où je tombais par degrés. J'errais nonchalamment dans les bois et dans les montagnes, n'osant penser de peur d'attiser mes douleurs. Mon imagination qui se refuse aux objets de peine laissait mes sens se livrer aux impressions légères mais douces des objets environnants. Mes yeux se promenaient sans cesse de l'un à l'autre, et il n'était pas possible que dans une variété si grande il ne s'en trouvât qui les fixaient davantage et les arrêtaient plus longtemps.

Je pris goût à cette récréation des yeux, qui dans l'infortune repose, amuse, distrait l'esprit et suspend le sentiment des peines. La nature des objets aide beaucoup à cette diversion et la rend plus séduisante. Les odeurs suaves, les vives couleurs, les plus élégantes formes semblent se disputer à l'envi le droit de fixer notre attention. Il ne faut qu'aimer le plaisir pour se livrer à des sensations si douces, et si cet effet n'a pas lieu sur tous ceux qui en sont frappés, c'est dans les uns faute de sensibilité naturelle et dans la plupart que leur esprit trop occupé d'autres idées ne se livre qu'à la dérobée aux objets qui frappent leurs sens.

Une autre chose contribue encore à éloigner du règne végétal l'attention des gens de goût; c'est l'habitude de ne chercher dans les plantes que des drogues et des remèdes. Théophraste [1] s'y était pris autrement, et l'on peut regarder ce philosophe comme le seul botaniste de l'antiquité : aussi n'est-il presque point connu parmi nous; mais grâce à un certain Dioscoride [2], grand compilateur de recettes, et à ses commentateurs, la médecine s'est tellement emparée des plantes transformées en simples qu'on n'y voit que ce qu'on n'y voit point, savoir les prétendues vertus qu'il plaît au tiers et au quart de leur attribuer. On ne conçoit pas que l'organisation végétale puisse par elle-même mériter quelque attention ; des gens qui passent leur vie à arranger savamment des coquilles se moquent de la botanique comme d'une étude inutile quand on n'y joint pas, comme ils disent, celle des propriétés, c'est-à-dire quand on n'abandonne pas l'observation de la nature qui ne ment point et qui ne nous dit rien de tout cela, pour se livrer uniquement à l'autorité des hommes qui sont menteurs et qui nous affirment beaucoup de choses qu'il faut croire sur leur parole, fondée elle-même le plus souvent sur l'autorité d'autrui. Arrêtez-vous dans une prairie émaillée à examiner successivement les fleurs dont elle brille, ceux qui vous verront faire, vous prenant pour un frater [1], vous demanderont des herbes pour guérir la rogne des enfants, la gale des hommes ou la morve des chevaux. Ce dégoûtant préjugé est détruit en partie dans les autres pays et surtout en Angleterre grâce à Linnæus qui a un peu tiré la botanique des écoles de pharmacie pour la rendre à l'histoire naturelle et aux usages économiques ; mais en France où cette étude a moins pénétré chez les gens du monde, on est resté sur ce point tellement barbare qu'un bel esprit de Paris voyant à Londres un jardin de curieux plein d'arbres et de plantes rares s'écria pour tout éloge : *Voilà un fort beau jardin d'apothicaire.* A ce compte le premier apothicaire fut Adam. Car il n'est pas aisé d'imaginer un jardin mieux assorti de plantes que celui d'Eden.

Ces idées médicinales ne sont assurément guère propres à rendre agréable l'étude de la botanique, elles flétrissent l'émail des prés, l'éclat des fleurs, dessèchent la fraîcheur des bocages, rendent la verdure et les ombrages insipides et dégoûtants ; toutes ces structures charmantes et gracieuses intéressent fort peu quiconque ne veut que piler tout cela dans un mortier, et l'on n'ira pas chercher des guirlandes pour les bergères parmi des herbes pour les lavements.

Toute cette pharmacie ne souillait point mes images champêtres ; rien n'en était plus éloigné que des tisanes et des emplâtres. J'ai souvent pensé en regardant de près les champs, les vergers, les bois et leurs nombreux habitants que le règne végétal était un magasin d'aliments donnés par la nature à l'homme et aux animaux. Mais jamais il ne m'est venu à l'esprit d'y chercher des drogues et des remèdes. Je ne vois rien dans ses diverses productions qui m'indique un pareil usage, et elle nous aurait montré le choix si elle nous l'avait prescrit, comme elle a fait pour les comestibles. Je sens même que le plaisir que je prends à parcourir les bocages serait empoisonné par le sentiment des infirmités humaines s'il me laissait penser à la fièvre, à la pierre, à la goutte et au mal caduc [1]. Du reste je ne disputerai point aux végétaux les grandes vertus qu'on leur attribue ; je dirai seulement qu'en supposant ces vertus réelles, c'est malice pure aux malades de continuer à l'être ; car de tant de maladies que les hommes se donnent il n'y a en pas une seule dont vingt sortes d'herbes ne guérissent radicalement.

Ces tournures d'esprit qui rapportent toujours tout à notre intérêt matériel, qui font chercher partout du profit ou des remèdes, et qui feraient regarder avec indifférence toute la nature si l'on se portait toujours bien, n'ont jamais été les miennes. Je me sens là-dessus tout à rebours des autres hommes : tout ce qui tient au sentiment de mes besoins attriste et gâte mes pensées, et jamais je n'ai trouvé de vrai charme aux

plaisirs de l'esprit qu'en perdant tout à fait de vue
l'intérêt de mon corps. Ainsi quand même je croirais
à la médecine, et quand même ses remèdes seraient
agréables, je ne trouverais jamais à m'en occuper ces
délices que donne une contemplation pure et désintéressée et mon âme ne saurait s'exalter et planer sur
la nature, tant que je la sens tenir aux liens de mon
corps. D'ailleurs, sans avoir eu jamais grande confiance
à la médecine, j'en ai eu beaucoup à des médecins que
j'estimais, que j'aimais, et à qui je laissais gouverner
ma carcasse avec pleine autorité. Quinze ans d'expérience [1] m'ont instruit à mes dépens; rentré maintenant sous les seules lois de la nature, j'ai repris par elle
ma première santé. Quand les médecins n'auraient
point contre moi d'autres griefs, qui pourrait s'étonner
de leur haine? Je suis la preuve vivante de la vanité
de leur art et de l'inutilité de leurs soins.

Non, rien de personnel, rien qui tienne à l'intérêt
de mon corps ne peut occuper vraiment mon âme.
Je ne médite, je ne rêve jamais plus délicieusement que
quand je m'oublie moi-même. Je sens des extases, des
ravissements inexprimables à me fondre pour ainsi dire
dans le système des êtres, à m'identifier avec la nature
entière. Tant que les hommes furent mes frères, je me
faisais des projets de félicité terrestre; ces projets étant
toujours relatifs au tout, je ne pouvais être heureux
que de la félicité publique, et jamais l'idée d'un bonheur particulier n'a touché mon cœur que quand j'ai
vu mes frères ne chercher le leur que dans ma misère.
Alors pour ne les pas haïr il a bien fallu les fuir;
alors, me réfugiant chez la mère commune, j'ai cherché
dans ses bras à me soustraire aux atteintes de ses enfants, je suis devenu solitaire, ou, comme ils disent,
insociable et misanthrope, parce que la plus sauvage
solitude me paraît préférable à la société des méchants,

qui ne se nourrit que de trahisons et de haine.

Forcé de m'abstenir de penser, de peur de penser à mes malheurs malgré moi ; forcé de contenir les restes d'une imagination riante mais languissante, que tant d'angoisses pourraient effaroucher à la fin ; forcé de tâcher d'oublier les hommes, qui m'accablent d'ignominies et d'outrages, de peur que l'indignation ne m'aigrît enfin contre eux, je ne puis cependant me concentrer tout entier en moi-même, parce que mon âme expansive cherche malgré que j'en aie à étendre ses sentiments et son existence sur d'autres êtres, et je ne puis plus comme autrefois me jeter tête baissée dans ce vaste océan de la nature, parce que mes facultés affaiblies et relâchées ne trouvent plus d'objets assez déterminés, assez fixes, assez à ma portée pour s'y attacher fortement et que je ne me sens plus assez de vigueur pour nager dans le chaos de mes anciennes extases. Mes idées ne sont presque plus que des sensations, et la sphère de mon entendement ne passe pas les objets dont je suis immédiatement entouré.

Fuyant les hommes, cherchant la solitude, n'imaginant plus, pensant encore moins, et cependant doué d'un tempérament vif qui m'éloigne de l'apathie languissante et mélancolique, je commençai de m'occuper de tout ce qui m'entourait, et par un instinct fort naturel je donnai la préférence aux objets les plus agréables. Le règne minéral n'a rien en soi d'aimable et d'attrayant ; ses richesses enfermées dans le sein de la terre semblent avoir été éloignées des regards des hommes pour ne pas tenter leur cupidité. Elles sont là comme en réserve pour servir un jour de supplément aux véritables richesses qui sont plus à sa portée et dont il perd le goût à mesure qu'il se corrompt. Alors il faut qu'il appelle l'industrie, la peine et le travail au secours de ses misères ; il fouille les entrailles

de la terre, il va chercher dans son centre aux risques
de sa vie et aux dépens de sa santé des biens imaginaires à la place des biens réels qu'elle lui offrait d'elle-
même quand il savait en jouir. Il fuit le soleil et le
jour qu'il n'est plus digne de voir; il s'enterre tout vivant et fait bien, ne méritant plus de vivre à la
lumière du jour. Là, des carrières, des gouffres, des
forges, des fourneaux, un appareil d'enclumes, de mar-
teaux, de fumée et de feu succèdent aux douces images
des travaux champêtres. Les visages hâves des malheureux qui languissent dans les infectes vapeurs des
mines, de noirs forgerons, de hideux cyclopes sont le
spectacle que l'appareil des mines substitue, au sein
de la terre, à celui de la verdure et des fleurs, du ciel
azuré, des bergers amoureux et des laboureurs robustes
sur sa surface [1].

Il est aisé, je l'avoue, d'aller ramassant du sable
et des pierres, d'en remplir ses poches et son cabinet
et de se donner avec cela les airs d'un naturaliste :
mais ceux qui s'attachent et se bornent à ces sortes
de collections sont pour l'ordinaire de riches ignorants
qui ne cherchent à cela que le plaisir de l'étalage.
Pour profiter dans l'étude des minéraux, il faut être
chimiste et physicien; il faut faire des expériences
pénibles et coûteuses, travailler dans des laboratoires,
dépenser beaucoup d'argent et de temps parmi le
charbon, les creusets, les fourneaux, les cornues, dans
la fumée et les vapeurs étouffantes, toujours au risque
de sa vie et souvent aux dépens de sa santé [2]. De tout
ce triste et fatigant travail résulte pour l'ordinaire
beaucoup moins de savoir que d'orgueil, et où est
le plus médiocre chimiste qui ne croie pas avoir pénétré toutes les grandes opérations de la nature pour
avoir trouvé, par hasard peut-être, quelques petites
combinaisons de l'art?

Le règne animal est plus à notre portée et certainement mérite encore mieux d'être étudié. Mais enfin cette étude n'a-t-elle pas aussi ses difficultés, ses embarras, ses dégoûts et ses peines? Surtout pour un solitaire qui n'a ni dans ses jeux ni dans ses travaux d'assistance à espérer de personne. Comment observer, disséquer, étudier, connaître les oiseaux dans les airs, les poissons dans les eaux, les quadrupèdes plus légers que le vent, plus forts que l'homme et qui ne sont pas plus disposés à venir s'offrir à mes recherches que moi de courir après eux pour les y soumettre de force? J'aurais donc pour ressource des escargots, des vers, des mouches, et je passerais ma vie à me mettre hors d'haleine pour courir après des papillons, à empaler de pauvres insectes, à disséquer des souris quand j'en pourrais prendre ou les charognes des bêtes que par hasard je trouverais mortes. L'étude des animaux n'est rien sans l'anatomie; c'est par elle qu'on apprend à les classer, à distinguer les genres, les espèces. Pour les étudier par leurs mœurs, par leurs caractères, il faudrait avoir des volières, des viviers, des ménageries; il faudrait les contraindre en quelque manière que ce pût être à rester rassemblés autour de moi. Je n'ai ni le goût ni les moyens de les tenir en captivité, ni l'agilité nécessaire pour les suivre dans leurs allures quand ils sont en liberté. Il faudra donc les étudier morts, les déchirer, les désosser, fouiller à loisir dans leurs entrailles palpitantes! Quel appareil affreux qu'un amphithéâtre anatomique, des cadavres puants, de baveuses et livides chairs, du sang, des intestins dégoûtants, des squelettes affreux, des vapeurs pestilentielles! Ce n'est pas là, sur ma parole, que Jean-Jacques ira chercher ses amusements.

Brillantes fleurs, émail des prés, ombrages frais, ruisseaux, bosquets, verdure, venez purifier mon imagina-

tion salie par tous ces hideux objets. Mon âme morte
à tous les grands mouvements ne peut plus s'affecter
que par des objets sensibles; je n'ai plus que des sensations, et ce n'est plus que par elles que la peine ou
le plaisir peuvent m'atteindre ici-bas. Attiré par les
riants objets qui m'entourent, je les considère, je les
contemple, je les compare, j'apprends enfin à les classer, et me voilà tout d'un coup aussi botaniste qu'a
besoin de l'être celui qui ne veut étudier la nature que
pour trouver sans cesse de nouvelles raisons de l'aimer.

Je ne cherche point à m'instruire : il est trop tard.
D'ailleurs je n'ai jamais vu que tant de science contri-
buât au bonheur de la vie. Mais je cherche à me
donner des amusements doux et simples que je puisse
goûter sans peine et qui me distraient [1] de mes malheurs. Je n'ai ni dépense à faire ni peine à prendre
pour errer nonchalamment d'herbe en herbe, de plante
en plante, pour les examiner, pour comparer leurs divers caractères, pour marquer leurs rapports et leurs
différences, enfin pour observer l'organisation végétale
de manière à suivre la marche et le jeu de ces machines
vivantes, à chercher quelquefois avec succès leurs lois
générales, la raison et la fin de leurs structures diverses
et à me livrer au charme de l'admiration recon-
naissante pour la main qui me fait jouir de tout
cela.

Les plantes semblent avoir été semées avec profu-
sion sur la terre comme les étoiles dans le ciel, pour
inviter l'homme par l'attrait du plaisir et de la curiosité
à l'étude de la nature; mais les astres sont placés loin
de nous; il faut des connaissances préliminaires, des
instruments, des machines, de bien longues échelles
pour les atteindre et les rapprocher à notre portée.
Les plantes y sont naturellement. Elles naissent sous

nos pieds, et dans nos mains pour ainsi dire, et si
la petitesse de leurs parties essentielles les dérobe quelquefois à la simple vue, les instruments qui les y rendent sont d'un beaucoup plus facile usage que ceux
de l'astronomie. La botanique est l'étude d'un oisif
et paresseux solitaire : une pointe et une loupe sont
tout l'appareil dont il a besoin pour les observer. Il
se promène, il erre librement d'un objet à l'autre, il
fait la revue de chaque fleur avec intérêt et curiosité,
et sitôt qu'il commence à saisir les lois de leur structure il goûte à les observer un plaisir sans peine aussi
vif que s'il lui en coûtait beaucoup. Il y a dans cette
oiseuse occupation un charme qu'on ne sent que dans
le plein calme des passions mais qui suffit seul alors
pour rendre la vie heureuse et douce; mais sitôt qu'on
y mêle un motif d'intérêt ou de vanité, soit pour remplir des places ou pour faire des livres, sitôt qu'on ne
veut apprendre que pour instruire, qu'on n'herborise
que pour devenir auteur ou professeur, tout ce doux
charme s'évanouit, on ne voit plus dans les plantes que
des instruments de nos passions, on ne trouve plus
aucun vrai plaisir dans leur étude, on ne veut plus
savoir mais montrer qu'on sait, et dans les bois on
n'est que sur le théâtre du monde, occupé du soin
de s'y faire admirer; ou bien se bornant à la botanique
de cabinet et de jardin tout au plus, au lieu d'observer
les végétaux dans la nature, on ne s'occupe que de
systèmes et de méthodes; matière éternelle de dispute
qui ne fait pas connaître une plante de plus et ne
jette aucune véritable lumière sur l'histoire naturelle
et le règne végétal. De là les haines, les jalousies que
la concurrence de célébrité excite chez les botanistes
auteurs autant et plus que chez les autres savants. En
dénaturant cette aimable étude ils la transplantent au
milieu des villes et des académies où elle ne dégénère

pas moins que les plantes exotiques dans les jardins
des curieux.

Des dispositions bien différentes ont fait pour moi
de cette étude une espèce de passion qui remplit le
vide de toutes celles que je n'ai plus. Je gravis les rochers, les montagnes, je m'enfonce dans les vallons
dans les bois, pour me dérober autant qu'il est possible
au souvenir des hommes et aux atteintes des méchants.
Il me semble que sous les ombrages d'une forêt je suis
oublié, libre et paisible comme si je n'avais plus d'ennemis ou que le feuillage des bois dût me garantir de
leurs atteintes comme il les éloigne de mon souvenir
et je m'imagine dans ma bêtise qu'en ne pensant point
à eux ils ne penseront point à moi. Je trouve une si
grande douceur dans cette illusion que je m'y livrerais
tout entier si ma situation, ma faiblesse et mes besoins
me le permettaient. Plus la solitude où je vis alors est
profonde, plus il faut que quelque objet en remplisse
le vide, et ceux que mon imagination me refuse ou
que ma mémoire repousse sont suppléés par les productions spontanées que la terre, non forcée par les
hommes, offre à mes yeux de toutes parts. Le plaisir
d'aller dans un désert chercher de nouvelles plantes
couvre celui d'échapper à mes persécuteurs et, parvenu
dans des lieux où je ne vois nulles traces d'hommes,
je respire plus à mon aise comme dans un asile où leur
haine ne me poursuit plus.

Je me rappellerai toute ma vie une herborisation
que je fis un jour du côté de la Robaila, montagne du
justicier Clerc [1]. J'étais seul, je m'enfonçai dans les
anfractuosités de la montagne, et de bois en bois, de
roche en roche, je parvins à un réduit si caché que
je n'ai vu de ma vie un aspect plus sauvage. De noirs
sapins entremêlés de hêtres prodigieux dont plusieurs
tombés de vieillesse et entrelacés les uns dans les

autres fermaient ce réduit de barrières impénétrables,
quelques intervalles que laissait cette sombre enceinte
n'offraient au-delà que des roches coupées à pic et
d'horribles précipices que je n'osais regarder qu'en
me couchant sur le ventre. Le duc, la chevêche et l'or-
fraie faisaient entendre leurs cris dans les fentes de la
montagne, quelques petits oiseaux rares mais familiers
tempéraient cependant l'horreur de cette solitude.
Là je trouvai la *Dentaire heptaphyllos*, le *Ciclamen*, le
Nidus avis, le grand *Lacerpitium* et quelques autres
plantes qui me charmèrent et m'amusèrent longtemps.
Mais insensiblement dominé par la forte impression
des objets, j'oubliai la botanique et les plantes, je
m'assis sur des oreillers de *Lycopodium* et de mousses,
et je me mis à rêver plus à mon aise en pensant que
j'étais là dans un refuge ignoré de tout l'univers où
les persécuteurs ne me déterreraient pas. Un mouvement d'orgueil se mêla bientôt à cette rêverie. Je me
comparais à ces grands voyageurs qui découvrent une
île déserte, et je me disais avec complaisance : Sans
doute je suis le premier mortel qui ait pénétré jusqu'ici; je me regardais presque comme un autre Co-
lomb. Tandis que je me pavanais dans cette idée,
j'entendis peu loin de moi un certain cliquetis que je
crus reconnaître; j'écoute : le même bruit se répète et
se multiplie. Surpris et curieux je me lève, je perce à
travers un fourré de broussailles du côté d'où venait
le bruit, et dans une combe à vingt pas du lieu même
où je croyais être parvenu le premier j'aperçois une
manufacture de bas.

Je ne saurais exprimer l'agitation confuse et contra-
dictoire que je sentis dans mon cœur à cette découverte. Mon premier mouvement fut un sentiment de
joie de me retrouver parmi des humains où je m'étais
cru totalement seul. Mais ce mouvement plus rapide

que l'éclair fit bientôt place à un sentiment douloureux plus durable, comme ne pouvant dans les antres
mêmes des alpes [1] échapper aux cruelles mains des
hommes, acharnés à me tourmenter. Car j'étais bien
sûr qu'il n'y avait peut-être pas deux hommes dans
cette fabrique qui ne fussent initiés dans le complot
dont le prédicant Montmollin [2] s'était fait le chef, et
qui tirait de plus loin ses premiers mobiles. Je me hâtai
d'écarter cette triste idée et je finis par rire en moi-
même et de ma vanité puérile et de la manière comique
dont j'en avais été puni.

Mais en effet qui jamais eût dû s'attendre à trouver
une manufacture dans un précipice ? Il n'y a que la
Suisse au monde qui présente ce mélange de la nature
sauvage et de l'industrie humaine. La Suisse entière
n'est pour ainsi dire qu'une grande ville dont les
rues, larges et longues plus que celle de Saint-Antoine,
sont semées de forêts, coupées de montagnes, et dont
les maisons éparses et isolées ne communiquent entre
elles que par des jardins anglais. Je me rappelai à ce
sujet une autre herborisation que Du Peyrou, d'Escherny, le colonel Pury, le justicier Clerc et moi avions
faite il y avait quelque temps sur la montagne de
Chasseron, du sommet de laquelle on découvre sept
lacs [3]. On nous dit qu'il n'y avait qu'une seule maison
sur cette montagne, et nous n'eussions sûrement pas
deviné la profession de celui qui l'habitait, si l'on
n'eût ajouté que c'était un libraire [4], et qui même
faisait fort bien ses affaires dans le pays. Il me semble
qu'un seul fait de cette espèce fait mieux connaître la
Suisse que toutes les descriptions des voyageurs.

En voici un autre de même nature ou à peu près
qui ne fait pas moins connaître un peuple fort différent. Durant mon séjour à Grenoble [5] je faisais
souvent de petites herborisations hors de la ville avec

le sieur Bovier, avocat de ce pays-là, non pas qu'il aimât ni sût la botanique, mais parce que s'étant fait mon garde de la manche, il se faisait, autant que la chose était possible, une loi de ne pas me quitter d'un pas. Un jour nous nous promenions le long de l'Isère dans un lieu tout plein de saules épineux. Je vis sur ces arbrisseaux des fruits mûrs, j'eus la curiosité d'en goûter, et leur trouvant une petite acidité très agréable, je me mis à manger de ces grains pour me rafraîchir; le sieur Bovier se tenait à côté de moi sans m'imiter et sans rien dire. Un de ses amis survint, qui me voyant picorer ces grains me dit : « Eh! monsieur, que faites-vous là? Ignorez-vous que ce fruit empoisonne? — Ce fruit empoisonne? m'écriai-je tout surpris. — Sans doute, reprit-il, et tout le monde sait si bien cela que personne dans le pays ne s'avise d'en goûter. » Je regardai le sieur Bovier et je lui dis : « Pourquoi donc ne m'avertissiez-vous pas? — Ah! monsieur, me répondit-il d'un ton respectueux, je n'osais pas prendre cette liberté. » Je me mis à rire de cette humilité dauphinoise, en discontinuant néanmoins ma petite collation. J'étais persuadé, comme je le suis encore, que toute production naturelle agréable au goût ne peut être nuisible au corps ou ne l'est du moins que par son excès. Cependant j'avoue que je m'écoutai un peu tout le reste de la journée : mais j'en fus quitte pour un peu d'inquiétude; je soupai très bien, dormis mieux, et me levai le matin en parfaite santé, après avoir avalé la veille quinze ou vingt grains de ce terrible *Hippophœ*, qui empoisonne à très petite dose, à ce que tout le monde me dit à Grenoble le lendemain. Cette aventure me parut si plaisante que je ne me la rappelle jamais sans rire de la singulière discrétion de M. l'avocat Bovier.

Toutes mes courses de botanique, les diverses impres-

sions du local des objets qui m'ont frappé, les idées
qu'il m'a fait naître, les incidents qui s'y sont mêlés,
tout cela m'a laissé des impressions qui se renouvellent
par l'aspect des plantes herborisées dans ces mêmes
lieux. Je ne reverrai plus ces beaux paysages, ces forêts,
ces lacs, ces bosquets, ces rochers, ces montagnes, dont
l'aspect a toujours touché mon cœur : mais maintenant que je ne peux plus courir ces heureuses
contrées je n'ai qu'à ouvrir mon herbier et bientôt il
m'y transporte. Les fragments des plantes que j'y ai
cueillies suffisent pour me rappeler tout ce magnifique
spectacle. Cet herbier est pour moi un journal d'herborisations qui me les fait recommencer avec un nouveau charme et produit l'effet d'une optique [1] qui les
peindrait derechef à mes yeux.

C'est la chaîne des idées accessoires qui m'attache à
la botanique. Elle rassemble et rappelle à mon imagination toutes les idées qui la flattent davantage. Les
prés, les eaux, les bois, la solitude, la paix surtout et le
repos qu'on trouve au milieu de tout cela sont retracés
par elle incessamment à ma mémoire. Elle me fait
oublier les persécutions des hommes, leur haine, leur
mépris, leurs outrages, et tous les maux dont ils ont
payé mon tendre et sincère attachement pour eux. Elle
me transporte dans des habitations paisibles au milieu
de gens simples et bons tels que ceux avec qui j'ai
vécu jadis. Elle me rappelle et mon jeune âge et mes
innocents plaisirs, elle m'en fait jouir derechef, et me
rend heureux bien souvent encore au milieu du plus
triste sort qu'ait subi jamais un mortel.

HUITIÈME PROMENADE

En méditant [1] sur les dispositions de mon âme dans toutes les situations de ma vie, je suis extrêmement frappé de voir si peu de proportion entre les diverses combinaisons de ma destinée et les sentiments habituels de bien ou mal être dont elles m'ont affecté. Les divers intervalles de mes courtes prospérités ne m'ont laissé presque aucun souvenir agréable de la manière intime et permanente dont elles m'ont affecté, et au contraire dans toutes les misères de ma vie je me sentais constamment rempli de sentiments tendres, touchants, délicieux, qui versant un baume salutaire sur les blessures de mon cœur navré semblaient en convertir la douleur en volupté, et dont l'aimable souvenir me revient seul, dégagé de celui des maux que j'éprouvais en même temps. Il me semble que j'ai plus goûté la douceur de l'existence, que j'ai réellement plus vécu quand mes sentiments resserrés, pour ainsi dire, autour de mon cœur par ma destinée, n'allaient point s'évaporant au dehors sur tous les objets de l'estime des hommes, qui en méritent si peu par eux-mêmes et qui font l'unique occupation des gens que l'on croit heureux.

Quand tout était dans l'ordre autour de moi, quand

j'étais content de tout ce qui m'entourait et de la sphère dans laquelle j'avais à vivre, je la remplissais de mes affections. Mon âme expansive s'étendait sur d'autres objets, et sans cesse attiré loin de moi par des goûts de mille espèces, par des attachements aimables qui sans cesse occupaient mon cœur, je m'oubliais en quelque façon moi-même, j'étais tout entier à ce qui m'était étranger et j'éprouvais dans la continuelle agitation de mon cœur toute la vicissitude des choses humaines. Cette vie orageuse ne me laissait ni paix au dedans, ni repos au dehors. Heureux en apparence, je n'avais pas un sentiment qui pût soutenir l'épreuve de la réflexion et dans lequel je pusse vraiment me complaire. Jamais je n'étais parfaitement content ni d'autrui ni de moi-même. Le tumulte du monde m'étourdissait, la solitude m'ennuyait, j'avais sans cesse besoin de changer de place et je n'étais bien nulle part. J'étais fêté pourtant, bien voulu, bien reçu, caressé partout. Je n'avais pas un ennemi, pas un malveillant, pas un envieux. Comme on ne cherchait qu'à m'obliger j'avais souvent le plaisir d'obliger moi-même beaucoup de monde, et sans bien, sans emploi, sans fauteurs [1], sans grands talents bien développés ni bien connus, je jouissais des avantages attachés à tout cela, et je ne voyais personne dans aucun état dont le sort me parût préférable au mien. Que me manquait-il donc pour être heureux, je l'ignore; mais je sais que je ne l'étais pas.

Que me manque-t-il aujourd'hui pour être le plus infortuné des mortels? Rien de tout ce que les hommes ont pu mettre du leur pour cela. Eh bien, dans cet état déplorable je ne changerais pas encore d'être et de destinée contre le plus fortuné d'entre eux, et j'aime encore mieux être moi dans toute ma misère que d'être aucun de ces gens-là dans toute leur prospérité.

Réduit à moi seul, je me nourris, il est vrai, de ma propre substance, mais elle ne s'épuise pas et je me suffis à moi-même, quoique je rumine pour ainsi dire à vide et que mon imagination tarie et mes idées éteintes ne fournissent plus d'aliments à mon cœur. Mon âme offusquée, obstruée par mes organes, s'affaisse de jour en jour et sous le poids de ces lourdes masses n'a plus assez de vigueur pour s'élancer comme autrefois hors de sa vieille enveloppe [1].

C'est à ce retour sur nous-mêmes que nous force l'adversité, et c'est peut-être là ce qui la rend le plus insupportable à la plupart des hommes. Pour moi qui ne trouve à me reprocher que des fautes, j'en accuse ma faiblesse et je me console; car jamais mal prémédité n'approcha de mon cœur.

Cependant, à moins d'être stupide, comment contempler un moment ma situation sans la voir aussi horrible qu'ils l'ont rendue, et sans périr de douleur et de désespoir? Loin de cela, moi le plus sensible des êtres, je la contemple et ne m'en émeus pas, et sans combats, sans efforts sur moi-même, je me vois presque avec indifférence dans un état dont nul autre homme peut-être ne supporterait l'aspect sans effroi.

Comment en suis-je venu là? Car j'étais bien loin de cette disposition paisible au premier soupçon du complot dont j'étais enlacé depuis longtemps sans m'en être aucunement aperçu. Cette découverte nouvelle me bouleversa. L'infamie et la trahison me surprirent au dépourvu. Quelle âme honnête est préparée à de tels genres de peines? Il faudrait les mériter pour les prévoir. Je tombai dans tous les pièges qu'on creusa sous mes pas, l'indignation, la fureur, le délire s'emparèrent de moi, je perdis la tramontane, ma tête se bouleversa, et dans les ténèbres horribles où l'on n'a cessé de me tenir plongé je n'aperçus plus ni lueur pour me conduire, ni appui ni prise où je pusse me tenir ferme et résister au désespoir qui m'entraînait.

Comment vivre heureux et tranquille dans cet état affreux ? J'y suis pourtant encore et plus enfoncé que jamais, et j'y ai retrouvé le calme et la paix et j'y vis heureux et tranquille et j'y ris des incroyables tourments que mes persécuteurs se donnent en vain sans cesse tandis que je reste en paix, occupé de fleurs, d'étamines et d'enfantillages, et que je ne songe pas même à eux.

Comment s'est fait ce passage ? Naturellement, insensiblement et sans peine. La première surprise fut épouvantable. Moi qui me sentais digne d'amour et d'estime, moi qui me croyais honoré, chéri comme je méritais de l'être, je me vis travesti tout d'un coup en un monstre affreux tel qu'il n'en exista jamais. Je vois toute une génération se précipiter tout entière dans cette étrange opinion, sans explication, sans doute, sans honte, et sans que je puisse au moins parvenir à savoir jamais la cause de cette étrange révolution. Je me débattis avec violence et ne fis que mieux m'enlacer. Je voulus forcer mes persécuteurs à s'expliquer avec moi, ils n'avaient garde. Après m'être longtemps tourmenté sans succès, il fallut bien prendre haleine. Cependant j'espérais toujours, je me disais : Un aveuglement si stupide, une si absurde prévention ne saurait gagner tout le genre humain. Il y a des hommes de sens qui ne partagent pas ce délire, il y a des âmes justes qui détestent la fourberie et les traîtres. Cherchons, je trouverai peut-être enfin un homme ; si je le trouve, ils sont confondus. J'ai cherché vainement, je ne l'ai point trouvé. La ligue est universelle, sans exception, sans retour, et je suis sûr d'achever mes jours dans cette affreuse proscription, sans jamais en pénétrer le mystère.

C'est dans cet état déplorable qu'après de longues angoisses, au lieu du désespoir qui semblait devoir être enfin mon partage, j'ai retrouvé la sérénité, la tranquillité, la paix, le bonheur même, puisque chaque jour de ma vie me rappelle avec plaisir celui de la veille, et que je n'en désire point d'autre pour le lendemain.

D'où vient cette différence? D'une seule chose. C'est que j'ai appris à porter le joug de la nécessité sans murmure. C'est que je m'efforçais de tenir [1] encore à mille choses et que, toutes ces prises m'ayant successivement échappé, réduit à moi seul j'ai repris enfin mon assiette. Pressé de tous côtés je demeure en équilibre, parce que, ne m'attachant plus à rien, je ne m'appuie que sur moi.

Quand je m'élevais avec tant d'ardeur contre l'opinion, je portais encore son joug sans que je m'en aperçusse. On veut être estimé des gens qu'on estime, et tant que je pus juger avantageusement des hommes ou du moins de quelques hommes, les jugements qu'ils portaient de moi ne pouvaient m'être indifférents. Je voyais que souvent les jugements du public sont équitables, mais je ne voyais pas que cette équité même était l'effet du hasard, que les règles sur lesquelles les hommes fondent leurs opinions ne sont tirées que de leurs passions ou de leurs préjugés qui en sont l'ouvrage et que, lors même qu'ils jugent bien, souvent encore ces bons jugements naissent d'un mauvais principe, comme lorsqu'ils feignent d'honorer en quelque succès le mérite d'un homme, non par esprit de justice mais pour se donner un air impartial en calomniant tout à leur aise le même homme sur d'autres points.

Mais quand, après de longues et vaines recherches, je les vis tous rester sans exception dans le plus inique et absurde système qu'un esprit infernal pût inventer;

quand je vis qu'à mon égard la raison était bannie
de toutes les têtes et l'équité de tous les cœurs; quand
je vis une génération frénétique se livrer tout entière
à l'aveugle fureur de ses guides contre un infortuné
qui jamais ne fit, ne voulut, ne rendit de mal à personne; quand après avoir vainement cherché un
homme il fallut éteindre enfin ma lanterne [1] et
m'écrier : Il n'y en a plus; alors je commençai à me
voir seul sur la terre, et je compris que mes contemporains n'étaient par rapport à moi que des êtres mécaniques qui n'agissaient que par impulsion et dont
je ne pouvais calculer l'action que par les lois du mouvement. Quelque intention, quelque passion que
j'eusse pu supposer dans leurs âmes, elles n'auraient
jamais expliqué leur conduite à mon égard d'une façon
que je pusse entendre. C'est ainsi que leurs dispositions intérieures cessèrent d'être quelque chose pour
moi. Je ne vis plus en eux que des masses différemment
mues, dépourvues à mon égard de toute moralité.

Dans tous les maux qui nous arrivent, nous regar-
dons plus à l'intention qu'à l'effet. Une tuile qui tombe
d'un toit peut nous blesser davantage mais ne nous
navre pas tant qu'une pierre lancée à dessein par une
main malveillante. Le coup porte à faux quelquefois,
mais l'intention ne manque jamais son atteinte. La
douleur matérielle est ce qu'on sent le moins dans les
atteintes de la fortune, et quand les infortunés ne savent à qui s'en prendre de leurs malheurs ils s'en prennent à la destinée qu'ils personnifient et à laquelle ils
prêtent des yeux et une intelligence pour les tourmenter à dessein. C'est ainsi qu'un joueur dépité par
ses pertes se met en fureur sans savoir contre qui. Il
imagine un sort qui s'acharne à dessein sur lui pour
le tourmenter et, trouvant un aliment à sa colère, il
s'anime et s'enflamme contre l'ennemi qu'il s'est créé

L'homme sage qui ne voit dans tous les malheurs qui lui arrivent que les coups de l'aveugle nécessité n'a point ces agitations insensées, il crie dans sa douleur mais sans emportement, sans colère; il ne sent du mal dont il est la proie que l'atteinte matérielle, et les coups qui l'atteignent ont beau blesser sa personne, pas un n'arrive jusqu'à son cœur.

C'est beaucoup d'en être venu là, mais ce n'est pas tout si l'on s'arrête. C'est bien avoir coupé le mal mais c'est avoir laissé la racine. Car cette racine n'est pas dans les êtres qui nous sont étrangers, elle est en nous-mêmes et c'est là qu'il faut travailler pour l'arracher tout à fait. Voilà ce que je sentis parfaitement dès que je commençai de revenir à moi. Ma raison ne me montrant qu'absurdités dans toutes les explications que je cherchais à donner à ce qui m'arrive, je compris que les causes, les instruments, les moyens de tout cela m'étant inconnus et inexplicables, devaient être nuls pour moi. Que je devais regarder tous les détails de ma destinée comme autant d'actes d'une pure fatalité où je ne devais supposer ni direction, ni intention, ni cause morale, qu'il fallait m'y soumettre sans raisonner et sans regimber, parce que cela était inutile, que tout ce que j'avais à faire encore sur la terre étant de m'y regarder comme un être purement passif, je ne devais point user à résister inutilement à ma destinée la force qui me restait pour la supporter. Voilà ce que je me disais. Ma raison, mon cœur y acquiesçaient et néanmoins je sentais ce cœur murmurer encore. D'où venait ce murmure? Je le cherchai, je le trouvai; il venait de l'amour-propre qui après s'être indigné contre les hommes se soulevait encore contre la raison.

Cette découverte n'était pas si facile à faire qu'on pourrait croire, car un innocent persécuté prend longtemps pour un pur amour de la justice l'orgueil de son

petit individu. Mais aussi la véritable source, une fois
bien connue, est facile à tarir ou du moins à détourner.
L'estime de soi-même est le plus grand mobile des
âmes fières, l'amour-propre, fertile en illusions, se déguise et se fait prendre pour cette estime, mais quand
la fraude enfin se découvre et que l'amour-propre ne
peut plus se cacher, dès lors il n'est plus à craindre et
quoiqu'on l'étouffe avec peine on le subjugue au
moins aisément [1].

Je n'eus jamais beaucoup de pente à l'amour-propre, mais cette passion factice s'était exaltée en moi
dans le monde et surtout quand je fus auteur; j'en avais
peut-être encore moins qu'un autre mais j'en avais
prodigieusement. Les terribles leçons que j'ai reçues
l'ont bientôt renfermé dans ses premières bornes; il
commença par se révolter contre l'injustice mais il a
fini par la dédaigner. En se repliant sur mon âme et en
coupant les relations extérieures qui le rendent exi-
geant, en renonçant aux comparaisons et aux préférences, il s'est contenté que je fusse bon pour moi;
alors, redevenant amour de moi-même, il est rentré
dans l'ordre de la nature et m'a délivré du joug de
l'opinion.

Dès lors j'ai retrouvé la paix de l'âme et presque la
félicité. Dans quelque situation qu'on se trouve ce
n'est que par lui qu'on est constamment malheureux.
Quand il se tait et que la raison parle elle nous console
enfin de tous les maux qu'il n'a pas dépendu de nous
d'éviter. Elle les anéantit même autant qu'ils n'agissent
pas immédiatement sur nous, car on est sûr alors
d'éviter leurs plus poignantes atteintes en cessant de
s'en occuper. Ils ne sont rien pour celui qui n'y pense
pas. Les offenses, les vengeances, les passe-droits, les
outrages, les injustices ne sont rien pour celui qui ne
voit dans les maux qu'il endure que le mal même et

non pas l'intention, pour celui dont la place ne dépend
pas dans sa propre estime de celle qu'il plaît aux autres
de lui accorder. De quelque façon que les hommes
veuillent me voir, ils ne sauraient changer mon être,
et malgré leur puissance et malgré toutes leurs sourdes
intrigues, je continuerai, quoi qu'ils fassent, d'être en
dépit d'eux ce que je suis. Il est vrai que leurs dispositions à mon égard influent sur ma situation réelle, la
barrière qu'ils ont mise entre eux et moi m'ôte toute
ressource de subsistance et d'assistance dans ma vieillesse et mes besoins. Elle me rend l'argent même inutile, puisqu'il ne peut me procurer les services qui me
sont nécessaires, il n'y a plus ni commerce ni secours
réciproque ni correspondance entre eux et moi.
Seul au milieu d'eux, je n'ai que moi seul pour ressource et cette ressource est bien faible à mon âge
et dans l'état où je suis. Ces maux sont grands, mais
ils ont perdu pour moi toute leur force depuis que j'ai
su les supporter sans m'en irriter. Les points où le
vrai besoin se fait sentir sont toujours rares. La prévoyance et l'imagination les multiplient, et c'est par
cette continuité de sentiments qu'on s'inquiète et
qu'on se rend malheureux. Pour moi j'ai beau savoir
que je souffrirai demain, il me suffit de ne pas souffrir
aujourd'hui pour être tranquille. Je ne m'affecte
point du mal que je prévois mais seulement de celui
que je sens, et cela le réduit à très peu de chose. Seul,
malade et délaissé dans mon lit, j'y peux mourir
d'indigence, de froid et de faim sans que personne s'en
mette en peine. Mais qu'importe, si je ne m'en
mets pas en peine moi-même et si je m'affecte aussi
peu que les autres de mon destin quel qu'il soit?
N'est-ce rien, surtout à mon âge, que d'avoir appris à
voir la vie et la mort, la maladie et la santé, la richesse
et la misère, la gloire et la diffamation avec la même

indifférence ? Tous les autres vieillards s'inquiètent de tout; moi je ne m'inquiète de rien, quoi qu'il puisse arriver tout m'est indifférent, et cette indifférence n'est pas l'ouvrage de ma sagesse, elle est celui de mes ennemis. Apprenons à prendre donc ces avantages en compensation des maux qu'ils me font. En me rendant insensible à l'adversité ils m'ont fait plus de bien que s'ils m'eussent épargné ses atteintes. En ne l'éprouvant pas je pourrais toujours la craindre, au lieu qu'en la subjuguant je ne la crains plus.

Cette disposition me livre, au milieu des traverses de ma vie, à l'incurie de mon naturel presque aussi pleinement que si je vivais dans la plus complète prospérité. Hors les courts moments où je suis rappelé par la présence des objets aux plus douloureuses inquiétudes. Tout le reste du temps, livré par mes penchants aux affections qui m'attirent, mon cœur se nourrit encore des sentiments pour lesquels il était né, et j'en jouis avec des êtres imaginaires qui les produisent et qui les partagent comme si ces êtres existaient réellement. Ils existent pour moi qui les ai créés et je ne crains ni qu'ils me trahissent ni qu'ils m'abandonnent. Ils dureront autant que mes malheurs mêmes et suffiront pour me les faire oublier.

Tout me ramène à la vie heureuse et douce pour laquelle j'étais né. Je passe les trois quarts de ma vie ou occupé d'objets instructifs et même agréables auxquels je livre avec délices mon esprit et mes sens, ou avec les enfants de mes fantaisies que j'ai créés selon mon cœur et dont le commerce en nourrit les sentiments, ou avec moi seul, content de moi-même et déjà plein du bonheur que je sens m'être dû. En tout ceci l'amour de moi-même fait toute l'œuvre, l'amour-propre n'y entre pour rien. Il n'en est pas ainsi des tristes moments que je passe encore au milieu des

hommes, jouet de leurs caresses traîtresses, de leurs
compliments ampoulés et dérisoires, de leur mielleuse
malignité. De quelque façon que je m'y sois pu prendre,
l'amour-propre alors fait son jeu. La haine et l'animosité que je vois dans leurs cœurs à travers cette grossière
enveloppe déchirent le mien de douleur ; et l'idée
d'être ainsi sottement pris pour dupe ajoute encore à
cette douleur un dépit très puéril, fruit d'un sot
amour-propre dont je sens toute la bêtise mais que je ne
puis subjuguer. Les efforts que j'ai faits pour m'aguer-
rir à ces regards insultants et moqueurs sont
incroyables. Cent fois j'ai passé par les promenades
publiques et par les lieux les plus fréquentés dans
l'unique dessein de m'exercer à ces cruelles bordes [1] ;
non seulement je n'y ai pu parvenir mais je n'ai même
rien avancé, et tous mes pénibles mais vains efforts
m'ont laissé tout aussi facile à troubler, à navrer, à
indigner qu'auparavant.

Dominé par mes sens quoi que je puisse faire, je
n'ai jamais su résister à leurs impressions, et tant que
l'objet agit sur eux mon cœur ne cesse d'en être
affecté ; mais ces affections passagères ne durent qu'autant que la sensation qui les cause. La présence de
l'homme haineux m'affecte violemment, mais sitôt
qu'il disparaît l'impression cesse ; à l'instant que je ne le
vois plus je n'y pense plus. J'ai beau savoir qu'il va
s'occuper de moi, je ne saurais m'occuper de lui. Le
mal que je ne sens point actuellement ne m'affecte en
aucune sorte, le persécuteur que je ne vois point est nul
pour moi. Je sens l'avantage que cette position donne
à ceux qui disposent de ma destinée. Qu'ils en disposent
donc tout à leur aise. J'aime encore mieux qu'ils me
tourmentent sans résistance que d'être forcé de penser
à eux pour me garantir de leurs coups.

Cette action de mes sens sur mon cœur fait le seul

tourment de ma vie. Les jours où je ne vois personne, je ne pense plus à ma destinée, je ne la sens plus, je ne souffre plus, je suis heureux et content sans diversion, sans obstacle. Mais j'échappe rarement à quelque atteinte sensible, et lorsque j'y pense le moins, un geste, un regard sinistre que j'aperçois, un mot envenimé que j'entends, un malveillant que je rencontre, suffit pour me bouleverser. Tout ce que je puis faire en pareil cas est d'oublier bien vite et de fuir. Le trouble de mon cœur disparaît avec l'objet qui l'a causé et je rentre dans le calme aussitôt que je suis seul. Ou si quelque chose m'inquiète, c'est la crainte de rencontrer sur mon passage quelque nouveau sujet de douleur. C'est là ma seule peine; mais elle suffit pour altérer mon bonheur. Je loge au milieu de Paris. En sortant de chez moi je soupire après la campagne et la solitude, mais il faut l'aller chercher si loin qu'avant de pouvoir respirer à mon aise je trouve en mon chemin mille objets qui me serrent le cœur, et la moitié de la journée se passe en angoisses avant que j'aie atteint l'asile que je vais chercher. Heureux du moins quand on me laisse achever ma route. Le moment où j'échappe au cortège des méchants est délicieux, et sitôt que je me vois sous les arbres, au milieu de la verdure, je crois me voir dans le paradis terrestre et je goûte un plaisir interne aussi vif que si j'étais le plus heureux des mortels.

Je me souviens parfaitement que durant mes courtes prospérités ces mêmes promenades solitaires qui me sont aujourd'hui si délicieuses m'étaient insipides et ennuyeuses. Quand j'étais chez quelqu'un à la campagne, le besoin de faire de l'exercice et de respirer le grand air me faisait souvent sortir seul, et m'échappant comme un voleur je m'allais promener dans le parc ou dans la campagne; mais loin d'y trouver le calme heu-

reux que j'y goûte aujourd'hui, j'y portais l'agitation
des vaines idées qui m'avaient occupé dans le salon ; le
souvenir de la compagnie que j'y avais laissée m'y suivait dans la solitude, les vapeurs de l'amour-propre et
le tumulte du monde ternissaient à mes yeux la fraîcheur des bosquets et troublaient la paix de la retraite.
J'avais beau fuir au fond des bois, une foule importune me suivait partout et voilait pour moi toute la
nature. Ce n'est qu'après m'être détaché des passions
sociales et de leur triste cortège que je l'ai retrouvée
avec tous ses charmes.

Convaincu de l'impossibilité de contenir ces premiers mouvements involontaires, j'ai cessé tous mes
efforts pour cela. Je laisse à chaque atteinte mon sang
s'allumer, la colère et l'indignation s'emparer de mes
sens, je cède à la nature cette première explosion que
toutes mes forces ne pourraient arrêter ni suspendre.
Je tâche seulement d'en arrêter les suites avant qu'elle
ait produit aucun effet. Les yeux étincelants, le feu du
visage, le tremblement des membres, les suffocantes
palpitations, tout cela tient au seul physique et le
raisonnement n'y peut rien ; mais après avoir laissé
faire au naturel sa première explosion l'on peut rede-
venir son propre maître en reprenant peu à peu ses
sens ; c'est ce que j'ai tâché de faire longtemps sans
succès, mais enfin plus heureusement. Et cessant
d'employer ma force en vaine résistance, j'attends
le moment de vaincre en laissant agir ma raison, car
elle ne me parle que quand elle peut se faire écouter.
Eh ! que dis-je, hélas ! ma raison ? J'aurais grand tort
encore de lui faire l'honneur de ce triomphe, car elle
n'y a guère de part. Tout vient également d'un tempérament versatile qu'un vent impétueux agite, mais qui
rentre dans le calme à l'instant que le vent ne souffle
plus. C'est mon naturel ardent qui m'agite, c'est mon

naturel indolent qui m'apaise. Je cède à toutes les impulsions présentes, tout choc me donne un mouvement vif et court; sitôt qu'il n'y a plus de choc, le mouvement cesse, rien de communiqué ne peut se prolonger en moi. Tous les événements de la fortune, toutes les machines des hommes ont peu de prise sur un homme ainsi constitué. Pour m'affecter de peines durables, il faudrait que l'impression se renouvelât à chaque instant. Car les intervalles, quelque courts qu'ils soient, suffisent pour me rendre à moi-même. Je suis ce qu'il plaît aux hommes tant qu'ils peuvent agir sur mes sens; mais au premier instant de relâche, je redeviens ce que la nature a voulu, c'est là, quoi qu'on puisse faire, mon état le plus constant et celui par lequel en dépit de la destinée je goûte un bonheur pour lequel je me sens constitué. J'ai décrit cet état dans une de mes rêveries [1]. Il me convient si bien que je ne désire autre chose que sa durée et ne crains que de le voir troubler. Le mal que m'ont fait les hommes ne me touche en aucune sorte; la crainte seule de celui qu'ils peuvent me faire encore est capable de m'agiter; mais certain qu'ils n'ont plus de nouvelle prise par laquelle ils puissent m'affecter d'un sentiment permanent, je me ris de toutes leurs trames et je jouis de moi-même en dépit d'eux.

NEUVIÈME PROMENADE

Le bonheur est un état permanent qui ne semble pas fait ici-bas pour l'homme. Tout est sur la terre dans un flux continuel qui ne permet à rien d'y prendre une forme constante. Tout change autour de nous. Nous changeons nous-mêmes et nul ne peut s'assurer qu'il aimera demain ce qu'il aime aujourd'hui. Ainsi tous nos projets de félicité pour cette vie sont des chimères. Profitons du contentement d'esprit quand il vient; gardons-nous de l'éloigner par notre faute, mais ne faisons pas des projets pour l'enchaîner, car ces projets-là sont de pures folies. J'ai peu vu d'hommes heureux, peut-être point; mais j'ai souvent vu des cœurs contents, et de tous les objets qui m'ont frappé c'est celui qui m'a le plus contenté moi-même. Je crois que c'est une suite naturelle du pouvoir des sensations sur mes sentiments internes. Le bonheur n'a point d'enseigne extérieure; pour le connaître il faudrait lire dans le cœur de l'homme heureux; mais le contentement se lit dans les yeux, dans le maintien, dans l'accent, dans la démarche, et semble se communiquer à celui qui l'aperçoit. Est-il une jouissance plus douce que de voir un peuple entier se livrer à la joie un jour de fête et tous les cœurs s'épanouir aux rayons expansifs du plaisir qui passe rapidement, mais vivement, à travers les nuages de la vie [1]?

Il y a trois jours que M. P. [2] vint avec un empressement extraordinaire me montrer l'éloge de madame Geoffrin par M. d'Alembert. La lecture fut précédée de longs et grands éclats de rire sur le ridicule néologisme de cette pièce et sur les badins jeux de mots dont il la disait remplie. Il commença de lire en riant toujours, je l'écoutai d'un sérieux qui le calma, et voyant toujours que je ne l'imitais point, il cessa enfin de rire. L'article le plus long et le plus recherché de cette pièce roulait sur le plaisir que prenait madame Geoffrin à voir les enfants et à les faire causer. L'auteur tirait avec raison de cette disposition une preuve de bon naturel. Mais il ne s'arrêtait pas là et il accusait décidément de mauvais naturel et de méchanceté tous ceux qui n'avaient pas le même goût, au point de dire que si l'on interrogeait là-dessus ceux qu'on mène au gibet ou à la roue tous conviendraient qu'ils n'avaient pas aimé les enfants [3]. Ces assertions faisaient un effet singulier dans la place où elles étaient. Supposant tout cela vrai, était-ce là l'occasion de le dire et fallait-il souiller l'éloge d'une femme estimable des images de supplice et de malfaiteur? Je compris aisément le motif de cette affectation vilaine et quand M. P. eut fini de lire, en relevant ce qui m'avait paru bien dans l'éloge, j'ajoutai que l'auteur en l'écrivant avait dans le cœur moins d'amitié que de haine.

Le lendemain, le temps étant assez beau quoique froid, j'allai faire une course jusqu'à l'École Militaire, comptant d'y trouver des mousses en pleine fleur. En allant, je rêvais sur la visite de la veille et sur l'écrit de M. d'Alembert où je pensais bien que le placage épisodique [4] n'avait pas été mis sans dessein, et la

seule affectation de m'apporter cette brochure, à moi à
qui l'on cache tout, m'apprenait assez quel en était
l'objet. J'avais mis mes enfants aux Enfants-Trouvés,
c'en était assez pour m'avoir travesti en père dénaturé,
et de là, en étendant et caressant cette idée, on en
avait peu à peu tiré la conséquence évidente que je
haïssais les enfants; en suivant par la pensée la chaîne
de ces gradations j'admirais avec quel art l'industrie
humaine sait changer les choses du blanc au noir. Car
je ne crois pas que jamais homme ait plus aimé que
moi à voir de petits bambins folâtrer et jouer ensemble,
et souvent dans la rue et aux promenades je m'arrête
à regarder leur espièglerie et leurs petits jeux avec
un intérêt que je ne vois partager à personne. Le jour
même où vint M. P., une heure avant sa visite j'avais
eu celle des deux petits du Soussoi [1], les plus jeunes
enfants de mon hôte, dont l'aîné peut avoir sept ans :
ils étaient venus m'embrasser de si bon cœur et je leur
avais rendu si tendrement leurs caresses que malgré la
disparité des âges ils avaient paru se plaire avec moi
sincèrement, et pour moi j'étais transporté d'aise de
voir que ma vieille figure ne les avait pas rebutés. Le
cadet même paraissait revenir à moi si volontiers que,
plus enfant qu'eux, je me sentais attacher à lui déjà
par préférence et je le vis partir avec autant de
regret que s'il m'eût appartenu.

   Je comprends que le reproche d'avoir mis mes enfants aux Enfants-Trouvés a facilement dégénéré, avec
un peu de tournure, en celui d'être un père dénaturé
et de haïr les enfants. Cependant il est sûr que c'est la
crainte d'une destinée pour eux mille fois pire et
presque inévitable par toute autre voie qui m'a le
plus déterminé dans cette démarche. Plus indifférent
sur ce qu'ils deviendraient et hors d'état de les élever
moi-même, il aurait fallu dans ma situation les laisser

élever par leur mère qui les aurait gâtés et par sa famille qui en aurait fait des monstres. Je frémis encore
d'y penser. Ce que Mahomet fit de Séide [1] n'est rien
auprès de ce qu'on aurait fait d'eux à mon égard, et
les pièges qu'on m'a tendus là-dessus dans la suite
me confirment assez que le projet en avait été formé.
A la vérité j'étais bien éloigné de prévoir alors ces
trames atroces : mais je savais que l'éducation pour
eux la moins périlleuse était celle des Enfants-Trouvés
et je les y mis. Je le ferais encore avec bien moins
de doute aussi si la chose était à faire, et je sais bien
que nul père n'est plus tendre que je l'aurais été pour
eux, pour peu que l'habitude eût aidé la nature.

Si j'ai fait quelque progrès dans la connaissance
du cœur humain, c'est le plaisir que j'avais à voir et
observer les enfants qui m'a valu cette connaissance.
Ce même plaisir dans ma jeunesse y a mis une espèce
d'obstacle, car je jouais avec les enfants si gaiement
et de si bon cœur que je ne songeais guère à les étudier. Mais quand en vieillissant j'ai vu que ma figure
caduque les inquiétait, je me suis abstenu de les im-
portuner, et j'ai mieux aimé me priver d'un plaisir
que de troubler leur joie; content alors de me satisfaire
en regardant leurs jeux et tous leurs petits manèges,
j'ai trouvé le dédommagement de mon sacrifice dans
les lumières que ces observations m'ont fait acquérir
sur les premiers et vrais mouvements de la nature
auxquels tous nos savants ne connaissent rien. J'ai
consigné dans mes écrits la preuve que je m'étais
occupé de cette recherche trop soigneusement pour ne
l'avoir pas faite avec plaisir, et ce serait assurément la
chose du monde la plus incroyable que l'*Héloïse* et
l'*Émile* fussent l'ouvrage d'un homme qui n'aimait pas
les enfants

Je n'eus jamais ni présence d'esprit ni facilité de

parler; mais depuis mes malheurs ma langue et ma
tête se sont de plus en plus embarrassées. L'idée et
le mot propre m'échappent également, et rien n'exige
un meilleur discernement et un choix d'expressions plus
justes que les propos qu'on tient aux enfants. Ce qui
augmente encore en moi cet embarras est l'attention des
écoutants, les interprétations et le poids qu'ils donnent
à tout ce qui part d'un homme qui, ayant écrit ex-
pressément pour les enfants, est supposé ne devoir
leur parler que par oracles. Cette gêne extrême et
l'inaptitude que je me sens me trouble, me déconcerte
et je serais bien plus à mon aise devant un monarque
d'Asie que devant un bambin qu'il faut faire babiller.

Un autre inconvénient me tient maintenant plus
éloigné d'eux, et depuis mes malheurs je les vois toujours avec le même plaisir, mais je n'ai plus avec eux
la même familiarité. Les enfants n'aiment pas la
vieillesse, l'aspect de la nature défaillante est hideux
à leurs yeux, leur répugnance que j'aperçois me navre;
et j'aime mieux m'abstenir de les caresser que de leur
donner de la gêne ou du dégoût. Ce motif qui n'agit
que sur les âmes vraiment aimantes est nul pour tous
nos docteurs et doctoresses. Madame Geoffrin s'embar-
rassait fort peu que les enfants eussent du plaisir avec
elle pourvu qu'elle en eût avec eux. Mais pour moi
ce plaisir est pis que nul, il est négatif quand il n'est
pas partagé, et je ne suis plus dans la situation ni
dans l'âge où je voyais le petit cœur d'un enfant
s'épanouir avec le mien. Si cela pouvait m'arriver
encore, ce plaisir devenu plus rare n'en serait pour
moi que plus vif et je l'éprouvais bien l'autre matin
par celui que je prenais à caresser les petits du Soussoi,
non seulement parce que la bonne qui les conduisait
ne m'en imposait pas beaucoup et que je sentais moins
le besoin de m'écouter devant elle, mais encore parce

que l'air jovial avec lequel ils m'abordèrent ne les
quitta point, et qu'ils ne parurent ni se déplaire ni
s'ennuyer avec moi.

Oh! si j'avais encore quelques moments de pures
caresses qui vinssent du cœur ne fût-ce que d'un
enfant encore en jaquette [1], si je pouvais voir encore
dans quelques yeux la joie et le contentement d'être
avec moi, de combien de maux et de peines ne
me dédommageraient pas ces courts mais doux épan-
chements de mon cœur? Ah! je ne serais pas obligé
de chercher parmi les animaux le regard de la bienveillance qui m'est désormais refusé parmi les humains.
J'en puis juger sur bien peu d'exemples, mais toujours
chers à mon souvenir. En voici un qu'en tout autre
état j'aurais oublié presque et dont l'impression qu'il
a faite sur moi peint bien toute ma misère. Il y a deux
ans que, m'étant allé promener du côté de la Nou-
velle-France [2], je poussai plus loin, puis, tirant à gauche et voulant tourner autour de Montmartre, je traversai le village de Clignancourt. Je marchais distrait
et rêvant sans regarder autour de moi quand tout à
coup je me sentis saisir les genoux. Je regarde et je vois
un petit enfant de cinq ou six ans qui serrait mes
genoux de toute sa force en me regardant d'un air si
familier et si caressant que mes entrailles s'émurent et
je me disais : C'est ainsi que j'aurais été traité des
miens. Je pris l'enfant dans mes bras, je le baisai plusieurs fois dans une espèce de transport et puis je continuai mon chemin. Je sentais en marchant qu'il me
manquait quelque chose, un besoin naissant me rame-
nait sur mes pas. Je me reprochais d'avoir quitté si
brusquement cet enfant, je croyais voir dans son action
sans cause apparente une sorte d'inspiration qu'il ne
fallait pas dédaigner. Enfin, cédant à la tentation, je
reviens sur mes pas, je cours à l'enfant, je l'embrasse de

nouveau et je lui donne de quoi acheter des petits pains
de Nanterre [1] dont le marchand passait là par hasard,
et je commençai à le faire jaser. Je lui demandai où
était son père; et il me le montra qui reliait des ton-
neaux. J'étais prêt à quitter l'enfant pour aller lui parler quand je vis que j'avais été prévenu par un homme
de mauvaise mine qui me parut être une de ces mouches [2] qu'on tient sans cesse à mes trousses. Tandis
que cet homme lui parlait à l'oreille, je vis les regards
du tonnelier se fixer attentivement sur moi d'un air
qui n'avait rien d'amical. Cet objet me resserra le
cœur à l'instant et je quittai le père et l'enfant avec
plus de promptitude encore que je n'en avais mis à
revenir sur mes pas, mais dans un trouble moins
agréable qui changea toutes mes dispositions.

Je les ai pourtant senties renaître souvent depuis
lors, je suis repassé plusieurs fois par Clignancourt
dans l'espérance d'y revoir cet enfant, mais je n'ai plus
revu ni lui ni le père, et il ne m'est plus resté de
cette rencontre qu'un souvenir assez vif mêlé toujours
de douceur et de tristesse, comme toutes les émotions
qui pénètrent encore quelquefois jusqu'à mon cœur
et qu'une réaction douloureuse finit toujours en le
resserrant [3].

Il y a compensation à tout. Si mes plaisirs sont
rares et courts, je les goûte aussi plus vivement quand
ils viennent que s'ils m'étaient plus familiers; je les
rumine pour ainsi dire par de fréquents souvenirs, et
quelque rares qu'ils soient, s'ils étaient purs et sans
mélange je serais plus heureux peut-être que dans
ma prospérité. Dans l'extrême misère on se trouve
riche de peu. Un gueux qui trouve un écu en est plus
affecté que ne le serait un riche en trouvant une
bourse d'or. On rirait si l'on voyait dans mon âme
l'impression qu'y font les moindres plaisirs de cette

espèce que je puis dérober à la vigilance de mes
persécuteurs. Un des derniers s'offrit il y a quatre ou
cinq ans, que je ne me rappelle jamais sans me sentir
ravi d'aise d'en avoir si bien profité.

Un dimanche nous étions allés, ma femme et moi,
dîner à la porte Maillot. Après le dîner nous traversâmes le bois de Boulogne jusqu'à la Muette; là nous
nous assîmes sur l'herbe à l'ombre en attendant que le
soleil fût baissé pour nous en retourner ensuite tout
doucement par Passy. Une vingtaine de petites filles
conduites par une manière de religieuse vinrent les
unes s'asseoir, les autres folâtrer assez près de nous. Durant leurs jeux vint à passer un oublieur [1] avec son
tambour et son tourniquet, qui cherchait pratique. Je
vis que les petites filles convoitaient fort les oublies, et
deux ou trois d'entre elles, qui apparemment possé-
daient quelques liards, demandèrent la permission de
jouer. Tandis que la gouvernante hésitait et disputait,
j'appelai l'oublieur et je lui dis : Faites tirer toutes ces
demoiselles chacune à son tour et je vous paierai le
tout. Ce mot répandit dans toute la troupe une joie
qui seule eût plus que payé ma bourse quand je l'aurais toute employée à cela.

Comme je vis qu'elles s'empressaient avec un peu de
confusion, avec l'agrément de la gouvernante je les
fis ranger toutes d'un côté, et puis passer de l'autre
côté l'une après l'autre à mesure qu'elles avaient tiré.
Quoiqu'il n'y eût point de billet blanc et qu'il revînt
au moins une oublie à chacune de celles qui n'auraient
rien, qu'aucune d'elles ne pouvait être absolument mé-
contente, afin de rendre la fête encore plus gaie, je
dis en secret à l'oublieur d'user de son adresse ordinaire en sens contraire en faisant tomber autant de
bons lots qu'il pourrait, et que je lui en tiendrais
compte. Au moyen de cette prévoyance il y eut tout

près d'une centaine d'oublies distribuées, quoique les jeunes filles ne tirassent chacune qu'une seule fois, car là-dessus je fus inexorable, ne voulant ni favoriser des abus ni marquer des préférences qui produiraient des mécontentements. Ma femme insinua à celles qui avaient de bons lots d'en faire part à leurs camarades, au moyen de quoi le partage devint presque égal et la joie plus générale.

Je priai la religieuse de vouloir bien tirer à son tour, craignant fort qu'elle ne rejetât dédaigneusement mon offre; elle l'accepta de bonne grâce, tira comme les pensionnaires et prit sans façon ce qui lui revint. Je lui en sus un gré infini, et je trouvai à cela une sorte de politesse qui me plut fort et qui vaut bien, je crois, celle des simagrées. Pendant toute cette opération il y eut des disputes qu'on porta devant mon tribunal, et ces petites filles venant plaider tour à tour leur cause me donnèrent occasion de remarquer que, quoiqu'il n'y en eût aucune de jolie, la gentillesse de quelques-unes faisait oublier leur laideur.

Nous nous quittâmes enfin très contents les uns des autres; et cette après-midi fut une de celles de ma vie dont je me rappelle le souvenir avec le plus de satisfaction. La fête au reste ne fut pas ruineuse, mais pour trente sols qu'il m'en coûta tout au plus, il y eut pour plus de cent écus de contentement. Tant il est vrai que le vrai plaisir ne se mesure pas sur la dépense et que la joie est plus amie des liards que des louis. Je suis revenu plusieurs autres fois à la même place à la même heure, espérant d'y rencontrer encore la petite troupe, mais cela n'est plus arrivé.

Ceci me rappelle un autre amusement à peu près de même espèce dont le souvenir m'est resté de beaucoup plus loin. C'était dans le malheureux temps où, faufilé parmi les riches et les gens de lettres, j'étais

quelquefois réduit à partager leurs tristes plaisirs.
J'étais à la Chevrette [1] au temps de la fête du maître
de la maison; toute sa famille s'était réunie pour la
célébrer, et tout l'éclat des plaisirs bruyants fut mis
en œuvre pour cet effet. Jeux, spectacles, festins, feux
d'artifice, rien ne fut épargné. L'on n'avait pas le
temps de prendre haleine et l'on s'étourdissait au lieu
de s'amuser. Après le dîner on alla prendre l'air dans
l'avenue; on tenait une espèce de foire. On dansait,
les messieurs daignèrent danser avec les paysannes,
mais les dames gardèrent leur dignité. On vendait là
des pains d'épice. Un jeune homme de la compagnie
s'avisa d'en acheter pour les lancer l'un après l'autre
au milieu de la foule, et l'on prit tant de plaisir à
voir tous ces manants se précipiter, se battre, se renverser pour en avoir, que tout le monde voulut se
donner le même plaisir. Et pains d'épice de voler à
droite et à gauche, et filles et garçons de courir, s'entasser et s'estropier; cela paraissait charmant à tout le
monde. Je fis comme les autres par mauvaise honte,
quoique en dedans je ne m'amusasse pas autant qu'eux.
Mais bientôt ennuyé de vider ma bourse pour faire
écraser les gens, je laissai là la bonne compagnie et je
fus me promener seul dans la foire. La variété des
objets m'amusa longtemps. J'aperçus entre autres cinq
ou six Savoyards [2] autour d'une petite fille qui avait
encore sur son inventaire [3] une douzaine de chétives
pommes dont elle aurait bien voulu se débarrasser.
Les Savoyards de leur côté auraient bien voulu l'en
débarrasser, mais ils n'avaient que deux ou trois
liards à eux tous et ce n'était pas de quoi faire une
grande brèche aux pommes. Cet inventaire était pour
eux le jardin des Hespérides, et la petite fille était le
dragon qui le gardait. Cette comédie m'amusa longtemps; j'en fis enfin le dénouement en payant les

pommes à la petite fille et les lui faisant distribuer aux petits garçons. J'eus alors un des plus doux spectacles qui puissent flatter un cœur d'homme, celui de voir la joie unie avec l'innocence de l'âge se répandre tout autour de moi. Car les spectateurs même en la voyant la partagèrent, et moi qui partageais à si bon marché cette joie, j'avais de plus celle de sentir qu'elle était mon ouvrage.

En comparant cet amusement avec ceux que je venais de quitter, je sentais avec satisfaction la différence qu'il y a des goûts sains et des plaisirs naturels à ceux que fait naître l'opulence, et qui ne sont guère que des plaisirs de moquerie et des goûts exclusifs engendrés par le mépris. Car quelle sorte de plaisir pouvait-on prendre à voir des troupeaux d'hommes avilis par la misère s'entasser, s'étouffer, s'estropier brutalement pour s'arracher avidement quelques morceaux de pains d'épice foulés aux pieds et couverts de boue ?

De mon côté, quand j'ai bien réfléchi sur l'espèce de volupté que je goûtais dans ces sortes d'occasions, j'ai trouvé qu'elle consistait moins dans un sentiment de bienfaisance que dans le plaisir de voir des visages contents. Cet aspect a pour moi un charme qui, bien qu'il pénètre jusqu'à mon cœur, semble être uniquement de sensation. Si je ne vois la satisfaction que je cause, quand même j'en serais sûr, je n'en jouirais qu'à demi. C'est même pour moi un plaisir désintéressé qui ne dépend pas de la part que j'y puis avoir. Car dans les fêtes du peuple celui de voir des visages gais m'a toujours vivement attiré. Cette attente a pourtant été souvent frustrée en France où cette nation qui se prétend si gaie montre peu cette gaieté dans ses jeux. Souvent j'allais jadis aux guinguettes pour y voir danser le menu peuple : mais ses danses étaient si maussades, son maintien si dolent, si gauche, que j'en sor-

tais plutôt contristé que réjoui. Mais à Genève et en
Suisse, où le rire ne s'évapore pas sans cesse en folles
malignités, tout respire le contentement et la gaieté
dans les fêtes, la misère n'y porte point son hideux
aspect, le faste n'y montre pas non plus son insolence;
le bien-être, la fraternité, la concorde y disposent les
cœurs à s'épanouir, et souvent dans les transports
d'une innocente joie les inconnus s'accostent, s'em-
brassent et s'invitent à jouir de concert des plaisirs
du jour. Pour jouir moi-même de ces aimables fêtes, je
n'ai pas besoin d'en être, il me suffit de les voir; en
les voyant, je les partage; et parmi tant de visages gais,
je suis bien sûr qu'il n'y a pas un cœur plus gai que
le mien.

Quoique ce ne soit là qu'un plaisir de sensation il a
certainement une cause morale, et la preuve en est
que ce même aspect, au lieu de me flatter, de me plaire,
peut me déchirer de douleur et d'indignation quand je
sais que ces signes de plaisir et de joie sur les visages
des méchants ne sont que des marques que leur malignité est satisfaite. La joie innocente est la seule dont
les signes flattent mon cœur. Ceux de la cruelle et mo-
queuse joie le navrent et l'affligent quoiqu'elle n'ait
nul rapport à moi. Ces signes sans doute ne sauraient
être exactement les mêmes, partant de principes si
différents : mais enfin ce sont également des signes de
joie, et leurs différences sensibles ne sont assurément
pas proportionnelles à celles des mouvements qu'ils
excitent en moi.

Ceux de douleur et de peine me sont encore plus
sensibles, au point qu'il m'est impossible de les soutenir
sans être agité moi-même d'émotions peut-être encore
plus vives que celles qu'ils représentent. L'imagination
renforçant la sensation m'identifie avec l'être souffrant
et me donne souvent plus d'angoisse qu'il n'en sent

lui-même. Un visage mécontent est encore un spectacle qu'il m'est impossible de soutenir, surtout si j'ai lieu de penser que ce mécontentement me regarde. Je ne saurais dire combien l'air grognard et maussade des valets qui servent en rechignant m'a arraché d'écus dans les maisons où j'avais autrefois la sottise de me laisser entraîner, et où les domestiques m'ont toujours fait payer bien chèrement l'hospitalité des maîtres. Toujours trop affecté des objets sensibles et surtout de ceux qui portent signe de plaisir ou de peine, de bienveillance ou d'aversion, je me laisse entraîner par ces impressions extérieures sans pouvoir jamais m'y dérober autrement que par la fuite. Un signe, un geste, un coup d'œil d'un inconnu suffit pour troubler mes plaisirs ou calmer mes peines; je ne suis à moi que quand je suis seul, hors de là je suis le jouet de tous ceux qui m'entourent.

Je vivais jadis avec plaisir dans le monde quand je n'y voyais dans tous les yeux que bienveillance, ou tout au pis indifférence dans ceux à qui j'étais inconnu. Mais aujourd'hui qu'on ne prend pas moins de peine à montrer mon visage au peuple qu'à lui masquer mon naturel, je ne puis mettre le pied dans la rue sans m'y voir entouré d'objets déchirants; je me hâte de gagner à grands pas la campagne; sitôt que je vois la verdure, je commence à respirer. Faut-il s'étonner si j'aime la solitude? Je ne vois qu'animosité sur les visages des hommes, et la nature me rit toujours.

Je sens pourtant encore, il faut l'avouer, du plaisir à vivre au milieu des hommes tant que mon visage leur est inconnu. Mais c'est un plaisir qu'on ne me laisse guère. J'aimais encore il y a quelques années à traverser les villages et à voir au matin les laboureurs raccommoder leurs fléaux ou les femmes sur leur porte avec leurs enfants. Cette vue avait je ne sais quoi qui touchait mon cœur. Je m'arrêtais quelquefois, sans y prendre garde, à regarder les petits manèges de ces bonnes gens, et je me sentais soupirer sans savoir pourquoi. J'ignore si l'on m'a vu sensible à ce petit plaisir et si l'on a voulu me l'ôter encore; mais au changement que j'aperçois sur les physionomies à mon passage, et à l'air dont je suis regardé, je suis bien forcé de comprendre qu'on a pris grand soin de m'ôter cet incognito. La même chose m'est arrivée et d'une façon plus marquée encore aux Invalides. Ce bel établissement m'a toujours intéressé. Je ne vois jamais sans attendrissement et vénération ces groupes de bons vieillards qui peuvent dire comme ceux de Lacédémone :

> *Nous avons été jadis*
> *Jeunes, vaillants et hardis* [1].

Une de mes promenades favorites était autour de l'École Militaire [2] et je rencontrais avec plaisir çà et là quelques invalides qui, ayant conservé l'ancienne honnêteté militaire, me saluaient en passant. Ce salut que mon cœur leur rendait au centuple me flattait et augmentait le plaisir que j'avais à les voir. Comme je ne sais rien cacher de ce qui me touche, je parlais souvent des invalides et de la façon dont leur aspect m'affectait. Il n'en fallut pas davantage. Au bout de quelque temps je m'aperçus que je n'étais plus un inconnu pour eux, ou plutôt que je le leur étais bien davantage puisqu'ils me voyaient du même œil que fait le public. Plus d'honnêteté, plus de salutations. Un air repoussant, un regard farouche avaient succédé à leur première urbanité. L'ancienne franchise de leur métier ne leur laissant pas comme aux autres couvrir leur animosité d'un masque ricaneur et traître, ils me montrent tout ouvertement la plus violente haine, et tel est l'excès de ma misère que je suis forcé de distinguer dans mon estime ceux qui me déguisent le moins leur fureur.

Depuis lors je me promène avec moins de plaisir du côté des Invalides; cependant, comme mes sentiments pour eux ne dépendent pas des leurs pour moi, je ne vois toujours point sans respect et sans intérêt ces anciens défenseurs de leur patrie : mais il m'est bien dur de me voir si mal payé de leur part de la justice que je leur rends. Quand par hasard j'en rencontre quelqu'un qui a échappé aux instructions communes, ou qui ne connaissant pas ma figure ne me montre aucune aversion, l'honnête salutation de ce seul-là me dédommage du maintien rébarbatif des autres. Je les oublie pour ne m'occuper que de lui, et je m'imagine qu'il a une de ces âmes comme la mienne où la haine ne saurait pénétrer. J'eus encore ce plaisir l'année dernière en passant l'eau pour m'aller promener à l'île aux Cygnes [1]. Un pauvre vieux invalide dans un bateau attendait compagnie pour traverser. Je me présentai et je dis au batelier de partir. L'eau était forte et la traversée fut longue. Je n'osais presque pas adresser la parole à l'invalide de peur d'être rudoyé et rebuté comme à l'ordinaire, mais son air honnête me rassura. Nous causâmes. Il me parut homme de sens et de mœurs. Je fus surpris et charmé de son ton ouvert et affable, je n'étais pas accoutumé à tant de faveur; ma surprise cessa quand j'appris qu'il arrivait tout nouvellement de province. Je compris qu'on ne lui avait pas encore montré ma figure et donné ses instructions. Je profitai de cet incognito pour converser quelques moments avec un homme et je sentis à la douceur que j'y trouvais combien la rareté des plaisirs les plus communs est capable d'en augmenter

le prix. En sortant du bateau il préparait ses deux
pauvres liards. Je payai le passage et le priai de les
resserrer en tremblant de le cabrer. Cela n'arriva
point; au contraire il parut sensible à mon attention et
surtout à celle que j'eus encore, comme il était plus
vieux que moi, de lui aider à sortir du bateau. Qui
croirait que je fus assez enfant pour en pleurer d'aise ?
Je mourais d'envie de lui mettre une pièce de vingt-
quatre sols dans la main pour avoir du tabac; je n'osai
jamais. La même honte qui me retint m'a souvent empêché de faire de bonnes actions qui m'auraient com-
blé de joie et dont je ne me suis abstenu qu'en déplo-
rant mon imbécillité. Cette fois, après avoir quitté
mon vieux invalide, je me consolai bientôt en pensant
que j'aurais pour ainsi dire agi contre mes propres
principes en mêlant aux choses honnêtes un prix
d'argent qui dégrade leur noblesse et souille leur désin-
téressement. Il faut s'empresser de secourir ceux
qui en ont besoin, mais dans le commerce ordinaire
de la vie laissons la bienveillance naturelle et l'urbanité faire chacune leur œuvre, sans que jamais rien
de vénal et de mercantile ose approcher d'une si
pure source pour la corrompre ou pour l'altérer. On
dit qu'en Hollande le peuple se fait payer pour vous
dire l'heure et pour vous montrer le chemin. Ce doit
être un bien méprisable peuple que celui qui trafique
ainsi des plus simples devoirs de l'humanité.

J'ai remarqué qu'il n'y a que l'Europe seule où l'on
vende l'hospitalité. Dans toute l'Asie on vous loge
gratuitement; je comprends qu'on n'y trouve pas si
bien toutes ses aises. Mais n'est-ce rien que de se dire :
Je suis homme et reçu chez des humains ? C'est l'humanité pure qui me donne le couvert. Les petites privations s'endurent sans peine quand le cœur est mieux
traité que le corps.

DIXIÈME PROMENADE

Aujourd'hui, jour de Pâques fleuries [1], il y a précisément cinquante ans de ma première connaissance avec madame de Warens. Elle avait vingt-huit ans alors, étant née avec le siècle [2]. Je n'en avais pas encore dix-sept [3] et mon tempérament naissant, mais que j'ignorais encore, donnait une nouvelle chaleur à un cœur naturellement plein de vie. S'il n'était pas étonnant qu'elle conçût de la bienveillance pour un jeune homme vif, mais doux et modeste, d'une figure assez agréable, il l'était encore moins qu'une femme charmante, pleine d'esprit et de grâces, m'inspirât avec la reconnaissance des sentiments plus tendres que je n'en distinguais pas. Mais ce qui est moins ordinaire est que ce premier moment décida de moi pour toute ma vie, et produisit par un enchaînement inévitable le destin du reste de mes jours. Mon âme dont mes organes n'avaient pas développé les plus précieuses facultés n'avait encore aucune forme déterminée. Elle attendait dans une sorte d'impatience le moment qui devait la lui donner, et ce moment accéléré par cette rencontre ne vint pourtant pas sitôt, et dans la simplicité de mœurs que l'éducation m'avait donnée je vis longtemps prolonger pour moi cet état délicieux mais

rapide où l'amour et l'innocence habitent le même
cœur. Elle m'avait éloigné. Tout me rappelait à elle,
il y fallut revenir [1]. Ce retour fixa ma destinée, et
longtemps encore avant de la posséder je ne vivais
plus qu'en elle et pour elle. Ah! si j'avais suffi à son
cœur comme elle suffisait au mien! Quels paisibles
et délicieux jours nous eussions coulés ensemble!
Nous en avons passé de tels, mais qu'ils ont été courts
et rapides, et quel destin les a suivis! Il n'y a pas de
jour où je ne me rappelle avec joie et attendrissement
cet unique et court temps de ma vie où je fus moi
pleinement, sans mélange et sans obstacle, et où je
puis véritablement dire avoir vécu. Je puis dire à peu
près comme ce préfet du prétoire qui disgracié sous
Vespasien s'en alla finir paisiblement ses jours à la
campagne : « J'ai passé soixante et dix ans sur la terre,
et j'en ai vécu sept [2]. » Sans ce court mais précieux
espace je serais resté peut-être incertain sur moi,
car tout le reste de ma vie, faible et sans résistance,
j'ai été tellement agité, ballotté, tiraillé par les passions
d'autrui, que presque passif dans une vie aussi orageuse
j'aurais peine à démêler ce qu'il y a du mien dans ma
propre conduite, tant la dure nécessité n'a cessé de
s'appesantir sur moi. Mais durant ce petit nombre
d'années, aimé d'une femme pleine de complaisance
et de douceur, je fis ce que je voulais faire, je fus ce que
je voulais être, et par l'emploi que je fis de mes loisirs,
aidé de ses leçons et de son exemple, je sus donner à
mon âme encore simple et neuve la forme qui lui
convenait davantage et qu'elle a gardée toujours.
Le goût de la solitude et de la contemplation naquit
dans mon cœur avec les sentiments expansifs et tendres
faits pour être son aliment. Le tumulte et le bruit
les resserrent et les étouffent, le calme et la paix les
raniment et les exaltent. J'ai besoin de me recueillir

pour aimer. J'engageai maman à vivre à la campagne.
Une maison isolée au penchant d'un vallon fut notre
asile, et c'est là que dans l'espace de quatre ou cinq
ans [1] j'ai joui d'un siècle de vie et d'un bonheur
pur et plein qui couvre de son charme tout ce que
mon sort présent a d'affreux. J'avais besoin d'une
amie selon mon cœur, je la possédais. J'avais désiré
la campagne, je l'avais obtenue; je ne pouvais souffrir
l'assujettissement, j'étais parfaitement libre, et mieux
que libre, car assujetti par mes seuls attachements, je
ne faisais que ce que je voulais faire. Tout mon temps
était rempli par des soins affectueux ou par des occupations champêtres. Je ne désirais rien que la continuation d'un état si doux. Ma seule peine était la
crainte qu'il ne durât pas longtemps, et cette crainte
née de la gêne de notre situation n'était pas sans
fondement. Dès lors je songeai à me donner en même
temps des diversions sur cette inquiétude et des
ressources pour en prévenir l'effet. Je pensai qu'une
provision de talents était la plus sûre ressource contre
la misère, et je résolus d'employer mes loisirs à me
mettre en état, s'il était possible, de rendre un jour
à la meilleure des femmes l'assistance que j'en avais
reçue.

Dossier

BIOGRAPHIE

1712 — *28 juin*. Naissance, à Genève, de Jean-Jacques Rousseau, dans une famille protestante d'origine française.

7 juillet. Mort de sa mère. Son père ne sera jamais
capable de remplacer l'affection et l'éducation mater-
nelles.

1713 — *5 octobre*. Naissance de Diderot.

1721 — Le frère de Jean-Jacques, voué au vagabondage,
disparaît.

1722 — *21 octobre*. Le père de Rousseau, obligé de s'expatrier à la suite d'une querelle, confie son fils au pasteur Lambercier, à Bossey. Jean-Jacques ne se réins-
tallera à Genève qu'en 1724.

1725 — Après un stage chez un greffier, Rousseau entre en
apprentissage chez un graveur.

1728 — *14 mars*. Au retour d'une promenade, il trouve
les portes de la cité fermées, et choisit alors l'aventure.

21 mars. A Annecy, Mme de Warens, jeune veuve nouvellement convertie au catholicisme, le recueille.

21 avril. Rousseau abjure le protestantisme, à Turin,
où l'avait envoyé sa protectrice.

1729-1730 — Après divers emplois et diverses aventures, il
quitte Turin, retrouve Mme de Warens, séjourne à

Annecy, Lyon, Fribourg, Lausanne, poursuit ses vagabondages à Neuchâtel, Berne et Soleure.

1731 — Premier voyage à Paris; à la fin de l'année il
rejoint sa protectrice à Chambéry, et trouve au cadastre
de Savoie un emploi qu'il ne gardera que huit mois.

1732 — *Juin.* Il commence à donner des leçons de musique.

1735 ou 1736 — Premier séjour aux Charmettes avec Mme de
Warens.

1737 — *11 septembre.* Rousseau, las de ses malaises persis-
tants, part pour Montpellier, où il va chercher un
diagnostic à la Faculté de médecine.

1738 — Mme de Warens s'installe aux Charmettes pour une
résidence durable. Rousseau va y rester de 1738 à 1740.

1740-1741 — Préceptorat à Lyon.

1742 — *Août.* Arrivée de Rousseau à Paris avec un nouveau
système de notation musicale, mis au point aux Charmettes.

22 août. Présentation à l'Académie des sciences du
Mémoire sur un projet de notation musicale, qui est publié
en janvier 1743. Premières rencontres avec Diderot.

1743 — *Été.* Il suit, comme secrétaire, M. de Montaigu,
ambassadeur de France à Venise. Ses loisirs lui permettent de publier une *Dissertation sur la musique moderne.*

1744 — *22 août.* Il quitte Venise à la suite d'une querelle
avec l'ambassadeur et arrive à Paris en octobre.

1745 — Il se lie avec Thérèse Levasseur, lingère, âgée de
23 ans; il fait représenter *Les Muses galantes,* retouche
Les Fêtes de Ramire de Rameau et Voltaire, avec qui
il est alors en bons termes.

1746 — *Fin de l'automne.* Naissance du premier enfant de
Rousseau, qui est mis à l'hospice des Enfants-Trouvés.

1748 — Naissance d'un deuxième enfant, également mis aux
Enfants-Trouvés.

1749 — *Janvier-mars.* Sur la demande de d'Alembert, rédaction des articles sur la musique destinés à l'*Encyclopédie*.

Octobre. Visite à Diderot, incarcéré à Vincennes pour sa *Lettre sur les aveugles*. C'est alors que Rousseau prend connaissance du sujet proposé par l'Académie de Dijon pour son prix annuel : « *Si le rétablissement des sciences et des arts a contribué à corrompre ou à épurer les mœurs.* » Il s'enflamme.

Les progrès de son amitié avec Grimm et Diderot datent de cette année.

1750 — *23 août*. L'Académie de Dijon couronne le *Discours sur les sciences et les arts*, qui est publié à la fin de l'année ou dans les premiers jours de 1751.

1751 — Rousseau abandonne tout autre emploi pour se faire copiste de musique. Naissance de son troisième enfant. Vives controverses autour du *Discours*.

1752 — *18 octobre*. Son opéra-comique *Le Devin du village* est représenté à Fontainebleau, devant la Cour. Rousseau se dérobe à une audience du Roi et sans doute à une pension.

1753 — *1er mars*. *Le Devin du village* est joué à l'Opéra. *Novembre*. Rousseau publie une *Lettre sur la musique française*. L'Académie de Dijon annonce un nouveau sujet de concours : « *Quelle est l'origine de l'inégalité parmi les hommes et si elle est autorisée par la loi naturelle?* » Démêlés avec l'Opéra.

1754 — Genève, par Lyon et Chambéry. Composition du *Discours sur l'origine de l'inégalité parmi les hommes*. Retour au calvinisme. Travaux littéraires divers.

1755 — *Mai*. Publication en Hollande du *Discours sur l'inégalité*.

1er novembre. Le tremblement de terre de Lisbonne bouleverse les esprits et fournit à Voltaire l'argument d'un long poème; Rousseau y répondra en août 1756.

1756 — *9 avril*. Rousseau, Thérèse et la mère de celle-ci s'installent à l'Ermitage, à la lisière de la forêt de

Montmorency, dans la propriété de Mme d'Épinay, chez qui il avait séjourné au mois de septembre précédent.

Été-automne. Il rêve et commence à travailler à ce qui sera *La Nouvelle Héloïse.*

1757 — *Mars.* Querelle avec Diderot à propos du *Fils naturel,* où Rousseau lit qu' « il n'y a que le méchant qui soit seul ». Réconciliation en avril.

11 juillet. Mme d'Épinay trouve Saint-Lambert et Mme d'Houdetot chez Jean-Jacques, et sa jalousie s'éveille.

10 octobre. Publication du tome VII de l'*Encyclopédie,* contenant l'article de d'Alembert sur Genève.

Novembre. Rupture avec Grimm.

10 décembre. Mme d'Épinay rompt avec Rousseau et lui donne son congé.

15 décembre. Le maréchal de Luxembourg l'héberge à Montmorency.

1758 — *Mars.* Il achève la *Lettre sur les spectacles,* où il s'oppose à d'Alembert et à Voltaire.

6 mai. Mme d'Houdetot à son tour rompt avec lui.

Septembre. Achèvement de *La Nouvelle Héloïse.*

Octobre. Publication de la *Lettre sur les spectacles.*

1759-1760 — Montmorency. Rousseau travaille à l'*Émile* et au *Contrat social.*

1761 — *Janvier.* Arrivée à Paris de l'édition de *La Nouvelle Héloïse ;* le succès est immense.

1762 — *Janvier.* Composition des quatre *Lettres à Malesherbes.* Il envoie à Moultou la *Profession de foi du Vicaire savoyard.*

Avril. Publication à Amsterdam du *Contrat social ou Principes du droit politique,* interdit à Paris en mai.

27 mai. Publication de l'*Émile,* mis en vente par autorisation tacite.

Juin. L'*Émile* est dénoncé à la Sorbonne, condamné par

le parlement, brûlé ; Rousseau, décrété de prise de corps, s'enfuit précipitamment en Suisse. Genève à son tour prend les mêmes mesures contre les deux ouvrages et leur auteur. Celui-ci, pourchassé, se réfugie dans la principauté prussienne de Neuchâtel.

29 juillet. Mort de Mme de Warens à Chambéry.

28 août. Mandement de l'archevêque de Paris, Christophe de Beaumont, contre l'*Émile.*

1763 — *Mars.* Rousseau publie sa *Lettre à Christophe de Beaumont*, datée du 18 novembre.

12 mai. Rousseau renonce à son titre de citoyen de Genève, qui lui avait été rendu en 1754.

Septembre-octobre. Tronchin fait paraître ses *Lettres écrites de la campagne*, contre Rousseau.

1764 — Celui-ci riposte par ses *Lettres écrites de la montagne.* Botanique. Il entreprend *Les Confessions.*

1765 — *21 janvier.* Les *Lettres écrites de la montagne* sont brûlées à La Haye et à Paris, attaquées à Genève. Rousseau est en butte à l'hostilité du pasteur de Môtiers, Montmollin, et de son consistoire.

Nuit du 6 septembre, jour de foire. Les habitants de Môtiers-Travers jettent des pierres contre sa maison.

Septembre-octobre. Il trouve asile le 12 septembre à l'île de Saint-Pierre, d'où il est expulsé après quelques semaines. Il part pour Berlin, par Bâle, puis Strasbourg, où il est reçu avec honneur, et d'où, en fin de compte, abandonnant Berlin, il repart pour Paris, où il arrive le 16 décembre et où on lui fait fête.

1766 — *4 janvier.* Avec Hume il part pour l'Angleterre.

13 janvier. Arrivée à Londres.

19 mars. Installation à Wootton (Staffordshire).

Avril. Lettre au docteur J. J. Pansophe, de Voltaire, ridiculisant l'auteur de l'*Émile.* Durant la suite de l'année, démêlés avec Hume et rupture.

1767 — *21 mai.* Rousseau s'embarque à Douvres pour la France.

A son retour, il réside à Fleury, près de Meudon, puis à Trye, en Normandie, chez le prince de Conti. Vie errante, maladie, angoisses.

26 novembre. Mise en vente à Paris du *Dictionnaire de musique.*

1768 — Rousseau, qui s'apaise un peu, séjourne à Lyon, herborise à la Grande-Chartreuse, s'arrête à Grenoble, visite à Chambéry la tombe de Mme de Warens, se fixe à Bourgoin, en Dauphiné.

30 août. Il s'y marie civilement avec Thérèse Levasseur.

1769-1770 — Par Lyon, Dijon, Montbard, Auxerre, il regagne Paris, et s'établit rue Plâtrière. Il a repris et probablement achevé ses *Confessions,* dont il commence à donner des lectures.

1771 — *10 mai.* Mme d'Épinay prie Sartine, lieutenant de police, d'interdire ces lectures.

Juillet. Début des relations de Rousseau avec Bernardin de Saint-Pierre.

1772-1773 — Copies de musique, botanique, rédaction des *Dialogues* de *Rousseau juge de Jean-Jacques.*

1774 — Musique. Introduction à son *Dictionnaire des termes d'usage en botanique.*

1776 — *24 février.* Rousseau ne réussit pas à déposer le manuscrit des *Dialogues* — sa défense — dans le chœur de Notre-Dame.

24 octobre. Il est renversé, à Ménilmontant, par un chien : l'accident, grave en soi, détermine la dernière orientation de sa pensée.

Automne ou hiver. Il commence *Les Rêveries du Promeneur solitaire* dont il poursuit la rédaction durant l'année 1777.

1778 — *30 mars.* Voltaire est couronné à la Comédie-Française.

12 avril. Début de la rédaction de la Dixième Promenade des *Rêveries,* qui sera la dernière et restera inachevée.

2 mai. Rousseau confie à Moultou une partie de ses manuscrits.

20 mai. Il accepte l'hospitalité du marquis de Girardin à Ermenonville. Herborisation.

30 mai. Mort de Voltaire.

2 juillet. Malaises. Rousseau meurt à onze heures du matin.

4 juillet — A onze heures du soir, son corps est inhumé dans l'île des Peupliers, au cœur du parc d'Ermenonville.

1794 — *9-11 octobre.* Transfert de ses cendres au Panthéon.

NOTICE

L'ultime ouvrage de Jean-Jacques Rousseau, *Les Rêveries du Promeneur solitaire,* achevé ou plutôt interrompu onze semaines avant sa mort, a paru pour la première fois en 1782, quatre ans plus tard.

Deux incidents survenus à huit mois d'intervalle, le 24 février et le 24 octobre 1776, avaient été la cause prochaine ou l'occasion de l'entreprise. Le lecteur en trouvera l'exposé dans le texte des deux premières Promenades et dans les notes correspondantes. Désormais Rousseau a vu dénoués les derniers liens, les derniers espoirs inavoués qui le rattachaient au monde des hommes, et il ne peut plus compter sur la Providence même. La conscience qu'il prend de soi chaque fois qu'il s'abandonne à ses rêveries est maintenant la seule chose qui importe à l'être qu'il est, la seule qui soit pour lui irremplaçable, la seule où lui-même soit irremplaçable. Dans la négation totale, dans la nudité, il a enfin trouvé la justification qu'il cherche depuis toujours.

Depuis quelque temps il désirait donner une suite aux *Confessions.* Quelle suite, il ne savait guère : maintenant il sait. Le récit de sa vie, quelque souci qu'il ait eu de s'y tenir au plus près de la sincérité, restait trop lié aux événements extérieurs : il ne s'y montrait lui-même qu'en fonction d'eux, il demeurait écarté de son propre centre. Et aussi dans les Dialogues de *Rousseau juge de Jean-Jacques,* qui ressemblent à des plaidoyers : réfuter des objections, c'est accorder de la considération aux objecteurs. Maintenant le voilà tout à fait libéré.

Toujours il a été en quête des moyens d'une telle libération. Toujours il a éprouvé — sinon aperçu — que sa vertu d'écrivain était non pas seulement de traduire et répandre les idées qu'il estimait justes, mais aussi d'exprimer et communiquer la nature singulière de celui qui les formait. Dès 1755, et peut-être bien auparavant, on rencontre dans ses écrits et dans des papiers qu'il ne publia pas des esquisses autobiographiques. Mais jamais encore, semble-t-il, jusqu'en 1776, il n'avait trouvé le ton et la méthode qui répondissent à son vœu profond : la structure des *Confessions* elles-mêmes reste moins originale.

« Ma vie entière n'a été qu'une longue rêverie divisée en chapitres par mes promenades de chaque jour » (carte à jouer nº 1; voir aussi *Mon Portrait*, avec la note 2 de la page 194). Il est un homme qui forme ses idées en se promenant et qui se trouve lui-même lorsqu'il rêve. Désormais il connaît le moyen d'échapper aux formes traditionnelles de la rhétorique. Il n'écrira plus un essai ni même des mémoires, mais des rêveries; il ne composera plus par chapitres, mais par promenades. Et certes, son nouvel ouvrage restera un ouvrage de littérature, corrigé, organisé, « mis en œuvre » en vue de la communication (« du promeneur », dit bien le titre, et non « d'un promeneur » : pour généraliser le particulier). Mais le mouvement du livre suivra avec une souplesse extrême le mouvement organique du promeneur rêvant, et non plus les commandements d'une autre logique. Ce que le lecteur fera bien de noter s'il ne veut pas se laisser dérouter par une composition où les anomalies apparentes résultent en réalité d'une fidélité à soi plus exigeante.

★

Il n'y a pas lieu de supposer pour les dix Promenades des *Rêveries*, dans l'état actuel de nos connaissances, un ordre chronologique de la rédaction différent de l'ordre et du classement où elles nous sont parvenues. La Première pourrait dater de la première quinzaine de décem bre 1776 et la Deuxième l'avoir suivie de peu. Les Troisième, Quatrième et Cinquième seraient antérieures à l'été 1777. Au même été il faudrait rapporter les Sixième et Septième, à la fin de l'année 1777 la Huitième, et la Neuvième à la fin de décembre 1777 ou au début de 1778. Enfin la dernière est datée précisément — ou plutôt la première ligne en est datée — du 12 avril 1778. Ces indications sont déduites des textes eux-mêmes; mais les corrections ultérieures peuvent avoir faussé une chronologie déjà incertaine. Remarquons l'irrégularité de ces dates ou époques; rappelons enfin que, parti pour herboriser à Ermenonville le 20 mai, Rousseau y est mort le 2 juillet 1778.

Le manuscrit, aujourd'hui conservé à la bibliothèque de Neuchâtel, est fait de deux carnets. Sur l'un Rousseau a recopié lui-même les sept premières Promenades, mises au net dans une version vraisemblablement définitive (certaines différences d'écriture permettent de tirer des conclusions parfois intéressantes); les trois dernières Promenades figurent dans le second carnet sous la forme de brouillons souvent peu lisibles, surchargés de ratures, de renvois et d'autres remaniements.

Le marquis de Girardin, Moultou et Du Peyrou (sur lesquels on trouvera plus loin de brèves notes) révélèrent *Les Rêveries* dans plusieurs éditions de 1782. Leur tâche, relativement aisée pour les textes du premier carnet, était beaucoup plus délicate pour ceux du second : il leur fallut non seulement les déchiffrer mais les reconstituer (voir à ce sujet la note de la page 137). Les éditions de 1782 firent foi pendant plus d'un siècle et demi.

En 1948, presque simultanément, parurent deux éditions critiques, établies, après recours au manuscrit, l'une par M. John S. Spink, l'autre par M. Marcel Raymond. Plus récemment sont sorties deux nouvelles éditions également critiques, en 1959 au tome I des *Œuvres complètes* publiées sous la direction de Bernard Gagnebin et Marcel Raymond dans la Bibliothèque de la Pléiade, puis en 1960 par les soins de M. Henri Roddier. Ces quatre éditions, dont l'appareil critique et l'annotation, inégalement abondants mais toufours fort riches, se recoupent, nous ont servi de base. Nous devons aussi attirer l'attention sur divers correctifs proposés par M. Robert Ricatte dans son petit livre, *Réflexions sur les « Rêveries »*, publié chez José Corti à la fin de 1960. Nous avons modernisé l'orthographe, et aussi — mais avec le plus de discrétion possible — la ponctuation.

*

On trouvera plus loin, en annexe, quatre documents. Les trois premiers sont des textes autobiographiques qui, de part et d'autre du groupe formé dans l'œuvre de Rousseau par *Les Confessions* et les *Dialogues*, annoncent et préparent *Les Rêveries*. Le quatrième n'est plus un écrit de Rousseau lui-même : c'est, sur Rousseau à l'époque des *Rêveries*, un témoignage assez exceptionnel que nous devons à Bernardin de Saint-Pierre.

Le premier, *Mon Portrait*, malgré les efforts des érudits, continue à poser toutes sortes de problèmes. Le titre, à la différence des autres, est de Rousseau lui-même, qui l'avait inscrit sur une chemise où il avait rassemblé des feuillets de formats divers; l'ensemble se trouve aujourd'hui à la bibliothèque de Neuchâtel. MM. Marcel Raymond et Bernard Gagnebin, s'écartant des premiers commentateurs, soulignent que des papiers rassemblés sous un même dossier peuvent dater d'époques diverses; leur analyse les conduit à échelonner les trente-huit fragments de *Mon Portrait* de 1755 à 1762, dates extrêmes, sans certitude d'ailleurs, mais avec vraisemblance. Autre vraisemblance : dès cette période Rousseau songeait à raconter sa vie, il prenait des notes à l'occasion mais il hésitait encore sur une forme, un ton, une méthode dont la recherche l'occupait encore, nous l'avons vu, à la veille des *Rêveries*. La publication première, mais partielle, de *Mon Portrait* remonte à 1834; la première publication complète, à 1908.

A l'origine des *Lettres à Malesherbes* se trouve la convergence de deux circonstances fort différentes.

Vers la fin de 1761, tandis que s'imprime l'*Émile* (qui paraîtra en mai 1762), dans une clandestinité favorisée par l'accord tacite du directeur de la Librairie Malesherbes, Rousseau s'imagine que ses ennemis, et particulièrement les jésuites, ont ourdi contre son livre des entreprises atroces. Ce soupçon provoque en lui une crise extrêmement violente, il s'en ouvre à Malesherbes qui l'accueille avec bonté et l'apaise : Rousseau lui en reste reconnaissant.

D'autre part, il subit en novembre 1761 un accident de santé lié aux rétentions d'urine dont il souffrait, et pendant plusieurs semaines il va se regarder comme perdu. Mourra-t-il avant d'avoir livré sur sa nature et sur son âme les secrets dont l'expression lui importe tant?

Tout naturellement il se tourne vers Malesherbes et, dans le feu de la hâte, il lui écrit, durant le mois de janvier 1762, quatre lettres dont l'ensemble forme en réalité un opuscule appartenant à la série de ses œuvres autobiographiques, et semble vraiment être, une quinzaine d'années à l'avance, un « premier crayon » des *Rêveries*, avec lesquelles toutes sortes de rapprochements sont à faire. Notre texte a été établi à la fois d'après le tome VII de la *Correspondance générale* (éd. Th. Dufour et P.-P. Plan, 1927) et d'après l'édition de la Pléiade.

Les *Notes écrites sur des cartes à jouer* ont avec *Les Rêveries* une relation directe et immédiate. Ces cartes, retrouvées dans les papiers de Rousseau, après sa mort, par le marquis de Girardin, et actuellement conservées à la bibliothèque de Neuchâtel, sont numérotées; la plupart au moins des numéros semblent être de la main de Girardin; rien ne prouve que cet ordre corresponde à celui dans lequel elles ont été soit écrites, soit trouvées; rien non plus ne prouve le contraire. Partant en promenade, Rousseau mettait dans sa poche des cartes où il pût noter comme sur des fiches les expressions, idées ou thèmes qu'il fixerait ainsi dans le vif de l'improvisation.

La lecture en est toujours fort difficile et parfois incertaine. Les unes sont écrites au crayon, d'autres au crayon repassé à l'encre, d'autres enfin à l'encre directement. (Mais écrivait-il à l'encre pendant ses promenades? La question n'a pas été éclaircie, ni même peut-être posée.) Au surplus, nous ignorons s'il a existé encore d'autres cartes. Quoi qu'il en soit, il faut regarder celles qui nous sont parvenues comme de simples aide-mémoire, non pas comme des schémas, encore moins comme des plans; il nous paraît aventuré de chercher trop de liaisons entre elles, ou entre leur succession, elle-même douteuse, et la suite des *Rêveries ;* elles représentent autant de jaillissements, elles ne représentent pas un début d'élaboration. Nous en donnons le texte d'après les quatre éditions modernes énumérées plus haut.

Bernardin de Saint-Pierre (1737-1814) était âgé de trente-cinq ans lorsqu'il fit à Rousseau, lui-même sexagénaire, sa première visite. Il n'avait encore rien publié (*Paul et Virginie* ne devait paraître qu'en 1787); il revenait tout juste d'un séjour de deux ans à l'île de France, aujourd'hui île Maurice, séjour succédant à beaucoup de vagabondages, d'aventures et d'intrigues plus ou moins avouables. Leur amitié dura six ans, jusqu'à la mort de Rousseau.

« Nous nous sommes brouillés plusieurs fois, raconte Bernardin de Saint-Pierre, et, ma destinée, je pense, me ramenant toujours à sa rencontre, nous nous raccommodions sur-le-champ, car il avait quelquefois de l'humeur mais jamais de rancune... » L'auteur des *Études* et des *Harmonies de la nature* était, assure-t-on, un déplaisant bonhomme : du moins se montra-t-il capable d'assez de modestie et de constance pour endurer les incartades du génie. Ce dévouement nous vaut le document le plus vivant sans doute et le plus direct qui nous soit parvenu sur Rousseau, à la fois témoignage, interview et reportage.

L'Académie française ayant mis au concours, pendant 'été de 1778, un éloge en vers de Voltaire, lequel était mort peu auparavant, Bernardin de Saint-Pierre jugea que Rousseau méritait bien aussi un hommage — un hommage d'un meilleur aloi : un livre vrai sur un homme vrai; et il se mit au travail aussitôt. Mais dès les premiers mois de 1779 il abandonnait, on ne sait trop pourquoi; peut-être pour l'incapacité où il se voyait d'ordonner un sujet que lui-même amplifiait sans cesse et sans mesure.

Il ne resta de l'entreprise qu'un épais dossier de notes, souvent informes et malaisément utilisables. Par chance, les pages les plus précieuses à des yeux d'aujourd'hui — celles que nous reproduisons — sont tout à fait élaborées. Nous suivons l'édition critique procurée en 1907 par Maurice Souriau d'après les manuscrits; nous avons cependant, pour la commodité du lecteur, modernisé l'orthographe et aménagé la disposition matérielle.

*

Notre annotation est évidemment tributaire des éditions érudites que nous signalions tout à l'heure. Sur quelques points nous avons un peu développé les commentaires; dans l'ensemble nous nous sommes efforcé plutôt de les réduire aux éclaircissements strictement nécessaires à l'intelligence littérale du texte. Ainsi nous n'avons retenu que d'une manière exceptionnelle, et lorsqu'elles présentaient une signification particulière, les ratures de Rousseau et les variantes.

ANNEXES

MON PORTRAIT

Lecteurs, je pense volontiers à moi-même et je parle comme je pense. Dispensez-vous donc de lire cette préface [1] si vous n'aimez pas qu'on parle de soi.

J'approche du terme de la vie et je n'ai fait aucun bien sur la terre. J'ai les intentions bonnes, mais il n'est pas toujours si facile de bien faire qu'on pense. Je conçois un nouveau genre de service à rendre aux hommes : c'est de leur offrir l'image fidèle de l'un d'entre eux afin qu'ils apprennent à se connaître.

Je suis observateur et non moraliste. Je suis le botaniste qui décrit la plante. C'est au médecin qu'il appartient d'en régler l'usage.

Mais je suis pauvre et quand le pain sera prêt à me manquer je ne sais pas de moyen plus honnête d'en avoir que de vivre de mon propre ouvrage [2].

Il y a bien des lecteurs que cette seule idée empêchera de poursuivre. Ils ne concevront pas qu'un homme qui a besoin de pain soit digne qu'on le connaisse. Ce n'est pas pour ceux-là que j'écris.

Je suis assez connu pour qu'on puisse aisément vérifier ce que je dis, et pour que mon livre s'élève contre moi si je mens.

Je vois que les gens qui vivent le plus intimement avec moi ne me connaissent pas, et qu'ils attribuent la plupart de mes actions, soit en bien soit en mal, à de tout autres motifs que ceux qui les ont produites. Cela m'a fait penser que la plupart des caractères et des portraits qu'on trouve dans les historiens ne sont que des chimères qu'avec de l'esprit un auteur rend aisément vraisemblables et qu'il fait rapporter aux principales actions d'un homme comme un peintre ajuste sur les cinq points une figure imaginaire.

Il est impossible qu'un homme incessamment répandu dans la société et sans cesse occupé à se contrefaire avec les autres ne se contrefasse pas un peu avec lui-même, et quand il aurait le temps de s'étudier il lui serait presque impossible de se connaître.

Si les princes mêmes sont peints par les historiens avec quelque uniformité, ce n'est pas, comme on le pense, parce qu'ils sont en vue et faciles à connaître; mais parce que le premier qui les a peints est copié par tous les autres. Il n'y a guère d'apparence que le fils de Livie ressemblât au Tibère de Tacite, c'est pourtant ainsi que nous le voyons tous, et l'on aime mieux voir un beau portrait qu'un portrait ressemblant.

Toutes les copies d'un même original se ressemblent; mais faites tirer le même visage par divers peintres, à peine tous ces portraits auront-ils entre eux le moindre rapport; sont-ils tous bons, ou quel est le vrai? Jugez des portraits de l'âme [1].

Ils prétendent que c'est par vanité qu'on parle de soi. Hé bien si ce sentiment est en moi, pourquoi le cacherais-je? Est-ce par vanité qu'on montre sa vanité? Peut-être trouverais-je grâce devant des gens modestes, mais c'est la vanité des lecteurs qui va subtilisant sur la mienne.

Si je sors un moment de la règle, je m'en écarte à cent lieues. Si je touche à la bourse que j'amasse avec tant de peine, aussitôt tout est dissipé.

A quoi cela était-il bon à dire? A faire valoir le reste, à mettre de l'accord dans le tout; les traits du visage ne font leur effet que parce qu'ils y sont tous; s'il en manque un, le visage est défiguré. Quand j'écris, je ne songe point à cet ensemble, je ne songe qu'à dire ce que je sais, et c'est de là que résultent l'ensemble et la ressemblance du tout à son original.

Je suis persuadé qu'il importe au genre humain qu'on respecte mon livre. En vérité je crois qu'on n'en saurait user trop honnêtement avec l'auteur. Il ne faut pas corriger les hommes de parler sincèrement d'eux-mêmes. Au reste l'honnêteté que j'exige n'est pas pénible. Qu'on ne me parle jamais de mon livre et je serai content. Ce qui n'empêchera pas que chacun ne puisse dire au public ce qu'il en pense, car je ne lirai pas un mot de tout cela. J'ai droit de me croire capable de cette réserve, elle ne sera pas mon apprentissage.

Je ne me soucie point d'être remarqué, mais quand on me remarque je ne suis point fâché que ce soit d'une manière un peu distinguée, et j'aimerais mieux être oublié de tout le genre humain que regardé comme un homme ordinaire [1].

J'ai là-dessus une réflexion sans réplique à faire; c'est que, de la manière dont je suis connu dans le monde, j'ai moins à gagner qu'à perdre à me montrer tel que je suis. Quand même je voudrais me faire valoir, je passe pour un homme si singulier que, chacun se plaisant à amplifier, je n'ai qu'à me reposer sur la voix publique; elle me servira mieux que mes propres louanges. Ainsi, à ne consulter que mon intérêt, il serait plus adroit de laisser parler de moi les autres que d'en parler moi-même. Mais peut-être que par un autre retour d'amour-propre j'aime mieux qu'on en dise moins de bien et qu'on en parle davantage.

Or si je laissais faire le public qui en a tant parlé, il serait fort à craindre qu'en peu de temps il n'en parlât plus.

Je ne prétends pas faire plus de grâce aux autres qu'à moi ; car, ne pouvant me peindre au naturel sans les peindre eux-mêmes, je ferai, si l'on veut, comme les dévotes catholiques, je me confesserai pour eux et pour moi.

Au reste, je ne m'épuiserai point à protester de ma sincérité : si elle ne s'aperçoit pas dans cet ouvrage, si elle n'y porte pas témoignage d'elle-même, il faut croire qu'elle n'y est pas.

J'étais fait pour être le meilleur ami qui fût jamais, mais celui qui devait me répondre est encore à venir. Hélas, je suis dans l'âge où le cœur commence à se resserrer et ne s'ouvre plus à des amitiés nouvelles. Adieu donc, doux sentiment que j'ai tant cherché : il est trop tard pour être heureux.

J'ai un peu connu le ton des sociétés, les matières qu'on y traite et la manière de les traiter. Où est la grande merveille de passer sa vie dans des conversations oiseuses à discuter subtilement le pour et le contre et à établir un scepticisme moral qui rend indifférent aux hommes le choix du vice et de la vertu ?

L'enfer du méchant est d'être réduit à vivre seul avec lui-même, mais c'est le paradis de l'homme de bien, et il n'y a point pour lui de spectacle plus agréable que celui de sa propre conscience.

Une preuve que j'ai moins d'amour-propre que les autres hommes ou que le mien est fait d'une autre manière, c'est la facilité que j'ai de vivre seul. Quoi qu'on en dise, on ne cherche à voir le monde que pour en être vu, et je crois qu'on peut toujours estimer le cas que fait un homme de l'approbation des autres par son empressement à la chercher. Il est vrai qu'on a grand soin de couvrir le motif de cet empressement du fard des belles paroles, société, devoirs, humanité. Je crois qu'il serait aisé de prouver que l'homme qui s'écarte le plus de la société est celui qui lui nuit le moins et que le plus grand de ses inconvénients est d'être trop nombreuse.

L'homme civil veut que les autres soient contents de lui, le solitaire est forcé de l'être lui-même ou sa vie lui est insupportable. Ainsi le second est forcé d'être vertueux, mais le premier peut n'être qu'un hypocrite, et peut-être est-il forcé de le devenir s'il est vrai que les apparences de la vertu valent mieux que sa pratique pour plaire aux hommes et faire son chemin parmi eux. Ceux qui voudront discuter ce point peuvent jeter les yeux sur le discours de [*nom laissé en blanc par Rousseau* [1]] dans le second livre de la *République* de Platon. Que fait Socrate pour réfuter ce discours? Il établit une république idéale dans laquelle il prouve très bien que chacun sera estimé à proportion qu'il sera estimable et que le plus juste sera aussi le plus heureux. Gens de bien qui recherchez la société, allez donc vivre dans celle de Platon. Mais que tous ceux qui se plaisent à vivre parmi les méchants ne se flattent pas d'être bons.

Je crois qu'il n'y a point d'homme sur la vertu duquel on puisse moins compter que celui qui recherche le plus l'approbation des autres; il est aisé, je l'avoue, de dire qu'on ne s'en soucie pas; mais là-dessus il faut moins s'en rapporter à ce que dit un homme qu'à ce qu'il fait.

En tout ceci ce n'est pas de moi que je parle, car je ne suis solitaire que parce que je suis malade et paresseux; il est presque assuré que si j'étais sain et actif je ferais comme les autres.

Cette maison contient peut-être un homme fait pour être mon ami. Une personne digne de mes hommages se promène peut-être tous les jours dans ce parc.

Pour de l'argent et des services, ils sont toujours prêts; j'ai beau refuser ou mal recevoir, ils ne se rebutent jamais et m'importunent sans cesse de sollicitations qui me sont insupportables. Je suis accablé des choses dont je ne me soucie point. Les seules qu'ils me refusent sont les seules qui me seraient douces. Un sentiment doux, un tendre épanchement est encore à venir de leur part et l'on dirait qu'ils prodiguent leur fortune et leur temps pour épargner leur cœur.

Comme ils ne me parlent jamais d'eux, il faut bien que je leur parle de moi malgré que j'en aie.

Tant d'autres liens les enchaînent, tant de gens les consolent de moi qu'ils ne s'aperçoivent pas même de mon absence; s'ils s'en plaignent, ce n'est pas qu'ils en souffrent, mais c'est qu'ils savent bien que j'en souffre moi-même et qu'ils ne voient pas qu'il m'est moins dur de les regretter à la campagne que de ne pouvoir jouir d'eux à la ville.

Je ne reconnais pour vrais bienfaits que ceux qui peuvent contribuer à mon bonheur et c'est pour ceux-là que je suis pénétré de reconnaissance; mais certainement l'argent et les dons n'y contribuent pas, et quand je cède aux longues importunités d'une offre cent fois réitérée, c'est plutôt un malaise dont je me charge pour acquérir le repos qu'un avantage que je me procure. De quelque prix que soit un présent offert et quoi qu'il en coûte à celui qui l'offre, comme il me coûte encore plus à recevoir, c'est celui dont il vient qui m'est redevable, c'est à lui de n'être pas un ingrat; cela suppose, il est vrai, que ma pauvreté ne m'est point onéreuse et que je ne vais point à la quête des bienfaiteurs et des bienfaits; ces sentiments que j'ai toujours hautement professés témoigneront ce qu'il en est. Quant à la véritable amitié, c'est tout autre chose. Qu'importe qu'un des deux amis donne ou reçoive, et que les biens communs passent d'une main dans l'autre, on se souvient qu'on s'est aimés et tout est dit, on peut oublier tout le reste. J'avoue qu'un pareil principe est assez commode quand on est pauvre et qu'on a des amis riches. Mais il y a cette différence entre mes amis riches et pauvres, que les premiers m'ont recherché et que j'ai recherché les autres. C'est aux

premiers à me faire oublier leur opulence. Pourquoi fuirais-je
un ami dans l'opulence tant qu'il sait me la faire oublier,
ne suffit-il pas que je lui échappe à l'instant que je m'en
souviens ?

Je n'aime pas même à demander la rue où j'ai à faire
parce que je dépends en cela de celui qui va me répondre.
J'aime mieux errer deux heures à chercher inutilement;
je porte une carte de Paris dans ma poche à l'aide de laquelle
et d'une lorgnette je me retrouve à la fin, j'arrive crotté,
recru, souvent trop tard mais tout consolé de ne rien devoir
qu'à moi-même.

Je compte pour rien la douleur passée, mais je jouis
encore du plaisir qui n'est plus. Je ne m'approprie que la
peine présente, et mes travaux passés me semblent tellement étrangers à moi que quand j'en retire le prix il me
semble que je jouis du travail d'un autre. Ce qu'il y a de
bizarre en cela, c'est que, quand quelqu'un s'empare du
fruit de mes soins, tout mon amour-propre se réveille,
je sens la privation de ce qu'on m'ôte beaucoup plus que je
n'en aurais senti la possession si on me l'eût laissé; à mon
tort personnel se joint ma fureur contre toute injustice, et
c'est être doublement injuste, au gré de ma colère, que d'être
injuste envers moi.

Insensible à la convoitise, je suis fort attaché à la possession; je ne me soucie point d'acquérir mais je ne puis souffrir
de perdre, et cela dans l'amitié comme dans les biens.

... De certains états d'âme qui ne tiennent pas seulement
aux événements de ma vie mais aux objets qui m'ont été
les plus familiers durant ces événements. De sorte que je
ne saurais me rappeler un de ces états sans sentir en même
temps modifier mon imagination de la même manière que
l'étaient mes sens et mon être quand je l'éprouvais.

Les lectures que j'ai faites étant malade ne me flattent
plus en santé. C'est une déplaisante mémoire locale qui

me rend avec les idées du livre celles des maux que j'ai
soufferts en le lisant. Pour avoir feuilleté Montaigne [1]
durant une attaque de pierre, je ne puis plus le lire avec
plaisir dans mes moments de relâche. Il tourmente plus
mon imagination qu'il ne contente mon esprit. Cette expérience me rend si follement retenu que de peur de m'ôter
un consolateur je me les refuse tous, et n'ose presque plus
quand je souffre lire aucun des livres que j'aime.

Je ne fais jamais rien qu'à la promenade [2], la campagne
est mon cabinet; l'aspect d'une table, du papier et des livres
me donne de l'ennui, l'appareil du travail me décourage,
si je m'assieds pour écrire je ne trouve rien et la nécessité
d'avoir de l'esprit me l'ôte. Je jette mes pensées éparses
et sans suite sur des chiffons de papier, je couds ensuite
tout cela tant bien que mal et c'est ainsi que je fais un livre.
Jugez quel livre! J'ai du plaisir à méditer, chercher, inventer,
le dégoût est de mettre en ordre; et la preuve que j'ai moins
de raisonnement que d'esprit, c'est que les transitions sont
toujours ce qui me coûte le plus : cela ne m'arriverait pas
si les idées se liaient bien dans ma tête. Au reste mon opiniâ-
treté naturelle m'a fait lutter à dessein contre cette diffi-
culté, j'ai toujours voulu donner de la suite à tous mes écrits
et voici le premier ouvrage que j'ai divisé par chapitres.

Je me souviens d'avoir assisté une fois en ma vie à la
mort d'un cerf, et je me souviens aussi qu'à ce noble spectacle
je fus moins frappé de la joyeuse fureur des chiens, ennemis
naturels de la bête, que de celle des hommes qui s'effor-
çaient de les imiter. Quant à moi, en considérant les derniers
abois de ce malheureux animal et ses larmes attendrissantes,
je sentis combien la nature est roturière, et je me promis
bien qu'on ne me reverrait jamais à pareille fête.

Il n'est pas impossible qu'un auteur soit un grand homme,
mais ce ne sera pas en faisant des livres ni en vers ni en prose
qu'il deviendra tel.

Jamais Homère ni Virgile ne furent appelés de grands

hommes quoiqu'ils soient de très grands poètes. Quelques auteurs se tuent d'appeler le poète Rousseau [1] le grand Rousseau durant ma vie. Quand je serai mort le poète Rousseau sera un grand poète. Mais il ne sera plus le grand Rousseau. Car s'il n'est pas impossible qu'un auteur soit un grand homme, ce n'est pas en faisant des livres ni en vers ni en prose qu'il deviendra tel.

LETTRES A MALESHERBES

I

A Montmorency, le 4 janvier 1762.

J'aurais moins tardé, Monsieur, à vous remercier de la
dernière lettre dont vous m'avez honoré [1] si j'avais mesuré
ma diligence à répondre sur le plaisir qu'elle m'a fait. Mais,
outre qu'il m'en coûte beaucoup d'écrire, j'ai pensé qu'il
fallait donner quelques jours aux importunités de ces temps-
ci pour ne vous pas accabler des miennes. Quoique je ne
me console point de ce qui vient de se passer, je suis très
content que vous en soyez instruit, puisque cela ne m'a point
point ôté votre estime; elle en sera plus à moi quand vous
ne me croirez pas meilleur que je ne suis.

Les motifs auxquels vous attribuez les partis qu'on m'a
vu prendre depuis que je porte une espèce de nom dans le
monde me font peut-être plus d'honneur que je n'en mérite,
mais ils sont certainement plus près de la vérité que ceux
que me prêtent ces hommes de lettres, qui, donnant tout
à la réputation, jugent de mes sentiments par les leurs.
J'ai un cœur trop sensible à d'autres attachements pour
l'être si fort à l'opinion publique; j'aime trop mon plaisir
et mon indépendance pour être esclave de la vanité au
point qu'ils le supposent. Celui pour qui la fortune et l'espoir
de parvenir ne balança jamais un rendez-vous ou un souper
agréable ne doit pas naturellement sacrifier son bonheur
au désir de faire parler de lui, et il n'est point du tout
croyable qu'un homme qui se sent quelque talent et qui

tarde jusqu'à quarante ans à se faire connaître soit assez
fou pour aller s'ennuyer le reste de ses jours dans un désert,
uniquement pour acquérir la réputation d'un misanthrope.

Mais, Monsieur, quoique je haïsse souverainement l'injustice et la méchanceté, cette passion n'est pas assez dominante pour me déterminer seule à fuir la société des hommes,
si j'avais en les quittant quelque grand sacrifice à faire.
Non, mon motif est moins noble et plus près de moi. Je suis
né avec un amour naturel pour la solitude qui n'a fait
qu'augmenter à mesure que j'ai mieux connu les hommes.
Je trouve mieux mon compte avec les êtres chimériques que
je rassemble autour de moi qu'avec ceux que je vois dans
le monde, et la société dont mon imagination fait les frais
dans ma retraite achève de me dégoûter de toutes celles
que j'ai quittées. Vous me supposez malheureux et consumé
de mélancolie. Oh! Monsieur, combien vous vous trompez!
C'est à Paris que je l'étais; c'est à Paris qu'une bile noire
rongeait mon cœur, et l'amertume de cette bile ne se fait
que trop sentir dans tous les écrits que j'ai publiés tant que
j'y suis resté. Mais, Monsieur, comparez ces écrits avec
ceux que j'ai faits dans ma solitude : ou je suis trompé,
ou vous sentirez dans ces derniers une certaine sérénité
d'âme qui ne se joue point et sur laquelle on peut porter
un jugement certain de l'état intérieur de l'auteur. L'extrême
agitation que je viens d'éprouver vous a pu faire porter
un jugement contraire; mais il est facile à voir que cette
agitation n'a point son principe dans ma situation actuelle,
mais dans une imagination déréglée, prête à s'effaroucher
sur tout et à porter tout à l'extrême. Des succès continus
m'ont rendu sensible à la gloire, et il n'y a point d'homme
ayant quelque hauteur d'âme et quelque vertu qui pût
penser sans le plus mortel désespoir qu'après sa mort on
substituerait sous son nom à un ouvrage utile un ouvrage
pernicieux, capable de déshonorer sa mémoire et de faire
beaucoup de mal. Il se peut qu'un tel bouleversement ait
accéléré le progrès de mes maux; mais dans la supposition
qu'un tel accès de folie m'eût pris à Paris, il n'est point sûr
que ma propre volonté n'eût pas épargné le reste de l'ouvrage
à la nature.

Longtemps je me suis abusé moi-même sur la cause de cet invincible dégoût que j'ai toujours éprouvé dans le commerce des hommes; je l'attribuais au chagrin de n'avoir pas l'esprit assez présent pour montrer dans la conversation le peu que j'en ai, et, par contre-coup, à celui de ne pas occuper dans le monde la place que j'y croyais mériter. Mais quand, après avoir barbouillé du papier, j'étais bien sûr, même en disant des sottises, de n'être pas pris pour un sot, quand je me suis vu recherché de tout le monde, et honoré de beaucoup plus de considération que ma ridicule vanité n'en eût osé prétendre, et que malgré cela j'ai senti ce même dégoût plus augmenté que diminué, j'ai conclu qu'il venait d'une autre cause, et que ces espèces de jouissances n'étaient point celles qu'il me fallait.

Quelle est donc enfin cette cause? Elle n'est autre que cet indomptable esprit de liberté que rien n'a pu vaincre, et devant lequel les honneurs, la fortune et la réputation même ne me sont rien. Il est certain que cet esprit de liberté me vient moins d'orgueil que de paresse; mais cette paresse est incroyable; tout l'effarouche; les moindres devoirs de la vie civile lui sont insupportables. Un mot à dire, une lettre à écrire, une visite à faire, dès qu'il le faut, sont pour moi des supplices. Voilà pourquoi, quoique le commerce ordinaire des hommes me soit odieux, l'intime amitié m'est si chère, parce qu'il n'y a plus de devoirs pour elle. On suit son cœur et tout est fait. Voilà encore pourquoi j'ai toujours tant redouté les bienfaits. Car tout bienfait exige reconnaissance; et je me sens le cœur ingrat par cela seul que la reconnaissance est un devoir. En un mot, l'espèce de bonheur qu'il me faut n'est pas tant de faire ce que je veux que de ne pas faire ce que je ne veux pas [1]. La vie active n'a rien qui me tente, je consentirais cent fois plutôt à ne jamais rien faire qu'à faire quelque chose malgré moi; et j'ai cent fois pensé que je n'aurais pas vécu trop malheureux à la Bastille, n'y étant tenu à rien du tout qu'à rester là [2].

J'ai cependant fait dans ma jeunesse quelques efforts pour parvenir. Mais ces efforts n'ont jamais eu pour but que la retraite et le repos dans ma vieillesse, et comme ils n'ont été que par secousse, comme ceux d'un paresseux, ils n'ont jamais eu le moindre succès. Quand les maux sont venus, ils m'ont fourni un beau prétexte pour me livrer à ma passion dominante. Trouvant que c'était une folie de me tourmenter pour un âge auquel je ne parviendrais pas, j'ai tout planté là et je me suis dépêché de jouir. Voilà, Monsieur, je vous le jure, la véritable cause de cette retraite à laquelle nos gens de lettres ont été chercher des motifs d'ostentation qui supposent une constance ou plutôt une obstination à tenir à ce qui me coûte, directement contraire à mon caractère naturel.

Vous me direz, Monsieur, que cette indolence supposée s'accorde mal avec les écrits que j'ai composés depuis dix ans, et avec ce désir de gloire qui a dû m'exciter à les publier. Voilà une objection à résoudre qui m'oblige à prolonger ma lettre, et qui, par conséquent, me force à la finir. J'y reviendrai, Monsieur, si mon ton familier ne vous déplaît pas, car dans l'épanchement de mon cœur je n'en saurais prendre un autre. Je me peindrai sans fard et sans modestie, je me montrerai à vous tel que je me vois, et tel que je suis, car, passant ma vie avec moi, je dois me connaître, et je vois par la manière dont ceux qui pensent me connaître interprètent mes actions et ma conduite qu'ils n'y connaissent rien. Personne au monde ne me connaît que moi seul. Vous en jugerez quand j'aurai tout dit.

Ne me renvoyez point mes lettres, Monsieur, je vous supplie. Brûlez-les, parce qu'elles ne valent pas la peine d'être gardées, mais non pas par égard pour moi. Ne songez pas non plus, de grâce, à retirer celles qui sont entre les mains de Duchesne. S'il fallait effacer dans le monde les traces de toutes mes folies, il y aurait trop de lettres à retirer, et je ne remuerais pas le bout du doigt pour cela. A charge et à décharge, je ne crains point d'être vu tel que je suis. Je connais mes grands défauts, et je sens vivement tous mes vices. Avec tout cela je mourrai plein d'espoir dans le Dieu Suprême, et très persuadé que, de tous les hommes que j'ai connus en ma vie, aucun ne fut meilleur que moi.

II

Je continue, Monsieur, à vous rendre compte de moi, puisque j'ai commencé; car ce qui peut m'être le plus défavorable est d'être connu à demi; et puisque mes fautes ne m'ont point ôté votre estime, je ne présume pas que ma franchise me la doive ôter.

Une âme paresseuse qui s'effraye de tout soin, un tempérament ardent, bilieux, facile à s'affecter et sensible à l'excès à tout ce qui l'affecte semblent ne pouvoir s'allier dans le même caractère, et ces deux contraires composent pourtant le fond du mien. Quoique je ne puisse résoudre cette opposition par des principes, elle existe pourtant, je la sens, rien n'est plus certain, et j'en puis du moins donner par les faits une espèce d'historique qui peut servir à la concevoir. J'ai eu plus d'activité dans l'enfance, mais jamais comme un autre enfant. Cet ennui de tout m'a de bonne heure jeté dans la lecture. A six ans Plutarque me tombe sous la main, à huit je le savais par cœur; j'avais lu tous les romans, ils m'avaient fait verser des seaux de larmes avant l'âge où le cœur prend intérêt aux romans [1]. De là se forma dans le mien ce goût héroïque et romanesque qui n'a fait qu'augmenter jusqu'à présent, et qui acheva de me dégoûter de tout, hors de ce qui ressemblait à mes folies. Dans ma jeunesse que je croyais trouver dans le monde les mêmes gens que j'avais connus dans mes livres, je me livrais sans réserve à quiconque savait m'en imposer par un certain jargon dont j'ai toujours été la dupe. J'étais actif parce que j'étais fou, à mesure que j'étais détrompé je changeais de goûts, d'attachements, de projets, et dans tous ces changements je perdais toujours ma peine et mon temps parce que je cherchais toujours ce qui n'était point. En devenant plus expérimenté j'ai perdu à peu près l'espoir de le trouver, et par conséquent le zèle de le chercher. Aigri par les injustices que j'avais éprouvées, par celles dont j'avais été le témoin, souvent affligé du désordre où l'exemple et la force des choses m'avaient entraîné moi-même, j'ai pris en mépris mon siècle et mes contemporains; et sentant que je ne trouverais point au milieu d'eux une situation qui pût contenter mon cœur, je l'ai peu à peu détaché de la société des hommes, et je m'en suis fait une autre dans mon imagination, laquelle m'a d'autant plus charmé que je la pouvais cultiver sans peine, sans risque et la trouver toujours sûre et telle qu'il me la fallait.

Après avoir passé quarante ans de ma vie ainsi mécontent de moi-même et des autres, je cherchais inutilement à rompre les liens qui me tenaient attaché à cette société que j'estimais si peu, et qui m'enchaînaient aux occupations le moins de mon goût par des besoins que j'estimais ceux de la nature, et qui n'étaient que ceux de l'opinion. Tout à coup un heureux hasard vint m'éclairer sur ce que j'avais à faire pour moi-même, et à penser de mes semblables sur lesquels mon cœur était sans cesse en contradiction avec mon esprit, et que je me sentais encore porté à aimer avec tant de raisons de les haïr. Je voudrais, Monsieur, vous pouvoir peindre ce moment qui a fait dans ma vie une si singulière époque et qui me sera toujours présent quand je vivrais éternellement.

J'allais voir Diderot, alors prisonnier à Vincennes; j'avais dans ma poche un *Mercure de France* que je me mis à feuilleter le long du chemin. Je tombe sur la question de l'Académie de Dijon qui a donné lieu à mon premier écrit [1]. Si jamais quelque chose a ressemblé à une inspiration subite, c'est le mouvement qui se fit en moi à cette lecture; tout à coup je me sens l'esprit ébloui de mille lumières;

des foules d'idées vives s'y présentèrent à la fois avec une
force et une confusion qui me jeta dans un trouble inexpri-
mable; je sens ma tête prise par un étourdissement semblable à l'ivresse. Une violente palpitation m'oppresse,
soulève ma poitrine; ne pouvant plus respirer en marchant,
je me laisse tomber sous un des arbres de l'avenue, et j'y
passe une demi-heure dans une telle agitation qu'en me relevant j'aperçus tout le devant de ma veste mouillé de mes
larmes sans avoir senti que j'en répandais. Oh! Monsieur,
si j'avais jamais pu écrire le quart de ce que j'ai vu et senti
sous cet arbre, avec quelle clarté j'aurais fait voir toutes
les contradictions du système social, avec quelle force
j'aurais exposé tous les abus de nos institutions, avec quelle
simplicité j'aurais démontré que l'homme est bon naturellement et que c'est par ces institutions seules que les
hommes deviennent méchants! Tout ce que j'ai pu retenir
de ces foules de grandes vérités qui dans un quart d'heure
m'illuminèrent sous cet arbre, a été bien faiblement épars
dans les trois principaux de mes écrits, savoir ce premier
Discours, celui sur l'*Inégalité* et le *Traité de l'éducation*, lesquels
trois ouvrages sont inséparables et forment ensemble un
même tout. Tout le reste a été perdu, et il n'y eut d'écrit sur
le lieu même que la *Prosopopée de Fabricius*. Voilà comment,
lorsque j'y pensais le moins, je devins auteur presque malgré moi. Il est aisé de concevoir comment l'attrait d'un
premier succès et les critiques des barbouilleurs me jetèrent
tout de bon dans la carrière. Avais-je quelque vrai talent
pour écrire? Je ne sais. Une vive persuasion m'a toujours
tenu lieu d'éloquence, et j'ai toujours écrit lâchement et
mal quand je n'ai pas été fortement persuadé. Ainsi c'est
peut-être un retour caché d'amour-propre qui m'a fait
choisir et mériter ma devise [1], et m'a si passionnément
attaché à la vérité, ou à tout ce que j'ai pris pour elle. Si
je n'avais écrit que pour écrire, je suis convaincu qu'on ne
m'aurait jamais lu.

Après avoir découvert ou cru découvrir dans les fausses
opinions des hommes la source de leurs misères et de leur
méchanceté, je sentis qu'il n'y avait que ces mêmes opinions
qui m'eussent rendu malheureux moi-même, et que mes

maux et mes vices me venaient bien plus de ma situation que de moi-même. Dans le même temps, une maladie dont j'avais dès l'enfance senti les premières atteintes s'étant déclarée absolument incurable malgré toutes les promesses des faux guérisseurs dont je n'ai pas été longtemps la dupe, je jugeai que, si je voulais être conséquent et secouer une fois de dessus mes épaules le pesant joug de l'opinion, je n'avais pas un moment à perdre. Je pris brusquement mon parti avec assez de courage, et je l'ai assez bien soutenu jusqu'ici, avec une fermeté dont moi seul peux sentir le prix, parce qu'il n'y a que moi seul qui sache quels obstacles j'ai eus et j'ai encore tous les jours à combattre pour me maintenir sans cesse contre le courant. Je sens pourtant bien que depuis dix ans j'ai un peu dérivé, mais si j'estimais seulement en avoir encore quatre à vivre, on me verrait donner une deuxième secousse et remonter tout au moins à mon premier niveau pour n'en plus guère redescendre. Car toutes les grandes épreuves sont faites et il est désormais démontré pour moi par l'expérience que l'état où je me suis mis est le seul où l'homme puisse vivre bon et heureux, puisqu'il est le plus indépendant de tous, et le seul où on ne se trouve jamais pour son propre avantage dans la nécessité de nuire à autrui.

J'avoue que le nom que m'ont fait mes écrits a beaucoup facilité l'exécution du parti que j'ai pris. Il faut être cru bon auteur pour se faire impunément mauvais copiste et ne pas manquer de travail pour cela [1]. Sans ce premier titre, on m'eût pu trop prendre au mot sur l'autre, et peut-être cela m'aurait-il mortifié; car je brave aisément le ridicule, mais je ne supporterais pas si bien le mépris. Mais si quelque réputation me donne à cet égard un peu d'avantage, il est bien compensé par tous les inconvénients attachés à cette même réputation, quand on n'en veut point être esclave, et qu'on veut vivre isolé et indépendant. Ce sont ces inconvénients en partie qui m'ont chassé de Paris, et qui, me poursuivant encore dans mon asile, me chasseraient très certainement plus loin pour peu que ma santé vînt à se raffermir. Un autre de mes fléaux dans cette grande ville était ces foules de prétendus amis qui s'étaient emparés de moi, et qui, jugeant de mon cœur par les leurs, voulaient absolument me rendre heureux à leur mode et non pas à la mienne. Au désespoir de ma retraite, ils m'y ont poursuivi pour m'en tirer. Je n'ai pu m'y maintenir sans tout rompre. Je ne suis vraiment libre que depuis ce temps-là.

Libre! Non, je ne le suis point encore. Mes derniers écrits ne sont point encore imprimés, et, vu le déplorable état de ma pauvre machine, je n'espère plus survivre à l'impression du recueil de tous : mais si, contre mon attentes je puis aller jusque-là et prendre une fois congé du public croyez, Monsieur, qu'alors je serai libre ou que jamai homme ne l'aura été. *O utinam!* O jour trois fois heureux! Non, il ne me sera pas donné de le voir.

Je n'ai pas tout dit, Monsieur, et vous aurez peut-être encore au moins une lettre à essuyer. Heureusement rien ne vous oblige de les lire, et peut-être y seriez-vous bien embarrassé. Mais pardonnez, de grâce; pour recopier ces longs fatras il faudrait les refaire, et en vérité je n'en ai pas le courage. J'ai sûrement bien du plaisir à vous écrire, mais je n'en ai pas moins à me reposer et mon état ne me permet pas d'écrire longtemps de suite.

A Montmorency, le 26 janvier 1762.

Après vous avoir exposé, Monsieur, les vrais motifs de ma conduite, je voudrais vous parler de mon état moral dans ma retraite; mais je sens qu'il est bien tard; mon âme aliénée d'elle-même est toute à mon corps. Le délabrement de ma pauvre machine l'y tient de jour en jour plus attachée, et jusqu'à ce qu'elle s'en sépare enfin tout à coup. C'est de mon bonheur que je voudrais vous parler, et l'on parle mal du bonheur quand on souffre.

Mes maux sont l'ouvrage de la nature, mais mon bonheur est le mien. Quoi qu'on en puisse dire, j'ai été sage, puisque j'ai été heureux autant que ma nature m'a permis de l'être : je n'ai point été chercher ma félicité au loin, je l'ai cherchée auprès de moi et l'y ai trouvée. Spartien dit que Similis, courtisan de Trajan, ayant sans aucun mécontentement personnel quitté la cour et tous ses emplois pour aller vivre paisiblement à la campagne, fit mettre ces mots sur sa tombe : *J'ai demeuré soixante et seize ans sur la terre, et j'en ai vécu sept* [1]. Voilà ce que je puis dire à quelque égard, quoique mon sacrifice ait été moindre : je n'ai commencé de vivre que le 9 avril 1756 [2].

Je ne saurais vous dire, Monsieur, combien j'ai été touché de voir que vous m'estimiez le plus malheureux des hommes. Le public sans doute en jugera comme vous, et c'est encore ce qui m'afflige. Oh! que le sort dont j'ai

joui n'est-il connu de tout l'univers! Chacun voudrait s'en
faire un semblable; la paix règnerait sur la terre; les hommes
ne songeraient plus à se nuire, et il n'y aurait plus de
méchants quand nul n'aurait intérêt à l'être. Mais de quoi
jouissais-je enfin quand j'étais seul? De moi, de l'univers
entier, de tout ce qui est, de tout ce qui peut être, de tout
ce qu'a de beau le monde sensible, et d'imaginable le
monde intellectuel : je rassemblais autour de moi tout ce
qui pouvait flatter mon cœur, mes désirs étaient la mesure
de mes plaisirs. Non, jamais les plus voluptueux n'ont
connu de pareilles délices, et j'ai cent fois plus joui de mes
chimères qu'ils ne font des réalités.

Quand mes douleurs me font tristement mesurer la
longueur des nuits et que l'agitation de la fièvre m'empêche
de goûter un seul instant de sommeil, souvent je me distrais
de mon état présent en songeant aux divers événements
de ma vie, et les repentirs, les doux souvenirs, les regrets,
l'attendrissement se partagent le soin de me faire oublier
quelques moments mes souffrances. Quels temps croiriez-
vous, Monsieur, que je me rappelle le plus souvent et le
plus volontiers dans mes rêves? Ce ne sont point les plaisirs
de ma jeunesse, ils furent trop rares, trop mêlés d'amertumes'
et sont déjà trop loin de moi. Ce sont ceux de ma retraite'
ce sont mes promenades solitaires, ce sont ces jours rapides
mais délicieux que j'ai passés tout entiers avec moi seul,
avec ma bonne et simple gouvernante, avec mon chien
bien-aimé, ma vieille chatte, avec les oiseaux de la campagne
et les biches de la forêt, avec la nature entière et son inconcevable auteur. En me levant avant le soleil pour aller voir,
contempler son lever dans mon jardin, quand je voyais
commencer une belle journée, mon premier souhait était
que ni lettres ni visites n'en vinssent troubler le charme.
Après avoir donné la matinée à divers soins que je remplissais tous avec plaisir parce que je pouvais les remettre à
un autre temps, je me hâtais de dîner pour échapper aux
importuns et me ménager un plus long après-midi. Avant
une heure, même les jours les plus ardents, je partais par
le grand soleil avec le fidèle Achate, pressant le pas dans la
crainte que quelqu'un ne vînt s'emparer de moi avant que

j'eusse pu m'esquiver; mais quand une fois j'avais pu dou-
bler un certain coin, avec quel battement de cœur, avec
quel pétillement de joie je commençais à respirer en me
sentant sauvé, en me disant : « Me voilà maître de moi
pour le reste de ce jour! » J'allais alors d'un pas plus tranquille chercher quelque lieu sauvage dans la forêt [1],
quelque lieu désert où rien remontrant la main des hommes
n'annonçât la servitude et la domination, quelque asile
où je pusse croire avoir pénétré le premier et où nul tiers
importun ne vînt s'interposer entre la nature et moi. C'était
là qu'elle semblait déployer à mes yeux une magnificence
toujours nouvelle. L'or des genêts et la pourpre des bruyères
frappaient mes yeux d'un luxe qui touchait mon cœur,
la majesté des arbres qui me couvraient de leur ombre, la
délicatesse des arbustes qui m'environnaient, l'étonnante
variété des herbes et des fleurs que je foulais sous mes pieds
tenaient mon esprit dans une alternative continuelle d'observation et d'admiration : le concours de tant d'objets inté-
ressants qui se disputaient mon attention, m'attirant sans
cesse de l'un à l'autre, favorisait mon humeur rêveuse et
paresseuse, et me faisait souvent redire en moi-même :
« Non, Salomon dans toute sa gloire ne fut jamais vêtu
comme l'un d'eux [2]. »

Mon imagination ne laissait pas longtemps déserte la
terre ainsi parée. Je la peuplais bientôt d'êtres selon mon
cœur, et, chassant bien loin l'opinion, les préjugés, toutes
les passions factices, je transportais dans les asiles de la
nature des hommes dignes de les habiter. Je m'en formais
une société charmante dont je ne me sentais pas indigne.
Je me faisais un siècle d'or à ma fantaisie et, remplissant
ces beaux jours de toutes les scènes de ma vie qui m'avaient
laissé de doux souvenirs, et de toutes celles que mon cœur
pouvait désirer encore, je m'attendrissais jusqu'aux larmes
sur les vrais plaisirs de l'humanité, plaisirs si délicieux, si
purs, et qui sont désormais si loin des hommes. Oh! si dans
ces moments quelque idée de Paris, de mon siècle et de ma
petite gloriole d'auteur venait troubler mes rêveries, avec
quel dédain je la chassais à l'instant pour me livrer sans
distraction aux sentiments exquis dont mon âme était

pleine! Cependant, au milieu de tout cela, je l'avoue, le néant de mes chimères venait quelquefois la contrister tout à coup. Quand tous mes rêves se seraient tournés en réalités, ils ne m'auraient pas suffi; j'aurais imaginé, rêvé, désiré encore. Je trouvais en moi un vide inexplicable que rien n'aurait pu remplir, un certain élancement du cœur vers une autre sorte de jouissance dont je n'avais pas d'idée et dont pourtant je sentais le besoin. Hé bien, Monsieur, cela même était jouissance, puisque j'en étais pénétré d'un sentiment très vif et d'une tristesse attirante que je n'aurais pas voulu ne pas avoir.

Bientôt de la surface de la terre j'élevais mes idées à tous les êtres de la nature, au système universel des choses, à l'Être incompréhensible qui embrasse tout. Alors, l'esprit perdu dans cette immensité, je ne pensais pas, je ne raisonnais pas, je ne philosophais pas; je me sentais avec une sorte de volupté accablé du poids de cet univers, je me livrais avec ravissement à la confusion de ces grandes idées, j'aimais à me perdre en imagination dans l'espace, mon cœur resserré dans les bornes des êtres s'y trouvait trop à l'étroit, j'étouffais dans l'univers, j'aurais voulu m'élancer dans l'infini. Je crois que si j'eusse dévoilé tous les mystères de la nature, je me serais senti dans une situation moins délicieuse que cette étourdissante extase à laquelle mon esprit se livrait sans retenue, et qui, dans l'agitation de mes transports, me faisait écrier quelquefois : « O grand Être! ô grand Être! » sans pouvoir dire ni penser rien de plus.

Ainsi s'écoulaient dans un délire continuel les journées les plus charmantes que jamais créature humaine ait passées; et quand le coucher du soleil me faisait songer à la retraite, étonné de la rapidité du temps, je croyais n'avoir pas assez mis à profit ma journée, je pensais en pouvoir jouir davantage encore, et pour réparer le temps perdu je me disais : « Je reviendrai demain. »

Je revenais à petit pas, la tête un peu fatiguée, mais le cœur content, je me reposais agréablement au retour, en me livrant à l'impression des objets, mais sans penser, sans imaginer, sans rien faire autre chose que sentir le calme et le bonheur de ma situation. Je trouvais mon couvert mis sur ma terrasse. Je soupais de grand appétit dans mon petit domestique, nulle image de servitude et de dépendance ne troublait la bienveillance qui nous unissait tous. Mon chien lui-même était mon ami, non mon esclave, nous avions toujours la même volonté, mais jamais il ne m'a obéi. Ma gaieté durant toute la soirée témoignait que j'avais vécu seul tout le jour; j'étais bien différent quand j'avais vu de la compagnie, j'étais rarement content des autres et jamais de moi. Le soir j'étais grondeur et taciturne : cette remarque est de ma gouvernante, et depuis qu'elle me l'a dite je l'ai toujours trouvée juste en m'observant. Enfin, après avoir fait encore quelques tours dans mon jardin ou chanté quelque air sur mon épinette, je trouvais dans mon lit un repos de corps et d'âme cent fois plus doux que le sommeil même.

Ce sont là les jours qui ont fait le vrai bonheur de ma vie, bonheur sans amertume, sans ennuis, sans regrets, et auquel j'aurais borné volontiers tout celui de mon existence. Oui, Monsieur, que de pareils jours remplissent pour moi l'éternité, je n'en demande point d'autres, et n'imagine pas que je sois beaucoup moins heureux dans ces ravissantes contemplations que les intelligences célestes. Mais un corps qui souffre ôte à l'esprit sa liberté; désormais je ne suis plus seul, j'ai un hôte qui m'importune, il faut m'en délivrer pour être à moi, et l'essai que j'ai fait de ces douces jouissances ne sert plus qu'à me faire attendre avec moins d'effroi le moment de les goûter sans distraction.

Mais me voici déjà à la fin de ma seconde feuille. Il m'en faudrait pourtant encore une. Encore une lettre donc, et puis plus. Pardon, Monsieur. Quoique j'aime trop à parler de moi, je n'aime pas à en parler avec tout le monde : c'est ce qui me fait abuser de l'occasion quand je l'ai et qu'elle me plaît. Voilà mon tort et mon excuse. Je vous prie de la prendre en gré.

IV

A *Montmorency, le 28 janvier 1762.*

Je vous ai montré, Monsieur, dans le secret de mon cœur, les vrais motifs de ma retraite et de toute ma conduite, motifs bien moins nobles sans doute que vous ne les avez supposés, mais tels pourtant qu'ils me rendent content de moi-même et m'inspirent la fierté d'âme d'un homme qui se sent bien ordonné et qui, ayant eu le courage de faire ce qu'il fallait pour l'être, croit pouvoir s'en imputer le mérite. Il dépendait de moi non de me faire un autre tempérament ni un autre caractère, mais de tirer parti du mien, pour me rendre bon à moi-même et nullement méchant aux autres. C'est beaucoup que cela, Monsieur, et peu d'hommes en peuvent dire autant. Aussi je ne vous déguiserai point que, malgré le sentiment de mes vices, j'ai pour moi une haute estime.

Vos gens de lettres ont beau crier qu'un homme seul est inutile à tout le monde et ne remplit pas ses devoirs dans la société, j'estime, moi, les paysans de Montmorency des membres plus utiles de la société que tous ces tas de désœuvrés payés de la graisse du peuple pour aller six fois la semaine bavarder dans une académie, et je suis plus content de pouvoir dans l'occasion faire quelque plaisir à mes pauvres voisins que d'aider à parvenir à ces foules de petits intrigants dont Paris est plein, qui tous aspirent à l'honneur d'être des fripons en place, et que, pour le bien public ainsi que pour le leur, on devrait tous renvoyer labourer la terre dans leurs provinces. C'est quelque chose que de donner l'exemple aux hommes de la vie qu'ils devraient tous mener. C'est quelque chose, quand on n'a plus ni force ni santé pour travailler de ses bras, d'oser de sa retraite faire entendre la voix de la vérité. C'est quelque chose d'avertir les hommes de la folie des opinions qui les rendent misérables. C'est quelque chose d'avoir pu contribuer à empêcher ou différer au moins dans ma patrie l'établissement pernicieux que, pour faire sa cour à Voltaire à nos dépens, d'Alembert voulait qu'on fît parmi nous. Si j'eusse vécu dans Genève, je n'aurais pu ni publier l'épître dédicatoire du *Discours sur l'inégalité*, ni parler même contre l'établissement de la comédie du ton que je l'ai fait. Je serais beaucoup plus inutile à mes compatriotes, vivant au milieu d'eux, que je ne puis l'être, dans l'occasion, de ma retraite. Qu'importe en quel lieu j'habite si j'agis où je dois agir? D'ailleurs les habitants de Montmorency sont-ils moins hommes que les Parisiens, et quand je puis en dissuader quelqu'un d'envoyer son enfant se corrompre à la ville, fais-je moins de bien que si je pouvais de la ville le renvoyer au foyer paternel? Mon indigence seule ne m'empêcherait-elle pas d'être inutile de la manière que tous ces beaux parleurs l'entendent, et puisque je ne mange du pain qu'autant que j'en gagne, ne suis-je pas forcé de travailler pour ma subsistance et de payer à la société tout le besoin que je puis avoir d'elle? Il est vrai que je me suis refusé aux occupations qui ne m'étaient pas propres; ne me sentant point le talent qui pouvait me faire mériter le bien que vous m'avez voulu faire, l'accepter eût été le voler à quelque homme de lettres aussi indigent que moi et plus capable de ce travail-là; en me l'offrant vous supposiez que j'étais en état de faire un extrait [1], que je pouvais m'occuper de matières qui m'étaient indifférentes, et, cela n'étant pas, je vous aurais trompé, je me serais rendu indigne de vos bontés en me conduisant autrement que je n'ai fait; on n'est jamais excusable de faire mal ce qu'on fait volontairement : je serais maintenant mécontent de moi, et vous aussi; et je ne goûterais pas le plaisir que je

prends à vous écrire. Enfin, tant que mes forces me l'ont
permis, en travaillant pour moi, j'ai fait, selon ma portée,
tout ce que j'ai pu pour la société; si j'ai peu fait pour elle,
j'en ai encore moins exigé, et je me crois si bien quitte avec
elle dans l'état où je suis que, si je pouvais désormais me
reposer tout à fait et vivre pour moi seul, je le ferais sans
scrupule. J'écarterai du moins de moi de toutes mes forces
l'importunité du bruit public. Quand je vivrais encore cent
ans, je n'écrirais pas une ligne pour la presse, et ne croirais
vraiment recommencer à vivre que quand je serais tout à
fait oublié.

J'avoue pourtant qu'il a tenu à peu que je ne me sois
trouvé rengagé dans le monde, et que je n'aie abandonné
ma solitude non par dégoût pour elle, mais par un goût
non moins vif que j'ai failli lui préférer. Il faudrait, Monsieur, que vous connussiez l'état de délaissement et d'abandon de tous mes amis où je me trouvais, et la profonde douleur dont mon âme en était affectée, lorsque M. et Mme de
Luxembourg désirèrent de me connaître, pour juger de
l'impression que firent sur mon cœur affligé leurs avances et
leurs caresses. J'étais mourant; sans eux je serais infailli-
blement mort de tristesse, ils m'ont rendu la vie, il est bien
juste que je l'emploie à les aimer.

J'ai un cœur très aimant, mais qui peut se suffire à lui-
même. J'aime trop les hommes pour avoir besoin de choix
parmi eux; je les aime tous, et c'est parce que je les aime
que je hais l'injustice; c'est parce que je les aime que je les
fuis, je souffre moins de leurs maux quand je ne les vois
pas. Cet intérêt pour l'espèce suffit pour nourrir mon
cœur; je n'ai pas besoin d'amis particuliers, mais, quand
j'en ai, j'ai grand besoin de ne les pas perdre, car, quand
ils se détachent, ils me déchirent. En cela d'autant plus
coupables que je ne leur demande que de l'amitié, et que,
pourvu qu'ils m'aiment, et que je le sache, je n'ai pas même
besoin de les voir. Mais ils ont toujours voulu mettre à la
place du sentiment des soins et des services que le public
voyait et dont je n'avais que faire. Quand je les aimais,
ils ont voulu paraître m'aimer. Pour moi qui dédaigne
en tout les apparences, je ne m'en suis pas contenté, et, ne

trouvant que cela, je me le suis tenu pour dit. Ils n'ont pas précisément cessé de m'aimer, j'ai seulement découvert qu'ils ne m'aimaient pas.

Pour la première fois de ma vie je me trouvai donc tout à coup le cœur seul, et cela, seul aussi dans ma retraite, et presque aussi malade que je le suis aujourd'hui. C'est dans ces circonstances que commença ce nouvel attachement qui m'a si bien dédommagé de tous les autres et dont rien ne me dédommagera, car il durera, j'espère, autant que ma vie; et quoi qu'il arrive, il sera le dernier. Je ne puis vous dissimuler, Monsieur, que j'ai une violente aversion pour les états qui dominent les autres, j'ai même tort de dire que je ne puis vous le dissimuler, car je n'ai nulle peine à vous l'avouer, à vous, né d'un sang illustre, fils du chancelier de France et premier président d'une cour souveraine; oui, Monsieur, à vous qui m'avez fait mille biens sans me connaître et à qui, malgré mon ingratitude naturelle, il ne m'en coûte rien d'être obligé. Je hais les grands, je hais leur état, leur dureté, leurs préjugés, leur petitesse et tous leurs vices, et je les haïrais bien davantage si je les méprisais moins. C'est avec ce sentiment que j'ai été comme entraîné au château de Montmorency; j'en ai vu les maîtres, ils m'ont aimé, et moi, Monsieur, je les ai aimés et les aimerai tant que je vivrai de toutes les forces de mon âme : je donnerais pour eux, je ne dis pas ma vie, le don serait faible dans l'état où je suis, je ne dis pas ma réputation parmi mes contemporains, dont je ne me soucie guère, mais la seule gloire qui jamais ait touché mon cœur, l'honneur que j'attends de la postérité et qu'elle me rendra parce qu'il m'est dû, et que la postérité est toujours juste [1]. Mon cœur qui ne sait point s'attacher à demi s'est donné à eux sans réserve et je ne m'en repens pas, je m'en repentirais même inutilement, car il ne serait plus temps de m'en dédire. Dans la chaleur de l'enthousiasme qu'ils m'ont inspiré, j'ai cent fois été sur le point de leur demander un asile dans leur maison pour y passer le reste de mes jours auprès d'eux, et ils me l'auraient accordé avec joie, si même, à la manière dont ils s'y sont pris, je ne dois pas me regarder comme ayant été prévenu par leurs offres. Ce projet est

certainement un de ceux que j'ai médités le plus longtemps
et avec le plus de complaisance. Cependant il a fallu sentir
à la fin, malgré moi, qu'il n'était pas bon. Je ne pensais
qu'à l'attachement des personnes, sans songer aux inter-
médiaires qui nous auraient tenus éloignés, et il y en avait
de tant de sortes, surtout dans l'incommodité attachée à
mes maux, qu'un tel projet n'est excusable que par le
sentiment qui l'avait inspiré. D'ailleurs la manière de vivre
qu'il aurait fallu prendre choque trop directement tous mes
goûts, toutes mes habitudes, je n'y aurais pas pu résister seulement trois mois. Enfin nous aurions eu beau nous rapprocher
d'habitation, la distance restant toujours la même entre les
états, cette intimité délicieuse qui fait le plus grand charme
d'une étroite société eût toujours manqué à la nôtre. Je
n'aurais été ni l'ami ni le domestique de M. le maréchal
de Luxembourg; j'aurais été son hôte; en me sentant hors
de chez moi j'aurais soupiré souvent après mon ancien
asile, et il vaut cent fois mieux être éloigné des personnes
qu'on aime et désirer d'être auprès d'elles que de s'exposer
à faire un souhait opposé. Quelques degrés plus rapprochés
eussent peut-être fait révolution dans ma vie. J'ai cent fois
supposé dans mes rêves M. de Luxembourg point duc, mais
maréchal de France, mais bon gentilhomme de campagne
habitant quelque vieux château, et J.-J. Rousseau point
auteur, point faiseur de livres, mais ayant un esprit médiocre
et un peu d'acquis, se présentant au seigneur châtelain et
à la dame, leur agréant, trouvant auprès d'eux le bonheur
de sa vie, et contribuant au leur; si pour rendre le rêve plus
agréable vous me permettiez de pousser d'un coup d'épaule
le château de Malesherbes à demi-lieue de là, il me semble,
Monsieur, qu'en rêvant de cette manière je n'aurais de
longtemps envie de me réveiller.

Mais c'en est fait; il ne me reste plus qu'à terminer le
long rêve; car les autres sont désormais tous hors de saison,
et c'est beaucoup si je puis me promettre encore quelques-
unes des heures délicieuses que j'ai passées au château de
Montmorency. Quoi qu'il en soit, me voilà tel que je me
sens affecté, jugez-moi sur tout ce fatras si j'en vaux la
peine, car je n'y saurais mettre plus d'ordre et je n'ai pas

le courage de recommencer. Si ce tableau trop véridique m'ôte votre bienveillance, j'aurai cessé d'usurper ce qui ne m'appartenait pas; mais si je la conserve, elle m'en deviendra plus chère, comme en étant plus à moi.

NOTES ÉCRITES
SUR DES CARTES A JOUER

Carte n⁰ *1.* — Pour bien remplir le titre de ce recueil [1] je l'aurais dû commencer il y a soixante ans [2] : car ma vie entière n'a guère été qu'une longue rêverie divisée en chapitres par mes promenades de chaque jour.

Je le commence aujourd'hui quoique tard parce qu'il ne me reste plus rien de mieux à faire en ce monde.

Je sens déjà mon imagination se glacer, toutes mes facultés s'affaiblir. Je m'attends à voir mes rêveries devenir plus froides de jour en jour jusqu'à ce que l'ennui de les écrire m'en ôte le courage; ainsi mon livre, si je le continue, doit naturellement finir quand j'approcherai de la fin de ma vie.

Carte n⁰ *2.* — Il est vrai que l'homme le plus impassible est assujetti par son corps et ses sens aux impressions du plaisir et de la douleur et à leurs effets. Mais ces impressions purement physiques ne sont par elles-mêmes que des sensations. Elles peuvent seulement produire des passions, même quelquefois des vertus, soit lorsque l'impression profonde et durable se prolonge dans l'âme et survit à la sensation, soit quand la volonté mue par d'autres motifs résiste au plaisir ou consent à la douleur; encore faut-il que cette volonté demeure toujours régnante dans l'acte [*un mot illisible*] car si la sensation plus puissante arrache enfin le consentement, toute la moralité de la résistance s'évanouit et l'acte redevient et par lui-même et par ses effets absolu-

ment le même que s'il eût été pleinement consenti. Cette
rigueur paraît dure, mais aussi n'est-ce donc pas par elle [1]
que la vertu porte un nom si sublime? Si la victoire ne
coûtait rien, quelle couronne mériterait-elle?

Carte n° 3. — Le bonheur est un état trop constant et
l'homme un être trop muable pour que l'un convienne à
l'autre. Solon citait à Crésus l'exemple de trois hommes
heureux moins à cause du bonheur de leur vie que de la
douceur de leur mort, et ne lui accordait point d'être un
homme heureux tandis qu'il vivait encore [2]. L'expérience
prouva qu'il avait raison. J'ajoute que s'il est quelque
homme vraiment heureux sur la terre on ne le citera pas
en exemple, car personne que lui n'en sait rien.

Mouvement continu que j'aperçois m'avertit que j'existe,
car il est certain que la seule affection que j'éprouve alors
est la faible sensation d'un bruit léger égal et monotone.
De quoi donc est-ce que je jouis, de moi ou...

Carte n° 4. — Il est vrai que je ne fais rien sur la terre;
mais quand je n'aurai plus de corps je n'y ferai rien
non plus, et néanmoins je serai un plus excellent être,
plus plein de sentiment et de vie que le plus agissant des
mortels.

Carte n° 5. — Un moderne les [3] apetisse à sa mesure et
moi je m'agrandis à la leur.

Carte n° 6. — Et quelle erreur, par exemple, ne vaut
mieux que l'art de discerner les faux amis quand cet art
n'est acquis qu'à force de nous montrer tels tous ceux qu'on
avait crus véritables?

Carte n° 7. — Ces Messieurs [4] font comme une troupe de
flibustiers qui, tenaillant à leur aise un pauvre Espagnol,
le consolaient bénignement en lui prouvant par des arguments bien stoïques que la douleur n'était point un mal

Carte n⁰ 8. — Mais je ne voulus ni lui donner mon adresse ni prendre la sienne, sûr qu'aussitôt que j'aurais le dos tourné elle allait être interrogée [1], et que par des transformations familières à ces Messieurs ils sauraient tirer de mes intentions connues un mal beaucoup plus grand que le bien que j'aurais désiré faire.

Carte n⁰ 9. — Et quand mon innocence enfin reconnue aurait convaincu mes persécuteurs, quand la vérité luirait à tous les yeux plus brillante que le soleil, le public, loin d'apaiser sa furie, n'en deviendrait que plus acharné; il me haïrait plus alors pour sa propre injustice qu'il ne me hait aujourd'hui pour les vices qu'il aime à m'attribuer. Jamais il ne me pardonnerait les indignités dont il me charge. Elles sont désormais pour lui mon plus irrémissible forfait.

Carte n⁰ 10. — Je dois toujours faire ce que je dois parce que je le dois, mais non par aucun espoir de succès, car je sais bien que ce succès est désormais impossible.

Carte n⁰ 11. — Je me représente l'étonnement de cette génération [2] si superbe, si orgueilleuse, si fière de son prétendu savoir, et qui compte avec une si cruelle suffisance sur l'infaillibilité de ses lumières à mon égard.

Carte n⁰ 12. — Il n'y a plus ni affinité ni fraternité entre eux et moi, ils m'ont renié pour leur frère et moi je me fais gloire de les prendre au mot. Que si néanmoins je pouvais remplir encore envers eux quelque devoir d'humanité je le ferais sans doute, non comme avec mes semblables mais comme avec des êtres souffrants et sensibles qui ont besoin de soulagement. Je soulagerais de même, de meilleur cœur encore, un chien qui souffre. Car n'étant ni traître ni fourbe et ne caressant jamais par fausseté, un chien m'est beaucoup plus proche qu'un homme de cette génération.

Carte n⁰ 13. — Le souverain lui-même n'a droit de faire grâce qu'après que le coupable a été jugé et condamné dans

toutes les formes. Autrement ce serait lui imprimer la tache
du crime sans l'en avoir convaincu, ce qui serait la plus
criante des iniquités.

S'ils veulent me nourrir de pain, c'est en m'abreuvant
d'ignominie. La charité dont ils veulent user à mon égard
n'est pas bénéficence, elle est opprobre et outrage; elle est
un moyen de m'avilir et rien de plus. Ils me voudraient
mort sans doute; mais ils m'aiment encore mieux vivant et
diffamé.

Carte n⁰ 14. — Et je recevrai leur aumône avec la même
reconnaissance qu'un passant peut avoir pour un voleur
qui, après lui avoir pris sa bourse, lui en rend une petite
partie pour achever son chemin. Encore y a-t-il cette différence que l'intention du voleur n'est pas d'avilir le passant
mais uniquement de le soulager.

Il n'y a que moi seul au monde qui se lève chaque jour
avec la certitude parfaite de n'éprouver dans la journée
aucune nouvelle peine et de ne pas se coucher plus malheureux.

Carte n⁰ 15. — L'attente de l'autre vie adoucit tous les
maux de celle-ci et rend les terreurs de la mort presque
nulles; mais dans les choses de ce monde l'espérance est
toujours mêlée d'inquiétude et il n'y a de vrai repos que
dans la résignation.

Carte n⁰ 16. — Il arrivera comme disait le cardinal Maza-
rin [1] d'un état qui n'est ni moins multiplié ni plus nécessaire
qu'il sera ridicule de ne l'avoir pas et plus ridicule encore de
l'avoir.
Qui consultent l'intérêt avant la justice et préfèrent celui
qui parle à leur avantage à celui qui a le mieux parlé.

Carte n⁰ 17. — *Rêverie.* D'où j'ai conclu que cet état
m'était agréable plutôt comme une suspension des peines
de la vie que comme une jouissance positive.

Mais ne pouvant avec mon corps et mes sens me mettre à la place des purs esprits, je n'ai nul moyen de bien juger de leur véritable manière d'être [1].

Veux-je me venger d'eux aussi cruellement qu'il est possible ? Je n'ai pour cela qu'à vivre heureux et content ; c'est un sûr moyen de les rendre misérables.

En se donnant le besoin de me rendre malheureux, ils font dépendre de moi leur destinée.

Carte nᵒ 18. — Je penserais assez que l'existence des êtres intelligents et libres est une suite nécessaire de celle de Dieu, et je conçois une jouissance [2] dans la Divinité même hors de sa plénitude ou plutôt qui la complémente : c'est de régner sur des âmes justes.

Carte nᵒ 19. — Ils ont creusé entre eux et moi un abîme immense que rien ne peut plus ni combler ni franchir, et je suis aussi séparé d'eux pour le reste de ma vie que les morts le sont des vivants.

Cela me fait croire que de tous ceux qui parlent de la paix d'une bonne conscience il y en a bien peu qui en parlent avec connaissance, et qui en aient senti les effets.

S'il y a désormais quelque chance qui puisse changer l'état des choses, ce que je ne crois pas, il est très sûr au moins que cette chance ne peut être qu'en ma faveur ; car en pis plus rien n'est possible.

Carte nᵒ 20. — Quand j'écrivais ceci [3] je ne pensais guère qu'on voulût ou pût jamais contester la fidélité de mon récit. Mais le silencieux mystère avec lequel ceux à qui je le fais aujourd'hui m'écoutent me fait assez comprendre que ce fait n'a pas échappé au travail de ces Messieurs, et j'aurais bien pu prévoir que Francueil, devenu par leurs soins un des suppôts de la ligue, se garderait désormais de rendre ici hommage à la vérité. Cependant elle a été si longtemps connue de tout le monde et déclarée par lui-même qu'il me paraît impossible qu'il n'en reste pas de suffisantes traces antérieures à son admission dans le complot.

Carte n⁰ 21. — Je ne puis douter que Francueil[1] et ses associés n'aient conté depuis la chose bien différemment : mais quelques gens de bonne foi n'auront pas oublié peut-être comment il la racontait d'abord et dans la suite jusqu'à ce que son admission dans le complot lui fît changer de langage.

Carte n⁰ 22. — Les uns me recherchent avec empressement, pleurent de joie et d'attendrissement à ma vue, me baisent avec transport, avec larmes, les autres s'animent à mon aspect d'une fureur que je vois étinceler dans leurs yeux, les autres crachent ou sur moi ou tout près de moi avec tant d'affectation que l'intention m'en est claire[2]. Des signes si différents sont tous inspirés par le même sentiment, cela ne m'est pas moins clair. Quel est ce sentiment qui se manifeste par tant de signes contraires? C'est celui, je le vois, de tous mes contemporains à mon égard; du reste il m'est inconnu.

Carte n⁰ 23. — La honte accompagne l'innocence, le crime ne la connaît plus.

Je dis naïvement mes sentiments, mes opinions, quelque bizarres, quelque paradoxes[3] qu'elles puissent être; je n'argumente ni ne prouve, parce que je ne cherche à persuader personne et que je n'écris que pour moi.

Carte n⁰ 24. — Toute la puissance humaine est sans force désormais contre moi. Et si j'avais des passions fougueuses je les pourrais satisfaire à mon aise aussi publiquement qu'impunément. Car il est clair que, redoutant plus que la mort toute explication avec moi, ils l'évitent à quelque prix que ce puisse être. D'ailleurs que me feront-ils? M'arrête-ront-ils? C'est tout ce que je demande, et je ne puis l'obtenir. Me tourmenteront-ils? Ils changeront l'espèce de mes souffrances, mais ils ne les augmenteront pas. Me feront-ils mourir? Oh! qu'ils s'en garderont bien! Ce serait finir mes peines. Maître et roi sur la terre, tous ceux qui m'entourent sont à ma merci, je peux tout sur eux et ils ne peuvent rien sur moi.

Mais quand ces Messieurs m'ont réduit à l'état où je suis, ils savaient bien que je n'avais pas l'âme ni haineuse ni vindicative : sans quoi ils ne se seraient jamais exposés à ce qui en pouvait arriver.

Carte n° 25. — Qu'on est puissant, qu'on est fort quand on n'espère plus rien des hommes! Je ris de la folle ineptie des méchants quand je songe que trente ans de travaux, de soucis, de peines ne leur ont servi qu'à me mettre pleinement au-dessus d'eux.

Carte n° 26. — Qu'ils disent fidèlement seulement comment ils ont su toutes ces choses-là et ce qu'ils ont fait pour les apprendre, je promets, s'ils exécutent fidèlement cet article, de ne faire aucune autre réponse à toutes leurs accusations.

Tout me montre et me persuade [1] que la Providence ne se mêle en aucune façon des opinions humaines ni de tout ce qui tient à la réputation, et qu'elle livre entièrement à la fortune et aux hommes tout ce qui reste ici bas de l'homme après sa mort.

Carte n° 27. — 1° Connais-toi toi-même.
         2° Froides et tristes rêveries.
         3° Morale sensitive.
            Comment dois-je me conduire avec mes contemporains?
            Du mensonge.
            Trop peu de (*mot illisible* : santé *ou* preuves?) [1].
            Éternité des peines.
            Morale sensitive.

N⁰ *27 bis* [2]. — Ne viendra-t-il donc jamais un homme sensé qui remarque la maligne adresse avec laquelle on parle de moi, soit directement soit indirectement, dans presque tous les livres modernes, sur un ton traîtreusement étranger, avec des allusions perfides, avec des rapprochements forcés, avec des citations ironiques, des phrases équivoques et louches et toujours évitant les applications directes, mais toutes conduisant avec art la malignité des lecteurs?

ROUSSEAU
VU PAR BERNARDIN DE SAINT-PIERRE

Au mois de juin 1772, un ami m'ayant proposé de me mener chez J.-J. Rousseau, il me conduisit dans une maison rue Plâtrière à peu près vis-à-vis l'hôtel de la poste. Nous montâmes au quatrième étage. Nous frappâmes, et Mme Rousseau vint nous ouvrir la porte. Elle nous dit :

— Entrez, Messieurs, vous allez trouver mon mari.

Nous traversâmes un fort petit antichambre où des ustensiles de ménage étaient proprement arrangés; de là nous entrâmes dans une chambre où J.-J. Rousseau était assis, en redingote et en bonnet blanc, occupé à copier de la musique. Il se leva d'un air riant, nous présenta des chaises, et se remit à son travail en se livrant toutefois à la conversation.

Il était d'un tempérament maigre et d'une taille moyenne. Une de ses épaules paraissait un peu plus élevée que l'autre, soit que ce fût l'effet d'un défaut naturel, ou de l'attitude qu'il prenait dans son travail, ou de l'âge qui l'avait voûté, car il avait alors soixante-quatre ans; d'ailleurs il était fort bien proportionné. Il avait le teint brun, quelques couleurs aux pommettes des joues, la bouche belle, le nez très bien fait, le front rond et élevé, les yeux pleins de feu. Les traits obliques qui tombent des narines vers les extrémités de la bouche, et qui caractérisent la physionomie, exprimaient dans la sienne une grande sensibilité et quelque chose même de douloureux. On remarquait dans son visage trois ou buatre caractères de la mélancolie par l'enfoncement des yeux et par l'affaissement des sourcils; de la tristesse profonde par les rides du front; une gaieté très vive et même un peu caustique par les mille petits plis aux angles extérieurs des yeux, dont les orbites disparaissaient quand il riait. Toutes ces passions se peignaient successivement sur son visage suivant que les sujets de la conversation affectaient son âme; mais dans une situation calme sa figure conservait une empreinte de toutes ces affections, et offrait à la fois je ne sais quoi d'aimable, de fin, de touchant, de digne de pitié et de respect *.

Près de lui était une épinette sur laquelle il essayait de temps en temps des airs. Deux petits lits de cotonine rayée de bleu et de blanc comme la tenture de sa chambre, une commode, une table et quelques chaises faisaient tout son mobilier. Aux murs étaient attachés un plan de la forêt et du parc de Montmorency où il avait demeuré, et une estampe du roi d'Angleterre, son ancien bienfaiteur. Sa femme était assise, occupée à coudre du linge; un serin chantait dans sa cage suspendue au plafond; des moineaux venaient manger du pain sur ses fenêtres ouvertes du côté de la rue, et sur celle de l'antichambre on voyait des caisses et des pots remplis de plantes telles qu'il plaît à la nature de les semer. Il y avait dans l'ensemble de son petit ménage un air de propreté, de paix et de simplicité, qui faisait plaisir.

Il me parla de mes voyages; ensuite la conversation roula sur les nouvelles du temps; après quoi il nous lut une lettre manuscrite en réponse à M. le Mis de Mirabeau qui l'avait interpellé dans une discussion politique. Il le suppliait de ne

---

* *Note de Bernardin de Saint-Pierre :* « On voit chez M. Necker un portrait de J.-J. Rousseau fort ressemblant. Mais de toutes les gravures qu'on a données de lui au public je n'en ai vu qu'une seule où l'on reconnût quelques-uns de ses traits; c'est une grande estampe de dix à douze pouces, gravée, je crois, en Angleterre. Il y est représenté en bonnet et en habit d'Arménien. On en pourrait faire une excellente d'après le buste de M. Houdon qu'on voit à la Bibliothèque du Roi. Cet habile sculpteur l'a modelé, dit-on, après sa mort. Il s'était refusé pendant sa vie aux instances de tous les artistes. »

pas le rengager dans les tracasseries de la littérature. Je lui parlai de ses ouvrages et je lui dis que ce que j'en aimais le plus c'était *Le Devin du village* et le troisième volume d'*Émile*. Il me parut charmé de mon sentiment.

— C'est aussi, me dit-il, ce que j'aime le mieux avoir fait. Mes ennemis ont beau dire, ils ne feront jamais un *Devin du village*.

Il nous montra une collection de graines de toutes espèces. Il les avait arrangées dans une multitude de petites boîtes. Je ne pus m'empêcher de lui dire que je n'avais vu personne qui eût ramassé une si grande quantité de graines et qui eût si peu de terres. Cette idée le fit rire. Il nous reconduisit, lorsque nous prîmes congé de lui, jusque sur le bord de son escalier.

A quelques jours de là il vint me rendre ma visite. Il était en perruque ronde, bien poudrée et bien frisée, portant son chapeau sous le bras, et en habit complet de nankin. Le cuir de ses souliers était découpé de deux étoiles à cause des cors qui l'incommodaient, il tenait une petite canne à la main. Tout son extérieur était modeste, mais fort propre, comme on le dit de celui de Socrate. Je lui offris une pièce de coco marin avec son fruit pour augmenter sa collection de graines, et il me fit le plaisir de l'accepter. En sortant de chez moi, nous passâmes dans un endroit où je lui fis voir une belle immortelle du Cap, dont les fleurs ressemblaient à des fraises et les feuilles à des morceaux de drap gris. Il la trouva charmante mais je l'avais donnée, et elle n'était plus en ma disposition. Comme je le reconduisais à travers les Tuileries, il sentit l'odeur du café.

— Voici, me dit-il, un parfum que j'aime beaucoup. Quand on en brûle dans mon escalier, j'ai des voisins qui ferment leur porte, et moi j'ouvre la mienne.

— Vous prenez donc du café, lui dis-je, puisque vous en aimez l'odeur.

— Oui, me répondit-il, c'est tout ce que j'aime des choses de luxe : les glaces et le café.

J'avais apporté une balle de café de l'île de Bourbon, et j'en avais fait quelques paquets que je distribuais à mes amis. Je lui en envoyai un, le lendemain, avec un billet où je lui mandais que, sachant son goût pour les graines étrangères, je le priais d'accepter celles-là. Il me répondit par un billet fort poli où il me remerciait de mon attention.

Mais, le jour suivant, j'en reçus un autre d'un ton bien différent. Il me mandait :

Hier, Monsieur, j'avais du monde chez moi qui m'a empêché d'examiner ce que contenait le paquet que vous m'avez envoyé. A peine nous nous connaissons, et vous débutez par des cadeaux. C'est rendre notre société trop inégale ; ma fortune ne me permet point d'en faire ; choisissez de reprendre votre café ou de ne nous plus voir.

Agréez mes très humbles salutations.

J.-J. Rousseau.

Je lui répondis qu'ayant été dans le pays où croissait ce café, la qualité et la quantité de ce présent le rendaient de peu d'importance; qu'au reste je lui laissais le choix de l'alternative qu'il m'avait donnée. Cette petite altercation se termina aux conditions que j'accepterais de sa part une racine de ginzeng et un ouvrage sur l'ichtyologie qu'on lui avait envoyé de Montpellier. Il m'invita à dîner pour le lendemain. Je me rendis chez lui à onze heures du matin. Nous conversâmes jusqu'à midi et demi. Alors son épouse mit la nappe, il prit une bouteille de vin, et, en la posant sur la table, il me demanda si nous en aurions assez et si j'aimais à boire.

— Combien sommes-nous? lui dis-je.

— Trois, dit-il, vous, ma femme et moi.

— Quand je bois du vin, lui répondis-je, et que je suis seul, j'en bois bien une demi-bouteille, et j'en bois un peu plus quand je suis avec mes amis.

— Cela étant, reprit-il, nous n'en aurons pas assez; il faut que je descende à la cave.

Il en rapporta une seconde bouteille. Sa femme servit deux plats, l'un de petits pâtés, l'autre était couvert. Il me dit, en me montrant le premier :

— Voici votre plat, et l'autre est le mien.

— Je mange peu de pâtisserie, lui dis-je, mais j'espère bien goûter du vôtre.

— Oh! me dit-il, ils sont communs tous deux. Mais bien des gens ne se soucient pas de celui-là; c'est un mets suisse, un pot pourri de lard de mouton, de légumes et de châtaignes.

Il se trouva excellent. Ces deux plats furent relevés par des tranches de bœuf en salade, ensuite par des biscuits et du fromage. Après quoi son épouse servit le café.

— Je ne vous offre point de liqueur, me dit-il, parce que je n'en ai point. Je suis comme le cordelier qui prêchait l'adultère : j'aime mieux boire une bouteille de vin qu'un verre de liqueur.

Pendant le repas nous parlâmes des Indes, des Grecs et des Romains. Après le dîner il fut me chercher quelques manuscrits dont je parlerai quand il sera question de ses ouvrages. Il me lut une continuation d'*Émile*, quelques lettres sur la botanique, un petit poème en prose sur le Lévite dont les Benjamites violèrent la femme, des morceaux charmants traduits du Tasse.

— Comptez-vous donner ces écrits au public?

— Oh! Dieu m'en garde, dit-il; je les ai faits pour mon plaisir, pour causer le soir avec ma femme.

— Oh! oui, que cela est touchant, reprit Mme Rousseau. Cette pauvre Sophronie! J'ai bien pleuré quand mon mari m'a lu cet endroit-là.

Enfin elle m'avertit qu'il était plus de neuf heures du soir; j'avais passé dix heures de suite comme un instant.

Lecteur, si vous trouvez ces détails frivoles, n'allez pas plus avant; tous me sont précieux à moi, et l'amitié m'ôte la liberté du choix. Si vous aimez à voir de près les grands hommes, et si vous chérissez dans un récit la simplicité et la sincérité, vous serez satisfait. Je ne donne rien à l'imagination, je n'exagère aucune vertu, je ne dissimule aucun défaut. Je ne mets d'autre art dans ma narration qu'un peu d'ordre. Dans l'envie que j'avais de ne rien perdre de la mémoire de Rousseau, j'avais recueilli quelques autres anecdotes; mais elles n'étaient fondées que sur des ouï-dire, et j'ai voulu donner à cet ouvrage un mérite étranger même aux meilleures histoires : c'est de ne pas enfermer la plus légère circonstance que je n'en aie été le témoin ou que je ne la tienne de sa bouche.

Il était né à Genève en 1708 d'un père de la religion

réformée et horloger de profession. Il avait un frère dont il
était le cadet. Ils furent élevés par leur mère et par la sœur
de sa mère, qui étaient si tendrement unies que, lorsqu'elles
les menaient promener, on doutait à leur affection commune
à laquelle des deux ils appartenaient. Il m'a cité des vers
qui furent faits sur cette union si rare et qui renferment cette
idée; mais je les ai oubliés, ne me croyant pas destiné à
rassembler un jour jusqu'aux débris de son berceau. Il perdit
sa mère à l'âge de deux ans; sa tante continua de l'élever,
et jamais il n'oublia les soins qu'elle avait pris de son enfance.
Elle vit peut-être encore, et elle vivait du moins il y a quelques années; et voici comme je l'ai su : un de mes anciens
camarades de collège me pria, il y a trois ans, de le présenter
à J.-J. Rousseau. C'était un brave garçon dont la tête était
aussi chaude que le cœur : il me dit qu'il avait vu Rousseau
au château de Trye, et qu'étant ensuite allé voir Voltaire à
Genève, il avait appris que la tante de Rousseau demeurait
près de là dans un village. Il fut lui rendre visite : il trouva
une vieille femme qui, en apprenant qu'il avait vu son neveu,
ne se possédait pas d'aise :

— Comment, Monsieur, lui dit-elle, vous l'avez vu!
Est-il donc vrai qu'il n'a pas de religion! Nos ministres disent
que c'est un impie : comment cela se peut-il! il m'envoie de
quoi vivre, pauvre vieille femme de plus de quatre-vingts
ans, seule, sans servante, dans un grenier; sans lui je serais
morte de froid et de faim!

Je répétai la chose à Rousseau mot pour mot.

— Je le devais, me dit-il, elle m'avait élevé orphelin.

Cependant il ne voulut pas recevoir mon camarade,
quoique j'eusse tout disposé pour l'y engager.

— Ne me l'amenez pas, dit-il, il m'a fait peur : il m'a
écrit une lettre où il me mettait au-dessus de Jésus-Christ.

Son père lui apprit à connaître ses lettres dans Plutarque.
A deux ans et demi il le faisait lire, auprès de son établi,
dans la *Vie des hommes illustres*. Dès cet âge il s'exprimait
avec sensibilité. Son père, qui lui trouvait beaucoup de ressemblance avec l'épouse qu'il regrettait, lui disait quelquefois, le matin, en se levant :

— Allons, Jean-Jacques, parle-moi de ta mère.

— Si je vous en parle, disait-il, vous allez pleurer.

Ce n'était point par singularité qu'il aimait à porter ce nom de Jean-Jacques, mais parce qu'il lui rappelait un âge heureux et le souvenir d'un père dont il ne parlait jamais qu'avec attendrissement. Il m'a raconté que son père était d'un tempérament très vigoureux, grand chasseur, aimant la bonne chère et à se réjouir. Dans ce temps-là on formait à Genève des coteries dont chaque membre, suivant l'esprit de la réforme, prenait un surnom de l'Ancien Testament. Celui de son père était David. Peut-être ce surnom contribua-t-il à le lier avec David Hume, car il aimait à attacher aux mêmes noms les mêmes idées, comme je le dirai dans une occasion où il s'agissait du mien. Au reste ce préjugé lui a été commun avec les plus grands hommes de l'antiquité et même avec le peuple romain, qui confia sa destinée à des généraux dont le nom leur paraissait d'un heureux augure pour avoir été porté par des hommes dont il chérissait la mémoire. C'est ce qu'on peut voir surtout dans la vie des Scipion.

Du temps de son père il n'y avait pas à Genève un citoyen bien élevé qui ne sût son Plutarque par cœur. Rousseau m'a dit qu'il a été un temps où on connaissait mieux les rues d'Athènes que celles de Genève. Les jeunes gens ne parlaient dans leurs conversations que de législation, des moyens d'établir ou de réformer les sociétés. Les âmes étaient nobles, grandes et gaies. Un jour d'été qu'une troupe de bourgeois prenaient le frais devant leur porte, ils causaient et riaient entre eux, lorsqu'un lord vint à passer. Il crut à leurs rires qu'ils se moquaient de lui. Il s'arrêta, et leur dit fièrement :

— Pourquoi riez-vous quand je passe ?

Un des bourgeois lui répondit sur le même ton :

— Eh ! pourquoi passez-vous quand nous rions !

Son père eut une querelle avec un colonel qui l'avait insulté et appartenait à une famille considérable de la ville. Il proposa au colonel de mettre l'épée à la main, ce qu'il refusa. Cette aventure renversa sa fortune. La famille de son adversaire le força de s'expatrier ; il mourut âgé de près de cent ans.

J.-J. Rousseau, à l'âge de quatorze ans, sans fortune, et ne sachant où donner de la tête, s'en vint de Genève à Lyon à pied. Il arriva dans la ville à l'entrée de la nuit, soupa avec son dernier morceau de pain, et se coucha sur le pavé sous une arcade ombragée par des marronniers. C'était en été.

— Je n'ai jamais passé une nuit plus agréable, me dit-il; je dormis d'un sommeil profond; ensuite je fus réveillé au lever du soleil par le chant des oiseaux; frais et gai comme eux, je m'en allais en chantant dans les rues, ne sachant où j'allais, et ne m'en souciant guère. Je n'avais pas un sou dans ma poche. Un abbé qui marchait derrière moi m'appela : « Mon petit ami! Vous savez la musique : voudriez-vous en copier? » C'était tout ce que je savais faire, je le suivis, et il me fit travailler.

— La Providence, lui dis-je, vous servit à point nommé. Mais qu'eussiez-vous fait si vous n'eussiez pas rencontré cet abbé?

— J'aurais fini, me dit-il, probablement par demander l'aumône quand l'appétit serait venu.

Son frère aîné partit à dix-sept ans pour aller faire fortune aux Indes. Jamais il n'en a ouï parler. Il fut sollicité par un directeur de la Compagnie des Indes d'aller à la Chine et il était fâché de n'avoir pas pris ce parti. C'est à peu près vers ce temps-là qu'il fut en Italie. Le noble aveu qu'il fait de sa position, de ses fautes et de ses malheurs au commencement du troisième volume d'*Émile* est si touchant que je ne peux me refuser le plaisir de le transcrire.

Il y a trente ans que dans une ville d'Italie, un jeune homme expatrié se voyait réduit à la dernière misère. Il était né calviniste ; mais par les suites d'une étourderie, se trouvant fugitif, en pays étranger, sans ressources, il changea de religion pour avoir du pain. Il y avait dans cette ville un hospice pour les prosélytes, il y fut admis. En l'instruisant sur la controverse, on lui donna des doutes qu'il n'avait pas, et on lui apprit le mal qu'il ignorait : il entendit des dogmes nouveaux, il vit des mœurs encore plus nouvelles ; il les vit, et faillit en être la victime. Il voulut fuir, on l'enferma ; il se plaignit, on le punit de ses plaintes ; à la merci de ses tyrans, il se vit traiter en criminel pour n'avoir pas voulu céder au crime. Que ceux qui savent combien la première épreuve de la violence et de l'injustice irrite un jeune cœur sans expérience, se figurent l'état du sien. Des larmes de rage coulaient de ses yeux, l'indignation l'étouffait. Il implorait le ciel et les hommes, il se confiait à tout le monde, et n'était écouté de personne. Il ne voyait que de vils domestiques soumis à l'infâme qui l'outrageait, ou des complices du même crime, qui se raillaient de sa résistance et l'excitaient à les imiter. Il était perdu sans un honnête ecclésiastique qui vint à l'hospice pour quelque affaire, et qu'il trouva le moyen de consulter en secret. L'ecclésiastique était pauvre, et avait besoin de tout le monde ; mais l'opprimé avait encore plus besoin de lui, et il n'hésita pas à favoriser son évasion, au risque de se faire un dangereux ennemi.

Échappé au vice pour rentrer dans l'indigence, le jeune homme luttait sans succès contre sa destinée ; un moment il se crut au-dessus d'elle. A la première lueur de fortune, ses maux et son protecteur furent oubliés. Il fut bientôt puni de cette ingratitude, toutes ses espérances s'évanouirent : sa jeunesse avait beau le favoriser, ses idées romanesques gâtaient tout. N'ayant ni assez de talent, ni assez d'adresse pour se faire un chemin facile ; ne sachant être ni modéré, ni méchant, il prétendit à tant de choses qu'il ne sut parvenir à rien. Retombé dans sa première détresse, sans pain, sans asile, prêt à mourir de faim, il se ressouvint de son bienfaiteur.

Il y retourne, il le trouve, il en est bien reçu ; sa vue rappelle à l'ecclésiastique une bonne action qu'il avait faite ; un tel souvenir réjouit toujours l'âme. Cet homme était naturellement humain, compatissant ; il sentait les peines d'autrui par les siennes, et le bien-être n'avait point endurci son cœur ; enfin les leçons de la sagesse et une vertu éclairée avaient affermi son bon naturel. Il accueille le jeune homme, lui cherche un gîte, l'y recommande ; il partage avec lui son nécessaire, à peine suffisant pour deux. Il fait plus, il l'instruit, le console, il lui apprend l'art difficile de supporter patiemment l'adversité. Gens à préjugés, est-ce d'un prêtre, est-ce en Italie que vous eussiez espéré tout cela ?

Cet honnête ecclésiastique était un pauvre vicaire savoyard, qu'une aventure de jeunesse avait mis mal avec son évêque...

Après un tableau des malheurs et des vertus de son protecteur :

— Je me lasse, dit-il, de parler en tierce personne, et c'est un soin fort superflu : car vous sentez bien, cher conci-

toyen, que ce malheureux fugitif c'est moi-même; je me
crois assez loin des désordres de ma jeunesse pour oser les
avouer; et la main qui m'en tira mérite bien, qu'aux dépens
d'un peu de honte, je rende, au moins, quelque honneur à
ses bienfaits.

Échappé aux mains cruelles des moines, recueilli et
réchauffé par un bon Samaritain, il se vit un moment à la
porte de la fortune et des honneurs. Il fut attaché à la léga-
tion de France à Venise, et il fit pendant l'absence de l'ambassadeur les fonctions de secrétaire d'ambassade. L'ambassadeur, qui était fort avare, voulut partager avec lui
l'argent que la cour de France passe dans ces circonstances
en gratification aux secrétaires : pour l'engager à faire ce
sacrifice l'ambassadeur lui disait :

— Vous n'avez point de dépense à faire, point de maison
à soutenir. Pour moi, je suis obligé de raccommoder mes
bas.

— Et moi aussi, dit Rousseau, mais quand je les raccom-
mode il faut bien que je paye quelqu'un pour faire vos dépê-
ches.

Le caractère de cet ambassadeur était bien connu aux
Affaires étrangères; une personne digne de foi m'a cité plusieurs axiomes de son avarice; il disait, entre autres, que
trois souliers équivalaient à deux paires, parce qu'il y en a
toujours un plus tôt usé que l'autre. En conséquence il se
faisait toujours faire trois souliers à la fois.

J'observai à cette occasion que tous les ambitieux finis-
saient par être avares, que l'avarice même n'était qu'une
ambition passive, et que ces deux passions sont également
dures, cruelles et injustes.

Il a vécu à Montpellier, en Franche-Comté, en Suisse,
aux environs de Neuchâtel; mais j'ignore à quelles époques.
Je lui ai fait rarement des questions à ce sujet. Il ne me com-
muniquait de sa vie passée que ce qui lui plaisait. Content
de lui tel que je le voyais, peu m'importait ce qu'il avait été.
Un jour, cependant, je lui demandai s'il n'avait pas fait le
tour du monde, et s'il n'était pas le Saint-Preux de sa *Nouvelle Héloïse*.

— Non, me dit-il, je n'ai pas sorti de l'Europe. Ce n'est

pas tout à fait ce que j'ai été, mais ce que j'aurais voulu être.

Il paraît que sa destinée, au défaut des richesses, sema sur sa route un peu de bonheur. Il eut un ami dans la personne de Georges Keith, milord maréchal, gouverneur de Neuchâtel. Il en conservait précieusement la mémoire. Ils avaient formé le projet, conjointement avec un capitaine de la Compagnie des Indes, d'acheter chacun une métairie sur les bords du lac de Genève pour y passer leurs jours. Les trois solitudes auraient été entre elles à une demie lieue de distance : quand l'un des amis aurait voulu recevoir la visite des deux autres, il aurait arboré un pavillon au haut de sa maison; par cet arrangement chacun d'eux se ménageait deux choses précieuses, fort douces et fort rares à mon gré, dans son habitation la liberté, et dans le paysage la vue du toit d'un ami.

Il a demeuré plusieurs années à Montmorency, dans une petite maison située à mi-côte au milieu du village. Je lui disais que j'y étais entré.

— J'y ai demeuré, me dit-il, mais j'en ai occupé une bien plus agréable dans le bois même de Montmorency. C'était un lieu charmant qu'on appelait l'Ermitage, mais il n'existe plus : on l'a gâté. J'allais souvent me promener dans un endroit retiré de la forêt qui me plaisait beaucoup. Un jour j'y trouvai des sièges de gazon. Cette surprise me fit grand plaisir.

— Vous aviez donc des amis, lui dis-je.

— Dans ce temps-là j'en avais, reprit-il, mais à présent je n'en ai plus.

— Pourquoi, lui disais-je une fois, avez-vous quitté le séjour de la campagne que vous aimez tant pour habiter une des rues de Paris les plus bruyantes?

— Il faut, me répondit-il, pouvoir vivre à la campagne. Mon état de copiste de musique m'oblige d'être à Paris. D'ailleurs on a beau dire qu'on vit à bon marché à la campagne, on y tire presque tout des villes. Si vous avez besoin de deux liards de poivre, il vous en coûte six sous de commission. Et puis, j'y étais accablé de gens indiscrets. Un jour entre autres une femme de Paris, pour m'épargner un port de lettre de quatre sous, m'en fit coûter près de quatre

francs. Elle me l'envoya à Montmorency par un domestique. Je lui donnai à dîner et un écu pour sa peine. C'était
bien la moindre chose, il avait fait le chemin à pied, et il
venait pour moi. Quant à la rue Plâtrière, c'est la première
rue où j'ai logé en arrivant à Paris; c'est une affaire d'habitude : il y a vingt-cinq ans que j'y demeure.

Il avait épousé Mlle Levasseur du pays de Bresse, de la
religion catholique — dont il n'a point eu d'enfants.

Après avoir jeté un coup d'œil sur les événements de sa
vie, passons à sa constitution physique. Dans la plupart de
ses voyages il aimait à aller à pied, mais cet exercice n'avait
jamais pu l'accoutumer à marcher sur le pavé. Il avait les
pieds très sensibles.

— Je ne crains pas la mort, disait-il, mais je crains la
douleur.

Cependant il était très vigoureux; à soixante-dix ans il
allait après midi au pré Saint-Gervais, ou il faisait le tour
du bois de Boulogne, sans qu'à la fin de cette promenade
il parût fatigué. Il avait eu des fluxions aux dents qui lui
en avaient fait perdre une partie. Il en faisait passer la douleur en mettant de l'eau très froide dans sa bouche. Il avait
observé que la chaleur des aliments occasionne les maux de
dents, et que les animaux qui boivent et mangent froid les
ont fort saines. J'ai vérifié la bonté de son remède et de son
observation, car les peuples du nord, entre autres les Hol-
landais, ont presque tous les dents gâtées par l'usage du thé
qu'ils boivent très chaud, et les paysans de mon pays les ont
très blanches. Dans sa jeunesse il eut des palpitations si
fortes qu'on entendait les battements de son cœur de l'appar-
tement voisin.

— J'étais alors amoureux, me dit-il. Je fus trouver à
Montpellier M. Fitse, fameux médecin; il me regarda en
riant, et, en me frappant sur l'épaule, « Mon bon ami, me
dit-il, buvez-moi de temps en temps un bon verre de vin. »
Il appelait les vapeurs « la maladie des gens heureux ».

— Les vapeurs de l'amour sont douces, lui dis-je, mais si
vous aviez éprouvé avec elles celles de l'ambition, vous en
jugeriez peut-être autrement.

Il en avait de temps à autre quelques ressentiments. Il

m'a conté qu'il n'y avait pas longtemps il avait cru mourir un jour qu'il était dans le cul-de-sac Dauphin sans en pouvoir sortir, à cause que la porte des Tuileries était fermée derrière lui, et que l'entrée de la rue était barrée par des carrosses; mais, dès que le chemin fut libre, son inquiétude se dissipa. Il avait appliqué à ce mal le seul remède qui convienne à tous les maux : d'en ôter la cause. Il s'abstenait de méditations, de lectures et de liqueurs fortes. Les exercices du corps, le repos de l'âme et la dissipation avaient achevé d'en affaiblir les effets. Il fut longtemps affligé d'une descente et d'une rétention d'urine qui l'obligea d'user de bandages et d'une sonde. Comme il vivait à la campagne presque toujours seul, dans les bois, il imagina de porter une robe longue et fourrée pour cacher son incommodité. Et comme dans cet état une perruque était peu commode, il se coiffa d'un bonnet. Mais d'un autre côté, cet habillement paraissant extraordinaire aux enfants et aux badauds qui le suivaient partout, il fut obligé d'y renoncer. Voilà comme on a attribué à l'esprit de singularité ce prétendu habit d'Arménien que ses infirmités lui avaient rendu nécessaire.

Il se guérit, à la fin, de ses maux en renonçant à la médecine et aux médecins. Il ne les appelait pas même dans les accidents les plus imprévus. En 1776, à la fin de l'automne, en descendant le soir la pente de Ménilmontant, un de ces grands chiens danois que la vanité des riches fait courir dans les rues au-devant de leurs carrosses, pour le malheur des gens de pied, le renversa si rudement sur le pavé qu'il en perdit toute connaissance; des gens charitables qui passaient le relevèrent : il avait la lèvre supérieure fendue, le pouce de la main gauche tout écorché; il revint à lui; on voulut lui chercher une voiture : il n'en voulut point de peur d'y être saisi du froid. Il revint chez lui à pied; un médecin accourut : il le remercia de son amitié, mais il refusa son secours; il se contenta de laver ses blessures qui, au bout de quelques jours, se cicatrisèrent parfaitement.

— C'est la nature, disait-il, qui guérit : ce ne sont pas les hommes.

Dans les maladies intérieures il se mettait à la diète, et

voulait être seul, prétendant qu'alors le repos et la solitude étaient aussi nécessaires au corps qu'à l'âme.

Son régime en santé l'a maintenu frais, vigoureux et gai, jusqu'à la fin de sa vie. Il se levait à cinq heures du matin en été, se mettait à copier de la musique jusqu'à sept heures et demie, alors il déjeunait, et, pendant son déjeuner, il s'occupait à arranger sur du papier les plantes qu'il avait cueillies l'après-midi de la veille; après déjeuner il se remettait à copier de la musique. Il dînait à midi et demi. A une heure et demie il allait prendre du café assez souvent au café des Champs-Élysées où nous nous donnions rendez-vous. Ce café était un petit pavillon du jardin de Mme la duchesse de Bourbon, qui avait été un cabinet de bain de la marquise de Pompadour. Ensuite il allait herboriser dans les campagnes, le chapeau sous le bras en plein soleil, même dans la canicule. Il prétendait que l'action du soleil lui faisait du bien. Cependant je lui disais que tous les peuples méridionaux couvraient leurs têtes de coiffures d'autant plus élevées qu'ils approchent plus de la ligne; je lui citais les turbans des Turcs et des Perses, les longs bonnets pointus des Chinois et des Siamois, les mitres élevées des Arabes, qui cherchent tous à ménager entre leurs têtes et leurs coiffures un grand volume d'air, tandis que les peuples du nord n'ont que des toques; j'ajoutais que la nature fait croître dans les pays chauds des arbres à larges feuilles qui semblent destinés à donner aux animaux et aux hommes des ombrages plus épais. Enfin je lui rappelais l'instinct des troupeaux qui vont se mettre à l'ombre au fort de la chaleur; mais ces raisons ne produisaient aucun effet : il me citait l'habitude et son expérience. Cependant j'attribue à ces promenades brûlantes une maladie qu'il éprouva dans l'été de 1777. C'était une révolution de bile, avec des vomissements et des crispations de nerfs si violentes qu'il m'avoua n'avoir jamais tant souffert. Sa dernière maladie, arrivée l'année suivante, dans la même saison, à la suite des mêmes exercices, pourrait bien avoir eu la même cause. Autant il aimait le soleil, autant il craignait la pluie. Quand il pleuvait il ne sortait point :

— Je suis, me disait-il, en riant, tout au contraire du

petit bonhomme du baromètre suisse : quand il rentre, je
sors, et quand il sort, je rentre.

Il était de retour de la promenade un peu avant la fin du
jour ; il soupait et se couchait à neuf heures et demie. Tel
était l'ordre de sa vie. Ses goûts étaient aussi simples et
aussi naturels *. Il mangeait de tous les aliments à l'exception des asperges parce qu'il avait éprouvé qu'elles offensent
la vessie. Il regardait les haricots, les petits pois, les jeunes
artichauts comme moins sains et moins agréables au goût que
ceux qui ont acquis leur maturité. Il ne mettait pas à cet
égard de différence entre les primeurs en légumes et les
primeurs en fruits. Il aimait beaucoup les fèves de marais
quand elles ont leur grosseur naturelle et que toutefois elles
sont encore tendres. Il m'a raconté que, dans les premiers
temps qu'il vint à Paris, il soupait avec des biscuits ; il y
avait alors deux fameux pâtissiers au Palais-Royal chez lesquels beaucoup de personnes allaient faire leur repas du soir.
L'un d'eux mettait du citron dans ses biscuits, et l'autre n'y
en mettait pas. Celui-ci passait pour le meilleur.

— Autrefois, me disait-il, nous buvions, ma femme et
moi, un quart de bouteille de vin à notre souper ; ensuite est
venue la demi-bouteille ; à présent nous buvons la bouteille
tout entière. Cela nous réchauffe.

* *Note de Bernardin de Saint-Pierre* : « A commencer
par le sens qui en est le précurseur, comme il n'usait point
de tabac il avait l'odorat fort subtil. Il ne recueillait pas de
plantes qu'il ne les flairât, et je crois qu'il aurait pu faire
une botanique de l'odorat s'il y avait autant de noms propres
à les caractériser qu'il y a d'odeurs dans la nature. Il m'avait
appris à en connaître beaucoup par les seules émanations :
le caryophile dont la racine a l'odeur du girofle, la croi-
sette qui sent le miel, le muscari la prune, le leucopodium
vulvare la morue salée, une espèce de géranium le gigot
de mouton rôti, une vesse de loup façonnée en boîte à
savonnette divisée en côtes de melon avec un tel artifice
que si on s'essaie de l'ouvrir par là, elle se fend tout à coup
par une suture transversale et imperceptible et vous couvre
d'une poussière putride. Que dire de ces jeux où la nature
imite jusqu'aux ouvrages de l'homme comme pour s'en
moquer ? »

Il aimait à se rappeler les bons laitages de la Suisse, entre autres celui qu'on mange en quelques endroits du bord du lac de Genève. La crème en été y est couleur de rose, parce que les vaches y paissent quantité de fraises qui croissent dans les pâturages des montagnes.

— Je ne voudrais pas, disait-il, faire tous les jours bonne chère, mais je ne la hais pas. Un jour que j'étais dans le carrosse de Montpellier, quelques lieues avant d'y arriver, on nous servit à l'auberge un dîner excellent en gibier, en poisson et en fruits; nous crûmes qu'il nous en coûterait beaucoup : on nous demanda trente sous par tête. Le bon marché, la société qui se convenait, la beauté du paysage et de la saison nous firent prendre le parti de laisser aller le carrosse. Nous restâmes là trois jours, à nous réjouir. Je n'ai jamais fait meilleure chère. On ne jouit des biens de la vie que dans les pays où il n'y a point de commerce. Le désir de tout convertir en or fait qu'ailleurs on se prive de tout.

Cette réflexion peut servir d'objection à ceux de nos politiques modernes qui veulent étendre sans discrétion le commerce d'un pays comme la chose la plus heureuse qu'on puisse lui procurer. A l'observation de Jean-Jacques sur les jouissances des peuples qui n'ont point de commerce j'en ajouterai une sur les privations de ceux qui en ont beaucoup. J'ai un peu voyagé, et j'ai vu, dans les pays où l'on fabrique beaucoup de draps, le peuple presque nu; dans ceux où l'on engraisse quantité de bœufs et de volailles, le paysan sans beurre, sans œufs et sans viande, ne mangeant que du pain noir dans ceux où il croît le plus beau froment; c'est ce que j'ai vu à la fois en Normandie dont les campagnes sont les plus fertiles et les plus commerçantes que je connaisse... Au demeurant personne n'était plus sobre que Rousseau. Dans nos promenades c'était toujours moi qui lui faisais la proposition de goûter. Il l'acceptait, mais il fallait absolument qu'il payât la moitié de la dépense; et, si je la payais à son insu, il refusait les semaines suivantes de venir avec moi.

— Vous manquez, disait-il, à nos engagements.

La gourmandise est un goût de l'enfance, mais c'est aussi

quelquefois celui des vieillards. S'il avait eu ce vice, combien de bonnes tables à Paris auraient été à sa discrétion! Mais la bonne compagnie y est plus rare que la bonne chère, et le plaisir disparaissait pour lui dès qu'il était en opposition avec quelque vertu. J'en citerai une occasion où il fut sollicité par un besoin fort vif. Un jour d'été très chaud, nous nous promenions au pré Saint-Gervais. Il était tout en sueur; nous fûmes nous asseoir dans une des charmantes solitudes de ce lieu, sur l'herbe fraîche, à l'ombre des cerisiers, ayant devant nous un vaste champ de groseilles dont les fruits étaient tout rouges.

— J'ai grand-soif, me dit-il, je mangerais bien des groseilles...; elles sont mûres, elles font envie, mais il n'y a pas moyen d'en avoir. Le maître n'est pas là.

Il n'y toucha pas. Il n'y avait aux environs ni gardes, ni maîtres, ni témoins, mais il voyait dans le champ la statue de la justice. Ce n'était pas son épée qu'il respectait, c'étaient ses balances.

Ses yeux n'étaient pas moins continents que son goût. Jamais il ne fixait une femme, quelque jolie qu'elle fût. Son regard était assuré, et même perçant, lorsqu'il était ému; mais jamais il ne l'arrêtait que sur celui de l'homme auquel il voulait se communiquer. Ce cas rare excepté, il ne s'occupait dans les rues qu'à en sortir sûrement et promptement. Je lui disais un jour sur son indifférence pour les objets devant lesquels nous passions:

— Vous ressemblez à Xénocrate qui pensait que de jeter les yeux dans la maison d'autrui c'était autant que d'y mettre les pieds.

— Oh! c'est un peu trop fort! répondit-il.

Le spectacle des hommes, loin de lui inspirer de la curiosité, la lui aurait ôtée. J'ai souvent remarqué sur son front un nuage qui s'éclaircissait à mesure que nous sortions de Paris et qui se reformait à mesure que nous nous en rapprochions. Mais quand il était une fois dans la campagne son visage devenait gai et serein:

— Enfin, nous voilà, disait-il, hors des carrosses, du pavé et des hommes.

Il aimait surtout la verdure des champs.

— J'ai dit à ma femme, me disait-il : Quand tu me verras bien malade et sans espérance d'en revenir, fais-moi porter au milieu d'une prairie : sa vue me guérira.

Il ne voyait pas de fort loin, et pour apercevoir les objets éloignés il s'aidait d'une lorgnette. Mais de près il distinguait dans le calice des plus petites fleurs des parties que j'y voyais à peine avec une forte loupe. Il aimait l'aspect du mont Valérien, et quelquefois, au coucher du soleil, il s'arrêtait à le considérer sans rien dire, non pas seulement pour y observer les effets de la lumière mourante au milieu des nuages et des collines d'alentour, mais parce que cette vue lui rappelait les beaux couchers du soleil dans les montagnes de la Suisse. Il m'en faisait des tableaux charmants :

— On y trouve quelquefois, disait-il, des positions enchantées. J'y ai vû au milieu d'un cratère entouré de longues pyramides de roches sèches et arides, un bassin où croissent les plus riches végétaux, et d'où sortent des bouquets d'arbres, au centre desquels est bien souvent une petite maison. Vous êtes dans les airs et vous apercevez sous vos pieds des points de vue délicieux. Je ne voudrais pas cependant demeurer sur une montagne, parce que les belles vues ôtent le plaisir de la promenade. Mais je voudrais y avoir ma maison à mi-côte.

Il n'était sensible qu'aux beautés de la nature. Un jour cependant que j'allais à Sceaux pour la première fois, il me dit :

— Vous le verrez avec plaisir ; je n'aime point les parcs, mais, de tous ceux que j'ai vus, c'est celui que je préférerais.

Il n'approuvait pas les changements qu'on avait faits à celui de la Muette, où il allait quelquefois se promener. Les ruines des parcs l'affectaient plus que celles des châteaux. Il considérait avec intérêt ce mélange de plantes étrangères sauvages et domestiques, ces charmilles redevenues des bois, ces grands arbres jadis taillés et qui se hâtent de reprendre leur forme, ce concours où l'art des hommes ne lutte contre la nature que pour faire connaître son impuissance. Il riait de la bizarrerie de nos riches qui scellent sur les bords de leurs ruisseaux factices des grenouilles et des roseaux de plomb et qui font détruire avec grand soin ceux qui y viennent naturellement; et se moquait de leur mauvais goût qui leur fait entasser dans de petits terrains les simulacres des ruines d'architectures de tous les pays et de tous les siècles. Mais quand elles y seraient mieux ordonnées, je crois qu'elles n'en feraient pas plus d'effet. Ce n'est pas parce que les monuments de l'antiquité inspirent de la mélancolie que nous en aimons la vue. O grands, voulez-vous que vos parcs offrent un jour à la postérité des ruines vénérables comme celles des Grecs et des Romains ? Faites régner comme eux d'avance la vertu dans vos palais et le bonheur dans vos villes...

— Les athées, disait Rousseau, n'aiment point la campagne. Ils aiment bien celle des environs de Paris, où l'on a tous les plaisirs de la ville, les bonnes tables, les brochures, les jolies femmes; mais, si vous les ôtez de là, ils y meurent d'ennui. Ils n'y voient rien. Il n'y a pas cependant sur la terre de peuple que le simple aspect de la nature n'ait pénétré du sentiment de la divinité. Si un homme de génie comme Platon arrivait chez des sauvages, avec les découvertes modernes de la physique, et qu'il leur dît : « Vous adorez un être intelligent, mais vous ne connaissez presque rien de la beauté de ses ouvrages », et qu'il leur fît voir toutes les merveilles du microscope et du télescope, ah! quel serait leur ravissement! Ils tomberaient à ses pieds, ils l'adoreraient lui-même comme un dieu. Comment se peut-il qu'il y ait des athées dans un siècle aussi éclairé que le nôtre? C'est que les yeux se ferment, que le cœur se resserre.

On peut juger par ce que sentait Rousseau qu'il ne voyait rien dans la nature avec indifférence; cependant tout ne l'intéressait pas également. Il préférait les ruisseaux aux rivières. Il n'aimait pas la vue de la mer qui inspire, disait-il, trop de mélancolie. De toutes les saisons il n'aimait que le printemps...

— Quand, disait-il, quand les jours commencent à décroître, l'été est fini pour moi. Mon imagination me représente l'hiver.

— Vous avez fait, lui dis-je, votre année bien courte; les beaux paysages de la Suisse vous ont gâté; si vous aviez vu les longs hivers de la Russie, vous trouveriez les nôtres supportables. La nature est une belle femme qui m'intéresse toujours, gaie, triste, mélancolique.

— Novembre et décembre ne plaisent qu'à la raison.

Au reste il n'y avait personne qui en tirât plus de jouissance, et il n'y avait pas une plante où il ne trouvât de la grâce et de la beauté.

Il avait l'ouïe fine et juste, ainsi que la voix. Il disait que la musique lui était aussi nécessaire que le pain. Mais quand il voulait chanter en s'accompagnant de son épinette pour me répéter quelques airs de sa composition, il se plaignait de sa mauvaise voix cassée. Nous nous arrêtions quelquefois avec délices pour entendre le rossignol.

— Nos musiciens, me faisait-il observer, ont tous imité ses hauts et ses bas, ses roulades et ses caprices; mais ce qui le caractérise, ses piou piou prolongés, ses sanglots, ses sons gémissants qui vont à l'âme et qui traversent tout son chant, c'est ce qu'aucun d'eux n'a su exprimer.

Il n'y avait point d'oiseau dont la musique ne le rendît attentif. Les airs de l'alouette qu'on entend dans la prairie tandis qu'elle échappe à la vue, le ramage du pinson dans les bosquets, le gazouillement de l'hirondelle sur les toits des villages, les plaintes de la tourterelle dans les bois, le chant de la fauvette qu'il comparait à celui d'une bergère par son irrégularité et par je ne sais quoi de villageois, lui faisaient naître les plus douces images.

— Quels effets charmants, disait-il, on en pouvait tirer pour nos opéras où l'on représente des scènes champêtres.

On ne finirait pas sur les sensations d'un homme qui, au contraire de ceux qui rapportent à des lois mécaniques les opérations de leur âme, appliquait les affections de la sienne à toutes les jouissances de ses sens. L'amour n'était donc point en lui une simple affaire de tempérament. Il m'a assuré une chose que bien des gens auront peine à croire, c'est « que jamais une fille du monde, quelque belle qu'elle fût, ne lui avait inspiré le moindre désir ». Il croyait cependant que le simple concours des causes physiques pouvait être dirigé au point non seulement d'ébranler la sagesse mais encore de renverser la raison. Il m'en a cité un exemple frappant : un jeune homme de Genève, élevé dans l'austérité

des mœurs de la Réforme, vint à Versailles du temps du
Régent. Il entra le soir au château : la duchesse de Berry
tenait le jeu; il s'approcha d'elle; l'éclat de ses diamants
l'odeur de ses parfums, la vue de sa gorge demi-nue le
mirent tellement hors de lui que tout à coup il se jeta sur le
sein de la duchesse en y collant à la fois les mains, la bouche.
Les courtisans l'arrachèrent, et voulurent le jeter par les
fenêtres. Mais la duchesse défendit qu'on lui fît du mal,
et ordonna qu'on en prît grand soin. D'un autre côté il ne
regardait pas l'amour comme une simple affection plato-
nique. Il avait refusé de voir une belle femme qu'il avait
aimée et qui avait vieilli, pour ne pas perdre l'illusion agréable qui lui en était restée.

Il fallait que les agréments de la figure concourussent
avec les qualités morales pour le rendre sensible : alors il
leur trouvait tant de pouvoir que l'âge même ne l'en aurait
pas préservé, s'il n'en avait évité les occasions. Mais il regardait l'amour dans un vieillard comme un désordre de la
raison.

— On n'aime point sans espérance, disait-il, j'aurais
mauvaise opinion de la tête d'un vieillard amoureux.

Nous parlerons de quelques-unes des inclinations de sa
jeunesse lorsqu'il sera question de son âme. Pour ne rien
omettre ici de ce qui était étranger à son esprit et à son cœur,
je vais parler de sa fortune. Un matin que j'étais chez lui,
je voyais entrer à l'ordinaire des domestiques qui venaient
chercher des rôles de musique, ou qui lui en apportaient à
copier. Il les recevait debout, et tête nue; il disait aux uns :
« Il faut tant », et il recevait leur argent; aux autres :

— Dans quel temps faut-il rendre ce papier?

— Ma maîtresse, répondait le domestique, voudrait bien
l'avoir dans quinze jours.

— Oh! cela n'est pas possible : j'ai de l'ouvrage; je ne
peux le rendre que dans trois semaines.

Tantôt il s'en chargeait, tantôt il le refusait, en mettant
dans le détail de ce commerce toute l'honnêteté d'un ouvrier
de bonne foi. Je me rappelais la réputation de ce grand
homme. Quand nous fûmes seuls, je ne pus m'empêcher de
lui dire :

— Pourquoi ne tirez-vous pas un autre parti de vos talents ?

— Oh! reprit-il, il y a deux Rousseau dans le monde : l'un riche, ou auquel il n'a tenu qu'à lui de l'être, un homme capricieux, singulier, fantasque : c'est celui du public; l'autre est obligé de travailler pour vivre, et c'est celui que vous voyez.

— Mais vos ouvrages auraient dû vous mettre à l'aise; ils ont enrichi tant de libraires!

— Je n'en ai pas tiré vingt mille livres. Encore si j'avais reçu cet argent à la fois, j'aurais pu le placer. Mais je l'ai mangé successivement comme il est venu. Un libraire de Hollande, par reconnaissance, m'a fait six cents livres de pension viagère, dont trois cents livres sont réversibles à ma femme après ma mort. Voilà toute ma fortune. Il m'en coûte cent louis pour entretenir mon petit ménage : il faut que je gagne le surplus.

— Pourquoi n'écrivez-vous plus ?

— Plût à Dieu que je n'eusse jamais écrit! C'est là l'époque de tous mes malheurs. Fontenelle me l'avait bien prédit. Il me dit quand il vit mes essais : « Je vois où vous irez, mais souvenez-vous de mes paroles : je suis un des hommes qui a le plus joui de sa réputation : elle m'a valu des pensions, des places, des honneurs et de la considération; avec tout cela jamais aucun de mes ouvrages ne m'a procuré autant de plaisir qu'il ne m'a occasionné de chagrin. Dès que vous aurez pris la plume, vous perdrez le repos et le bonheur. » Il avait bien raison : je ne les ai retrouvés que depuis que je l'ai quittée; il y a dix ans que je n'ai rien écrit.

J'en avais ouï dire autant de Racine. Voilà trois hommes comblés de réputation, et trois hommes malheureux : le sort d'un homme de lettres est donc bien à plaindre en France.

— Pourquoi, continuai-je, n'avez-vous pas vendu au moins vos manuscrits plus cher ?

Il me fit alors le détail du prix qu'il en avait reçu, que j'ai oublié en partie :

— J'en ai tiré tout ce que j'en pouvais tirer. J'ai vendu *Émile* sept mille livres; les libraires s'excusaient sur les contrefaçons.

— Mais ne contrefont-ils pas à leur tour les ouvrages de leurs confrères? Que résulte-t-il de leurs sophismes? C'est que le corps des auteurs ne tire presque rien de ses travaux, tandis que le corps des libraires en recueille presque tout le bénéfice. Quand on attaque les abus des particuliers qui tiennent à un corps, il faut attaquer les membres et le corps à la fois, sans quoi les premiers se couvrent du crédit de leur corps, et le corps rejette sur ses membres les abus dont il s'enrichit. Pourquoi un auteur ne ferait-il pas saisir, partout ailleurs que chez son libraire, son ouvrage, comme un bien qui est à lui, partout où il se trouve? La loi le permet, mais il faut tant d'apprêt, des ordres, des magistrats et des intendants qui protègent ses fraudes sous prétexte du bien du commerce de leur province.

— J'entends. Cela leur vaut des bibliothèques qui ne leur coûtent rien.

— Mais vous auriez dû faire de nouvelles éditions.

— Si vous n'ajoutez ni ne retranchez rien à un ouvrage, le libraire n'a pas besoin de l'auteur; si vous y faites des changements, vous trompez le libraire et ceux qui ont acheté la première édition. J'ai toujours mis dans la première tout ce que j'avais à y mettre.

Il me raconta que, dans le temps même où il me parlait, un libraire de Paris mettait en vente une nouvelle édition de ses ouvrages, et répandait le bruit que pour dédommager J.-J. Rousseau de la peine qu'il avait prise à la faire, il lui avait passé ainsi qu'à sa femme un contrat de mille écus de pension. Jean-Jacques pria un de ses amis de s'en informer : le libraire eut l'impudence de lui affirmer ce mensonge. Rousseau s'en plaignit à M. de Sartine; il n'eut point de justice. C'est le même libraire qui a ajouté à ses ouvrages, à la fin de 1778, un neuvième volume de pièces falsifiées, et qui depuis est devenu fou.

— Mais, repris-je, le prince de Conti qui vous aimait tant aurait dû vous laisser une pension par son testament.

— J'ai prié Dieu de n'avoir jamais à me réjouir de la mort de personne.

— Pardonnez si j'ai tort : pourquoi ne vous a-t-il pas fait du bien pendant sa vie?

— C'était un prince qui promettait toujours et qui ne tenait jamais. Il s'était engoué de moi. Il m'a causé de violents chagrins. Si jamais je me suis repenti de quelque démarche, c'est de celles que j'ai faites auprès des grands.

— Vous avez augmenté les plaisirs des riches, et on dit que vous avez constamment refusé leurs bienfaits.

— Lorsque je donnai mon *Devin du village*, un duc m'envoya quatre louis pour environ soixante-six livres de musique que je lui avais copiée : je pris ce qui m'était dû, et je renvoyai le reste; il fit répandre partout que j'avais refusé ma fortune. D'ailleurs ne faut-il pas estimer un homme pour l'accepter comme son bienfaiteur? La reconnaissance est un grand lien.

— Votre *Devin du village*, qui rapporte chaque année tant d'argent à l'Opéra, aurait dû seul vous mettre à votre aise?

— Je l'ai vendu douze cents livres une fois payées, avec mes entrées pour toute ma vie. Mais les directeurs de l'Opéra me les ont refusées pour avoir écrit contre la musique française, condition que je n'avais certainement pas comprise dans mes engagements. Un soir que j'y voulais entrer, on me refusa la porte. Je payai un billet sept livres dix sous et je fus me placer au milieu de l'amphithéâtre. Ils ont rompu notre accord les premiers. Ainsi, en leur rendant l'argent que j'en ai reçu, je rentre dans tous mes droits, et je peux compter avec eux de clerc à maître. J'ai demandé justice et je n'ai pu l'obtenir; mais je pourrai le léguer par mon testament à un homme qui aura assez de crédit pour leur faire rendre ma part du bénéfice au profit des pauvres.

Il me nomma son légataire : c'était l'archevêque de Paris; et, tout en le plaignant, je ne pus m'empêcher de rire.

— J'ai ouï dire que quand vous donnâtes votre *Devin du village*, Mme la M^ise de Pompadour vous avait envoyé un service d'argenterie dont vous n'acceptâtes qu'un couvert, en disant qu'un seul suffisait à qui mangeait seul.

— J'ai été calomnié de toutes les manières : elle m'envoya cinquante louis, et je les pris. Au reste je n'ai refusé ma fortune d'aucun souverain.

— Pourquoi avez-vous refusé la pension du roi d'Angleterre que M. Hume vous avait procurée? Excusez mes questions indiscrètes.

— Oh! Vous me faites le plus grand plaisir : on ne détruit les calomnies qu'en les mettant au jour. Quand je passai en Angleterre avec M. Hume, j'eus plusieurs sujets de m'en plaindre : il ne faisait point manger avec lui Mlle Levasseur qui était ma gouvernante. Il se fit graver coiffé en aile de pigeon, beau comme un petit ange, quoiqu'il fût fort laid, et, dans une autre estampe qui servit de pendant à la sienne, il me fit représenter comme un ours. Il me montrait en spectacle dans sa maison, sans dire un seul mot; enfin, croyant avoir raison de m'en plaindre, je refusai ses services, et je me séparai d'avec lui. Le roi d'Angleterre me fit assurer qu'il me donnait, de son plein gré, cent guinées de pension, sans aucun égard à M. Hume. Je l'acceptai avec reconnaissance. A quelque temps de là parut à Londres une satire abominable sur mon compte. Je crus que les Anglais en étaient les auteurs. J'y préparai une réponse. Avant de la faire paraître, il me parut qu'il ne convenait pas de dire du mal d'une nation et de recevoir des bienfaits de son souverain : je renonçai à la pension afin d'avoir le cœur net et libre. Point du tout. J'apprends que c'était en France qu'on avait fabriqué ces détestables pamphlets. Je me crus obligé de chanter la palinodie... De retour à Paris, j'écrivis à l'ambassadeur d'Angleterre, qui ne me répondit point : j'avais auprès de lui Walpole, mon ennemi, l'auteur d'une lettre supposée du roi de Prusse, lettre qui compromet l'honneur d'un souverain, et dont l'auteur par tout pays aurait été puni si son objet n'avait pas été de me tourner en ridicule. On apporta chez moi à quelque temps de là une somme d'argent, dont on demanda quittance, sans vouloir dire de quelle part il venait. J'étais absent. J'avais donné ordre à ma femme en pareil cas de le refuser; je n'en ai plus entendu parler depuis. L'Angleterre, dont on fait en France de si beaux tableaux, a un climat si triste, mon âme fatiguée de tant de secousses y était dans une mélancolie si profonde, que dans tout ce qui s'est passé je peux avoir fait des fautes, mais elles sont comparables à celles de mes ennemis qui m'y ont persécuté, et quand il n'y aurait que celles d'avoir trahi ma confiance et d'avoir rendu publiques des querelles particulières?

— N'auriez-vous pu prendre quelque autre état que celui de copiste de musique?

— Il n'y a point d'emploi qui n'ait ses charges. Il faut une occupation. J'aurais cent mille livres de rente que je copierais de la musique : c'est pour moi à la fois un travail et un plaisir. D'ailleurs je ne me suis ni élevé au-dessus ni abaissé au-dessous de l'état où la fortune m'a fait naître : je suis fils d'un ouvrier, et ouvrier moi-même; je fais ce que j'ai fait dès l'âge de quatorze ans.

Voilà un précis presque littéral d'une conversation que j'eus un soir avec lui sur sa fortune. Il venait des hommes de tout état le visiter, et je fus témoin plus d'une fois de la manière sèche dont il en éconduisait quelques-uns. Je lui disais :

— Sans le savoir, ne vous serais-je pas importun comme ces gens-là?

— Quelle différence, me répondit-il, d'eux à vous! Ces messieurs viennent par curiosité, pour dire qu'ils m'ont vu, pour connaître les détails de mon petit ménage et pour s'en moquer.

— Ils y viennent, lui dis-je, à cause de votre célébrité.

Il répéta avec humeur :

— Célébrité! Célébrité!

Ce mot le fâchait. L'homme célèbre avait rendu l'homme sensible trop malheureux. Pour moi, je ne le quittais point sans avoir soif de le revoir. Un jour que je lui rapportais un livre de botanique, je rencontrai dans l'escalier sa femme qui descendait : elle me donna la clef de la chambre, en me disant :

— Vous y trouverez mon mari.

J'ouvre sa porte : il me reçoit sans rien dire d'un air austère et sombre; je lui parle : il ne me répond que par monosyllabes. En copiant sa musique il effaçait et ratissait à chaque instant son papier... J'ouvre pour me distraire un livre qui était sur la table.

— Monsieur aime la lecture, me dit-il d'une voix trou-blée

Je me lève pour me retirer. Il se lève en même temps, et me reconduit jusque sur l'escalier, en me disant, comme je le priais de ne pas se déranger :

— C'est ainsi qu'on en doit agir envers les personnes avec lesquelles on n'a pas une certaine familiarité.

Je ne lui répondis rien, mais, agité jusqu'au fond du cœur d'une amitié si orageuse, je me retirai résolu de ne plus retourner chez lui.

Il y avait deux mois et demi que je ne l'avais vu lorsque nous nous rencontrâmes au détour d'une rue. Il vint à moi et me demanda pourquoi je ne venais plus le voir.

— Vous en savez la raison, lui répondis-je.

— Il y a des jours, me dit-il, où je veux être seul. J'aime mon particulier. On a beau faire, on sort presque toujours de la société mécontent de soi ou des autres. Je reviens si tranquille, si content de mes promenades solitaires! Je n'ai manqué à personne, personne ne m'a manqué. Je serais fâché, ajouta-t-il d'un air attendri, de vous voir trop souvent, mais je serais encore plus fâché de ne vous pas voir du tout.

Puis, tout ému :

— Je redoute l'intimité; j'ai fermé mon cœur... mais j'ai un aplomb...

Faisant de ses mains comme s'il m'eût toisé :

— Quand le moment sera venu...

— Que ne mettez-vous, lui répondis-je, un signal à votre fenêtre quand vous voulez recevoir ma visite, comme vous en vouliez mettre un avec vos amis sur les bords du lac de Genève? Au moins, quand je vais vous voir et que vous voulez être seul, que ne m'en prévenez-vous?

— L'humeur me surmonte, reprit-il, et ne vous en apercevez-vous pas bien? Je la contiens quelque temps; ensuite je ne suis plus le maître : elle éclate malgré moi. J'ai mes défauts. Mais, quand on fait cas de l'amitié de quelqu'un, il faut prendre le bénéfice avec les charges.

Il m'invita à dîner chez lui pour le lendemain. On peut juger par ce trait de la noble franchise de son caractère.

NOTES

Première Promenade.

Page 35.

1. On a pu s'étonner de voir un ouvrage s'ouvrir sur le mot « donc » qui annonce une conclusion. Mais cet ultime ouvrage, cette ultime méditation sur soi, est bien pour Rousseau la conclusion de son œuvre et de sa vie; c'est un finale posant et développant un thème essentiel qui se trouvait plus ou moins diffus dans tout ce qui a précédé : celui de la solitude — laquelle, si elle sépare Rousseau irrémédiablement de ses contemporains, est en revanche la condition d'une conscience de soi éprouvée à l'état pur et absolument. Souvent dans *Les Rêveries* il allègue les générations à venir; il pourrait en attendre une révision des négations que lui oppose la génération présente : mais il se fonde finalement sur l'hypothèse que celle-ci gardera le dernier mot, que lui-même n'a rien de plus à attendre de l'avenir et que, même dans le temps, il ne lui reste rien sur quoi compter que lui seul et la conscience qu'il a de soi.

2. C'est la première des allusions au fameux « complot » dont il va être question si souvent. Rousseau en forma l'idée dès l'hiver 1757-1758; les poursuites dont il fut victime en

1762 ne pouvaient que le confirmer dans cette idée (voir quelques lignes plus bas : « Depuis quinze ans et plus... »). Longtemps on s'est complu à ne reconnaître dans le « complot » qu'un effet du délire, d'ailleurs réel chez lui, de la persécution : les spécialistes aujourd'hui se montrent plus prudents, et portés à accorder à Rousseau plus de crédit. Au surplus, et en poussant une certaine logique à l'extrême, l'existence même des autres hommes en société n'est-elle pas une sorte de défi collectif au sentiment de la solitude tel qu'il l'éprouve et l'exprime ?

3. Allusıon à la condamnation de l'*Émile* et à la fuite de Montmorency. Ces événements, survenus en juin 1762, dataient de quatorze ans et non de quinze. Il arrive souvent à Rousseau d'arrondir au « lustre » les longs espaces de temps.

Page 36.

1. Roasseau lui-même (semble-t-il) a mis entre crochets au crayon rouge sur le manuscrit les mots « un empoisonneur, un assassin » et « que toute la salutation que me feraient les passants serait de cracher sur moi ». On peut se demander si Rousseau ne se proposait pas d'atténuer la violence des termes. Passage à rapprocher de la carte à jouer nº 22.

2. Allusion, semble-t-il, à une crise que Rousseau subit en 1767 vers la fin de son séjour en Angleterre, tandis que sur le continent il était assez pourchassé, et méthodiquement diffamé par Voltaire ; dans une lettre de mars 1768 il admettra à peu près avoir exagéré l'interprétation des persécutions dont il se sentait l'objet.

Page 37.

1. Blesser. On retrouvera cet archaïsme dans la Quatrième Promenade, etc.

2. Abaissement.

Page 38.

1. Très probablement Rousseau songe à l'accident du 24 octobre 1776 que relate en détail la Deuxième Promenade. On s'explique d'abord mal la place, apparemment

démesurée, que tient l'épisode dans l'ensemble de l'ouvrage :
cependant Rousseau tient dès maintenant à annoncer le
récit, à lui donner une couleur de solennité, à en faire en
somme le cœur ou l'âme des *Rêveries*. C'est d'abord que le
« sentiment d'être » qu'il éprouve à l'état pur au moment
où il revient à lui donne la clef musicale de tout le livre.
C'est d'autre part que, le bruit de sa mort ayant couru
alors et n'ayant nullement suscité la consternation publique
(voir la note 1 de la page 53), il n'eut plus le simple sentiment mais la preuve effective qu'il devait se regarder comme
retranché du reste des humains et rejeté à la solitude.

Page 39.

1. Pour assurer quelque survie à ses Dialogues *Rousseau
juge de Jean-Jacques*, l'auteur finit par s'en remettre « à la
Providence ». Dans cet esprit il décida de les déposer sur le
grand autel de l'église Notre-Dame de Paris. Il choisit la
date du 24 février 1776, et, lorsqu'il voulut exécuter son
dessein, il trouva le grand autel inaccessible, les grilles du
chœur étant fermées. Ce qui lui fermait aussi, selon lui,
tout espoir d'une compensation que l'intervention divine
lui eût assurée auprès de la postérité. Voir la carte à jouer
nº 26.

Page 40.

1. Rousseau avait attaqué les médecins dans l'*Émile* puis
dans les Dialogues. Son inimitié envers les oratoriens (également mis en cause dans les Dialogues) semble dater surtout,
pour des raisons assez obscures, de son séjour à Montmorency.

2. Ici se termine un autre passage mis entre crochets au
crayon rouge, et qui commence à « Quand tous mes ennemis... ». Voir ci-dessus la note 1 de la page 36.

Page 42.

1. Creuset.

2. La lecture de Montaigne, certainement attentive sinon
assidue, a profondément marqué Rousseau, qui le nomme
ici, mais très souvent se souvient de lui sans le citer. Les

commentateurs ont relevé la plupart de ces correspondances. Sans doute serait-il arbitraire d'attribuer à une telle pratique des *Essais* l'usage que fait Rousseau de plusieurs mots déjà archaïques au dix-huitième siècle. Dans une des « ébauches » des *Confessions* conservées à Neuchâtel, Rousseau écrit : « Je mets Montaigne à la tête de ces faux sincères qui veulent tromper en disant vrai. Il se montre avec des défauts, mais il ne s'en donne que d'aimables; il n'y a point d'homme qui n'en ait d'odieux. Montaigne se peint ressemblant mais de profil. Qui sait si quelque balafre à la joue ou un œil crevé du côté qu'il nous a caché, n'eût pas totalement changé sa physionomie. » Voir les passages correspondant à la note 2 de la page 88 et à la note 1 de la page 194; voir aussi la note 2 de la page 217.

Deuxième Promenade.

Page 44.

1. Affaiblit, abat.

Page 45.

1. On ne sait trop à quelle époque se réfère cette chronologie.

2. Voir la note 1 de la page 38.

Page 46.

1. Passé en revue.

Page 47.

1. Un lieu-dit, ou plus probablement le nom d'un cabaret.

2. C'était le carrosse de Le Pelletier de Saint-Fargeau, président à mortier au Parlement de Paris, seigneur de Ménilmontant. Ce janséniste « dur et inflexible » « revenait de sa petite maison où il avait baillé toute la journée avec sa maîtresse », s'il faut en croire — mais la valeur de l'information est douteuse — la *Correspondance secrète* de Métra (23 novembre 1776).

Page 49.

1. Voir la note 2 de la page 42 : dans les *Essais*, II,
VI, Montaigne décrit un état très sensiblement analogue où il se trouva après une chute de cheval :
« Ceux qui sont tombés par quelque violent accident en
défaillance de cœur et qui y ont perdu tous sentiments,
ceux-là, à mon avis, ont été bien près de voir son vrai et
naturel visage » (de la mort); « car, quant à l'instant et au
point du passage, il n'est pas à craindre qu'il porte avec
soi aucun travail ou déplaisir, d'autant que nous ne pou-
vons avoir nul sentiment sans loisir. Nos souffrances ont
besoin de temps, qui est si court et si précipité en la mort
qu'il faut nécessairement qu'elle soit insensible. Ce sont les
approches que nous avons à craindre; et celles-là peuvent
tomber en expérience... Je commençai à reprendre un peu
de vie, mais ce fut par le menu et par un si long trait de
temps que mes premiers sentiments étaient beaucoup plus
approchant de la mort que de la vie... Cette recordation que
j'en ai fort empreinte en mon âme, me représentant son
visage et son idée si près du naturel, me concilie aucunement
à elle. Quand je commençai à y voir, ce fut d'une vue si
trouble, si faible et si morte, que je ne discernais encore
rien que la lumière... Il me semblait que ma vie ne me tenait
plus qu'au bout des lèvres; je fermais les yeux pour aider,
ce me semblait, à la pousser hors, et prenais plaisir à m'alan-
guir et à me laisser aller. C'était une imagination qui ne
faisait que nager superficiellement en mon âme, aussi
tendre et aussi faible que tout le reste, mais à la vérité non
seulement exempte de déplaisir, mais mêlée à cette douceur
que sentent ceux qui se laissent glisser au sommeil. »

2. Probablement le lieu-dit où se serait trouvé le cabaret
du Galant Jardinier (voir la note 1 de la page 47).

Page 51.

1. Le roman de la présidente Chaumet d'Ormoy (1732-
1791) est daté par anticipation de 1777, et intitulé *Malheurs
de la jeune Émélie pour servir d'instruction aux âmes vertueuses
et sensibles*. « J'avoue que cet homme célèbre est mon héros »,

disait notamment Mme d'Ormoy à propos de Rousseau dans l'introduction de son roman.

Page 52.

1. Publiée peu de mois après la chute de Turgot provoquée par la Reine, cette note pouvait compromettre Rousseau en laissant croire qu'il en était l'auteur clandestin et qu'il se mêlait de juger la politique de la Cour.

2. Le sens de cet adjectif, peu usité même au dix-huitième siècle, se situe entre « ostensible » et « ostentatoire ».

Page 53.

1. Vo la note 1 de la page 38. D'une « lettre de Paris » datée du 12 décembre et publiée le 20 dans le *Courrier d'Avignon* : « M. Jean-Jacques Rousseau est mort des suites de sa chute. Il a vécu pauvre, il est mort misérablement; et la singularité de sa destinée l'a accompagné jusqu'au tombeau. Nous sommes fâchés de ne pouvoir parler des talents de cet écrivain éloquent; nos lecteurs doivent sentir que l'abus qu'il en a fait nous impose ici le plus rigoureux silence. Il y a tout lieu de croire que le public ne sera pas privé de sa vie et qu'on y trouvera jusqu'au nom du chien qui l'a tué. » D'une lettre de Voltaire à Florian du 26 décembre : « Jean-Jacques a très bien fait de mourir. On prétend qu'il n'est pas vrai que ce soit un chien qui l'ait tué; il est guéri des blessures que son camarade le chien lui avait faites; mais on dit que, le 12 décembre, il s'avisa de faire l'Escalade » (fête genevoise) « dans Paris avec un vieux Genevois nommé Romilly; il mangea comme un diable, et s'étant donné une indigestion, il mourut comme un chien. C'est peu de chose qu'un philosophe. »

Page 54.

1. Les spécialistes n'ont rien trouvé de tel dans saint Augustin. Il s'agit sans doute d'une interprétation avancée au cours des querelles religieuses et théologiques du dix-huitième siècle et que Rousseau avait remarquée.

Troisième Promenade.

Page 56.

1. Cité par Plutarque dans la *Vie de Solon*; Rousseau reproduit la traduction d'Amyot. Sur Plutarque, voir la note 1 de la page 73 et la note 2 de la page 217.

2. C'est-à-dire depuis le départ de l'Ermitage et l'installation à Montmorency.

3. Faible, sans ressort; il semble que cet emploi ait déjà été archaïque à l'époque de Rousseau.

Page 59.

1. Tout le récit autobiographique qui commence ici est parallèle aux *Confessions*, dont il résume les passages correspondants.

2. Le 21 avril 1728, à l'hospice du Spirito Santo de Turin, où l'avait adressé Mme de Warens. Voir la note 1 de la page 168.

Page 61.

1. La *Profession de foi du Vicaire savoyard*.

Page 62.

1. Rousseau a toujours protesté contre l'intolérance et la véhémence casuistique du « parti philosophe », dont les membres, dit-il dans le Troisième Dialogue, ne valent pas mieux à cet égard que les Jésuites.

Page 63.

1. De 1757 à 1762.

Page 64.

1. Il semble bien que Rousseau se souvienne ici de Pascal et notamment de son pari. Voir à ce sujet la carte à jouer nº 27 : selon cette hypothèse il faudrait sans doute lire dans celle-ci « trop peu de preuves » plutôt que « trop peu de santé ». Voir la note 1 de la page 188.

Quatrième Promenade.

Page 73.

1. Voir la lettre à Malesherbes du 12 janvier 1762, ainsi que le livre I des *Confessions*. Rappelons que Rousseau connaissait Plutarque par la traduction d'Amyot.

2. Rousseau cite de mémoire. Dans la traduction d'Amyot le titre exact est : « Comment on pourra recevoir utilité de ses ennemis »; on trouve dans le texte même l'expression « tirer profit et utilité de ses ennemis ».

3. Rousseau connaissait l'abbé Rosier, ou plutôt Razier, depuis 1768, où il avait herborisé avec lui dans la région de Lyon. Botaniste et publiciste, l'abbé Rosier reprit la direction du *Journal de physique*, dont il ne tarda pas à changer le titre en celui de *Observations sur la physique, sur l'histoire naturelle et sur les arts*; Rousseau vise ici le numéro d'août 1776 de cette publication. Quant à sa devise « *Vitam impendere vero*, sacrifier sa vie à la vérité », empruntée à Juvénal (IV, 91), elle apparaît pour la première fois, semble-t-il, en 1758 dans la *Lettre à d'Alembert*; voir la lettre à Malesherbes du 12 janvier 1762.

Page 74.

1. Voir la note 1 de la page 37.

2. L'épisode est relaté à la fin du livre II des *Confessions*. A seize ans, laquais à Turin, Rousseau déroba un ruban, et, le vol étant découvert, il en accusa une jeune servante, Marion. « Ce poids, dit-il dans le même passage, est... resté jusqu'à ce jour sans allégement dans ma conscience, et je puis dire que le désir de m'en délivrer en quelque sorte a beaucoup contribué à la résolution que j'ai prise d'écrire mes confessions. »

Page 80.

1. Montesquieu avait publié *Le Temple de Gnide* plus d'un demi-siècle auparavant, en 1725.

2. Décence.

Page 82.

1. A partir de « S'il s'agit d'un être... », toute la fin de l'alinéa est mise entre crochets rouges sur le manuscrit. Voir la note 1 de la page 36 et la note 2 de la page 40.

Page 86.

1. Son vrai nom semble avoir été Vaucassin.

Page 88.

1. Rousseau écrit les six premiers livres des *Confessions* des derniers jours de 1764 (il a cinquante-deux ans) à 1767, et les six derniers en 1769 et 1770.

2. Voir la note 2 de la page 42.

Page 89.

1. « Machine dont on se sert pour presser et lustrer les draps, les toiles, et autres étoffes » (*Dictionnaire de l'Académie*, édition de 1762).

2. Mare servant de vivier à carpes et surtout de réservoir d'eau. Chaque propriétaire en Suisse était alors tenu de conserver des cuves d'eau pouvant être transportées en cas d'incendie; dans certains cas, et notamment dans celui des industriels, l'entretien d'un étang pouvait dispenser de celui de ces récipients.

3. Le Tasse, *Jérusalem délivrée*, II xxii : « Magnanime mensonge! Quelle vérité plus belle pourrait t'être comparée? » (trad. J. S. Spink) : pour sauver les chrétiens, Sophronie se déclare mensongèrement coupable d'un crime. Rousseau goûta toujours Le Tasse, qui resta une de ses dernières lectures.

Page 90.

1. Faubourg de Genève.

Page 91.

1. A partir d'ici jusqu'à la fin de la Quatrième Promenade, l'écriture de Rousseau, extrêmement resserrée,

semble indiquer qu'il a voulu utiliser au mieux un petit
espace de papier que d'abord il avait laissé vide avant de
commencer à recopier la Cinquième Promenade. Toute
cette fin serait donc postérieure à la rédaction et au début
de la mise au net de celle-ci.

Cinquième Promenade.

Page 93.

1. Brutalement chassé de Môtiers sur les incitations du
pasteur et après des jets de pierres contre sa maison (voir
le livre XII des *Confessions*), Rousseau se réfugia le 12 septembre 1765 dans l'île de Saint-Pierre, qu'il quitta le
25 octobre suivant, expulsé par le Conseil de Berne.

2. C'est l'un des premiers emplois que l'on signale en
France de ce mot « franglais », lequel semble avoir été intro-
duit en 1776 par Letourneur, qui, dans sa préface à sa
traduction de Shakespeare, prend soin de le distinguer de
« romanesque » et de « pittoresque » (voir la note 1 de la
page 104). Si la Cinquième Promenade est réellement
antérieure à l'été 1777, comme l'indique plus haut notre
Notice, il faudrait en conclure que Rousseau n'usait pas
moins volontiers — ni avec moins de simplicité — des néo-
logismes que des archaïsmes.

Page 95.

1. La *Correspondance* de Rousseau atteste cette déclara-
tion : il fit des démarches dans ce sens. Voir la note 1 de la
page 102.

2. En réalité, à peine un mois et demi ; voir la note 1 de
la page 93.

Page 96.

1. Rousseau avait fait sa connaissance à Môtiers en 1764,
et pris auprès de lui le goût de l'herborisation et de la
botanique.

Page 97.

1. Linné avait publié son ouvrage en 1735. Voir la note 2 de la page 120.

2. Non pas Habacuc, mais Baruch, selon les *Mémoires de Louis Racine.*

Page 98.

1. « J'ai toujours aimé l'eau passionnément, et sa vue me jette dans une rêverie délicieuse, quoique souvent sans objet déterminé » (*Confessions*, XII). Le motif de l'eau est un des motifs essentiels de Rousseau, et l'un de ceux qui correspondent à sa nature profonde.

Page 100.

1. Rousseau, selon une tradition locale, avait dans sa chambre une trappe qui lui permettait de s'enfuir à l'arrivée de visiteurs importuns.

2. Douze ans, en réalité. Voir la note 3 de la page 25.

Page 102.

1. Il n'y avait dans l'île ni rivière ni ruisseau; manifestement Rousseau, partant d'un lieu et d'un temps précis, termine la même phrase par une observation d'ordre général sur lui-même.

Page 103.

1. Voir la lettre à Malesherbes du 4 janvier 1762, et la note 1 de la page 95.

Page 104.

1. Voir la note 2 de la page 93. Rousseau fait-il réellement une distinction entre « romanesque » et « romantique »? Si oui, le premier adjectif s'appliquerait plutôt aux rêveries auxquelles il se livre dans un paysage auquel conviendrait le second.

Sixième Promenade

Page 106.

1. Rousseau a ajouté cette première phrase au texte primitif déjà recopié. De même, tout le préambule de la Neuvième Promenade a été ajouté après coup. Dans les deux cas Rousseau, en se relisant, donne une portée générale à son expérience particulière.

Page 108.

1. Telle était, selon le *Dictionnaire de l'Académie* de 1762, la prononciation habituelle du mot « arrhes ». C'est d'ailleurs ce dernier mot qu'imprime l'édition de 1782 des *Rêveries*. A l'origine, c'était un terme de chasse dérivé du latin *iter* et désignant les traces laissées par un cerf sur son itinéraire.

Page 109.

1. Non, mais dans le livre V des *Confessions* : « En toute chose la gêne et l'assujettissement me sont insupportables; ils me feraient prendre en haine le plaisir même. On dit que chez les mahométans un homme passe au point du jour dans les rues pour ordonner aux maris de rendre le devoir à leurs femmes. Je serais un mauvais Turc à ces heures-là. »

Page 111.

1. Cet emploi du verbe « refuser » (« refuser quelqu'un »), aujourd'hui tombé en désuétude, était d'usage courant à l'époque de Rousseau.

Page 112.

1. Ici on lit dans le manuscrit ces passages biffés : « C'est ainsi que le comte des Charmettes, pour qui j'eus une si tendre estime et qui m'aimait si sincèrement, a fait ses parents évêques en devenant l'un des ouvriers des manœuvres choiseuliennes, c'est ainsi que le bon abbé Palais, jadis mon obligé et mon ami, brave et honnête garçon dans sa

jeunesse, s'est procuré un établissement en France en devenant traître et faux à mon égard. C'est ainsi que l'abbé de Binis, que j'avais pour sous-secrétaire à Venise, et qui me marqua toujours l'attachement et l'estime que ma conduite lui dut naturellement inspirer, changeant de langage et d'allure à propos pour son intérêt, a su gagner de bons bénéfices aux dépens de sa conscience et de la vérité. Moultou lui-même a changé du blanc au noir. » Il est question de Conzié, châtelain des Charmettes, dans le livre V des *Confessions*. L'abbé Palais, jésuite et amateur de musique, était des familiers de Mme de Warens. Sur l'abbé de Binis, voir le livre VII des *Confessions*. Paul Moultou, pasteur à Genève, resta fidèle à Rousseau qui, quelques semaines avant de mourir, lui confia le soin de certaines de ses œuvres posthumes et le chargea de veiller sur sa mémoire.

2. Toujours la référence à l'année de la brouille avec Diderot et avec Mme d'Épinay.

Page 113.

1. Voir la note 3 de la page 35. Rousseau n'avait pas quarante ans lorsqu'il publia en 1750 le *Discours sur les sciences et les arts* couronné par l'Académie de Dijon. Mais il écrit dans le livre VIII des *Confessions*, à propos d'un voyage au cours duquel son bon compagnon Gauffecourt avait tenté de séduire Thérèse : « Je dois noter ce voyage comme l'époque de la première expérience qui, jusqu'à l'âge de quarante-deux ans que j'avais alors, ait porté atteinte au naturel pleinement confiant avec lequel j'étais né, et auquel je m'étais toujours livré sans réserve et sans inconvénient. »

2. Voir le début de la note précédente.

Page 116.

1. Le diacre Pâris, mort en 1727, avait été enterré dans le cimetière de Saint-Médard. Le bruit s'étant répandu, à partir de 1729, qu'il se produisait sur sa tombe des guérisons miraculeuses, des jansénistes extatiques et frénétiques, les « convulsionnaires », y provoquèrent de tels scandales que le cimetière fut fermé en 1732; les convulsionnaires y

poursuivirent pourtant leurs agissements, mais en secret, jusqu'à la Révolution.

2. Manifestement Rousseau entend désigner, sous cette forme voilée, une tendance au rôle de « voyeur », laquelle d'ailleurs s'accorde avec certains caractères de sa sexualité.

Page 118.

1. Voir la lettre à Malesherbes du 4 janvier 1762.

2. Tacite (*Histoires*, I, 36) : « *Omnia serviliter pro dominatione* (Othon faisait) pour devenir maître toutes les bassesses d'un esclave. » La Bruyère (VIII, 12) : « Les hommes veulent être esclaves quelque part, et puiser là de quoi dominer ailleurs. »

Septième Promenade.

Page 119.

1. Voir la note 1 de la page 96.

Page 120.

1. Donc après le 28 juin 1777. Rousseau avait écrit d'abord « soixante-dix » au lieu de « soixante-cinq ».

2. Voir la note 1 de la page 97. « Il s'agit de l'édition du *Systema vegetabilium* de Linné, publiée par Johann Andreas Murray à Gottingue en 1774; *Regnum vegetabile* est le titre d'une sorte d'introduction que Murray a ajoutée à l'ouvrage de Linné » (J. S. Spink).

Page 123.

1. L'auteur des *Recherches sur les plantes* et de *Les Causes des plantes* était un élève de Platon et d'Aristote.

2. Vivant au premier siècle de l'ère chrétienne, il laissa un ouvrage *Sur la matière médicale* dont l'aire et la durée de diffusion furent importantes.

Page 124.

1. Garçon chirurgien (*Dictionnaire de l'Académie* de 1762).

Page 125.

1. L'épilepsie.

Page 126.

1. De 1746 ou 1747, semble-t-il, à 1762, où Rousseau cessa de se soigner et de consulter.

Page 128.

1. Du livre IV des *Confessions*, à propos du voyage de Paris à Chambéry que Rousseau fit à pied en 1732 : « ... En approchant de Lyon je fus tenté de prolonger ma route pour aller voir les bords du Lignon; car parmi les romans que j'avais lus avec mon père *L'Astrée* n'avait pas été oubliée, et c'était lui qui me revenait au cœur le plus fréquemment. Je demandai la route du Forez, et tout en causant avec une hôtesse, elle m'apprit que c'était un bon pays de ressource pour les ouvriers, qu'il y avait beaucoup de forges, et qu'on y travaillait fort bien en fer. Cet éloge calma tout à coup ma curiosité romanesque, et je ne jugeai pas à propos d'aller chercher des Dianes et des Sylvandres chez un peuple de forgerons. La bonne femme qui m'encourageait de la sorte m'avait sûrement pris pour un garçon serrurier. » Voir la note 1 de la page 73 et les références qui y sont données, où l'on voit la lecture de Plutarque voisiner avec celle des romans du dix-septième siècle et notamment de *L'Astrée*.

2. Vers 1747-1749 Rousseau s'était occupé activement de chimie avec Francueil : « Nous nous mîmes à barbouiller du papier tant bien que mal sur cette science dont nous possédions à peine les éléments » (*Confessions*, VII). Ce travail en commun, retrouvé sous la forme d'un manuscrit de 1 206 feuillets intitulé *Les Institutions chimiques*, a été publié de 1918 à 1921; confié à Moultou en 1778 (voir la note 1 de la page 112), il appartient aujourd'hui à la Bibliothèque publique de Genève.

Page 130.

1. Rousseau écrit « distraisent » : cette forme était alors courante en Suisse romande.

Page 132.

1. La Robaila ou Robellaz, près de Môtiers-Travers, culmine à 1 449 mètres. Il s'y trouvait deux fermes (ou « montagnes », selon une expression du canton de Neuchâtel), à 1 300 mètres d'altitude environ. Le « justicier Clerc », ou Leclerc, du Val-de-Travers, était un chirurgien qui s'occupait un peu de botanique.

Page 134.

1. Rousseau n'ignore pas qu'il se trouvait alors dans le Jura. Il semble ici donner au mot non pas une signification géographique, mais une valeur descriptive et affective : il traduit l'impression produite par un certain type de montagne. Le nom commun « alpe » désigne d'habitude un pâturage de haute montagne, particulièrement mais non exclusivement dans le massif alpin.

2. C'était le pasteur de Môtiers qui, lui-même poussé par les ennemis de Rousseau, provoqua la « lapidation » de septembre 1765 (voir la note 1 de la page 93). Les souvenirs qu'évoque ici Rousseau sont donc antérieurs à cette époque.

3. Du Peyrou, né en Guyane hollandaise, et fort riche, fut reçu « bourgeois de Neuchâtel » en 1748; c'est lui qui, dès la mort de Rousseau, et avec Moultou et Girardin, entreprit l'édition générale des Œuvres et publia *Les Rêveries* pour la première fois en 1782. D'Escherny, de Neuchâtel, écrivain, fit la connaissance de Rousseau en 1764. Le colonel de Pury, voisin de campagne de Rousseau à Môtiers, devait devenir le beau-père de Du Peyrou. Clerc : voir la note 1 de la page 132. Sept lacs : ceux de Neuchâtel, Bienne, Morat, Léman, Joux, Brenet et Saint-Point.

4. Il semble que Rousseau fasse ici une confusion : cette maison se trouvait sur le Chasseral, autre sommet de la région de Neuchâtel, et non sur le Chasseron.

5. Donc en juillet ou août 1768. Bovier, par la suite, se montra fort affecté de ce récit, — sans tenir compte de l'humour qu'y montre Rousseau, lequel avait l'habitude

d'un tout autre ton lorsqu'il portait une accusation. Il semble, au surplus, que les baies en question, quel que soit leur nom, n'aient pas été vénéneuses.

Page 136.

1. Appareil d'optique qui donnait une sorte de relief ou de profondeur aux images colorées qu'on y regardait.

Huitième Promenade.

Page 137.

1. Ici commencent les brouillons que Rousseau n'a pas mis au net. Les premiers éditeurs ont eu fort à faire pour en déchiffrer le détail et en reconstituer l'ensemble; les éditeurs modernes ont vérifié et, à l'occasion, rectifié leurs travaux, dont en général ils reconnaissent l'exactitude et le scrupule.

Page 138.

1. Protecteurs (archaïsme).

Page 139.

1. Toute la phrase qui se termine ici figure sur le manuscrit en haut de page sans aucun signe de renvoi. Ce sont les éditeurs de 1782 qui ont jugé devoir l'insérer en cet endroit; la plupart des éditeurs modernes ont suivi leur décision.

Page 141.

1. Ce mot commence une page du manuscrit. En haut de cette page, on déchiffre deux phrases que ni les éditeurs de 1782 ni les éditeurs modernes n'ont pu incorporer au texte : « Quelque triste que soit le sort de mes derniers jours et quoi que puissent faire les hommes, après avoir fait, moi, ce que j'ai dû, ils ne m'empêcheront de vivre et mourir en paix. » « Ce que je sais, c'est que l'arbitre suprême est puissant et juste, que mon âme est innocente et que je n'ai pas mérité mon sort. »

Page 142.

1. Le lecteur a reconnu l'allusion à Diogène.

Page 144.

1. Cette distinction entre amour-propre et amour de soi
est longuement exposée dans le premier Dialogue de *Rousseau
juge de Jean-Jacques.* Or il se trouve que pour écrire la
Huitième Promenade Rousseau a utilisé un carnet qu'il
avait entamé pour commencer le brouillon du même premier Dialogue.

Page 147.

1. Ce mot, pratiquement indéchiffrable sur le manuscrit, a
été lu « modes », « luttes », « bourdes ». Nous suivons ici,
non sans hésitation, une lecture de Mlle Rosselet, ancienne
directrice de la bibliothèque de Neuchâtel. M. Henri Roddier, qui a adopté cette lecture, écrit à son sujet : « *Bordes*
est un mot local. Les "feux de bordes" désignent les feux
de brandons que l'on allume le plus souvent le premier
dimanche de carême. Cette coutume donnait lieu à des
échanges de moqueries... Comme nous l'avons nous-même
signalé à Mlle Rosselet, il est possible que ce mot *bordes*
ait insensiblement pris le vieux sens de *bourdes,* qui dési-
gnait encore, au XVIIᵉ siècle, les mauvaises plaisanteries ou
farces dont on s'égayait aux dépens de gens que l'on n'aimait pas. »

Page 150.

1. La Cinquième Promenade.

Neuvième Promenade.

Page 152.

1. Tout ce préambule a été ajouté après coup. Primitive-
ment le texte de cette Promenade ne commençait qu'avec
l'alinéa suivant. Voir la note 1 de la page 106.

2. Peut-être le Genevois Pierre Prévost.

3. Mme Geoffrin mourut le 6 octobre 1777; d'Alembert
publia son éloge dans une *Lettre à M. Condorcet* qui parut

avant la fin de l'année. Le texte montre dans le style une certaine recherche, mais non pas de la préciosité, et encore moins un « ridicule néologisme » ou de « badins jeux de mots » : excessif peut-être à nos yeux, le jugement de Rousseau témoigne de l'importance qu'il attachait à la simplicité du langage. Du texte de d'Alembert : « Madame Geoffrin avait tous les goûts d'une âme sensible et douce : elle aimait les enfants avec passion; elle n'en voyait pas un seul sans attendrissement; elle s'intéressait à l'innocence et à la faiblesse de cet âge; elle aimait à observer en eux la nature, qui, grâce à nos mœurs, ne se laisse plus voir que dans l'enfance; elle se plaisait à causer avec eux, à leur faire des questions, et ne souffrait pas que les gouvernantes leur suggérassent la réponse. J'aime bien mieux, leur disait-elle, les sottises qu'il me dira, que celles que vous lui dicterez... Elle regardait la paternité comme le plaisir le plus doux de la nature. Mais plus ce plaisir était sacré pour elle, plus elle voulait qu'il fût pur et sans trouble. C'est pour cela qu'elle priait ceux de ses amis qui étaient sans fortune de ne pas se marier. Que deviendront, leur disait-elle, vos pauvres enfants, s'ils vous perdent de bonne heure? Pensez à l'horreur de vos derniers moments, quand vous laisserez malheureux après vous ce que vous aurez eu de plus cher! » Rousseau semble avoir été particulièrement affecté par ces lignes : « Je voudrais, ajoutait-elle, qu'on fît une question à tous les malheureux qui vont subir la mort pour leurs crimes : avez-vous aimé les enfants? Je suis sûre qu'ils répondraient que non. »

4. On a fait observer avec vraisemblance que d'Alembert devait songer plutôt à sa propre condition d'enfant abandonné qu'au cas de Rousseau.

Page 153.

1. Non identifiés.

Page 154.

1. Dans la tragédie *Mahomet* (1742) de ce Voltaire dont Rousseau avait tant à se plaindre mais dont il ne feignait pas d'ignorer l'œuvre.

Page 156.

1. Sorte de robe que portaient autrefois les petits garçons avant l'âge d'être mis en culotte.

2. Guinguette de Clignancourt, qui était encore un hameau campagnard.

Page 157.

1. Sorte de pâtisserie dont Nanterre avait la spécialité.

2. Cette surveillance de Rousseau par des indicateurs de police n'était pas imaginaire.

3. Certains éditeurs considèrent que Rousseau a oublié de biffer le dernier membre de phrase (depuis « et qu'une réaction »), omis par les éditeurs de 1782. Autre lecture : « refermant » au lieu de « resserrant ».

Page 158.

1. Marchand d'oublies. Les oublies, pâtisseries légères, étaient contenues dans une sorte de cylindre ou de tambour dont le couvercle portait une aiguille montée sur un pivot. L'acheteur faisait tourner l'aiguille qui, en s'arrêtant sur un des chiffres du cadran, indiquait à combien d'oublies le coup donnait droit. Cette tradition semble s'être perpétuée dans les jardins publics de Paris jusqu'à la guerre de 1914-1918.

Page 160.

1. Le château de la Chevrette, près de Montmorency, appartenait à M. d'Épinay, dont la fête tombait le 9 octobre. Il semble bien qu'il s'agisse ici de l'année 1757, où Rousseau et Mme d'Épinay composèrent pour la circonstance une pièce « moitié drame, moitié pantomime » (*Confessions*, IX) dont Rousseau écrivit la musique.

2. Sébastien Mercier, *Tableau de Paris*, 1781 : « Ils sont ramoneurs et commissionnaires et forment dans Paris une espèce de confédération qui a ses lois. Les plus âgés ont droit d'inspection sur les plus jeunes... Ils parcourent les rues depuis le matin jusqu'au soir, le visage barbouillé de suie, les dents blanches, l'air naïf et gai : leur cri est long,

plaintif et lugubre. La rage de mettre tout en *régie* en a formé une du *ramonage* des cheminées : les régisseurs ont classé ces petits Savoyards; et l'on a vu dans les maisons neuves et blanches, tous ces visages basanés et noircis, qui étaient aux fenêtres en attendant l'ouvrage. »

3. Éventaire.

Page 164.

1. Plutarque, *Vie de Lycurgue,* traduction d'Amyot (voir la note 1 de la page 73).

2. Construite à partir de 1751 sur plans de Gabriel; la construction des Invalides avait été décidée dès 1670.

Page 165.

1. Ne pas la confondre avec l'actuelle île des Cygnes située plus en aval. Étroite et longue, elle s'étendait de l'esplanade des Invalides à la colline de Chaillot; Louis XIV y avait fait installer des cygnes en 1676. Elle fut sous l'Empire rattachée à la rive gauche.

Le plaisant *Voyage de Paris à Saint-Cloud par mer* en donne une description qui, sous le travesti burlesque, laisse apercevoir ses aspects réels : « (Nous dépassâmes) les Invalides et le Gros-Caillou : nous fîmes ensuite la découverte d'une grande île déserte sur laquelle je ne remarquai que des cabanes de sauvages et quelques vaches marines, entremêlées de bœufs d'Irlande; je demandai si ce n'était point là ce qu'on appelait dans la Mappemonde l'île de la Martinique d'où nous venaient le bon sucre et le mauvais café. On me dit que non, et que cette île qui portait autrefois un nom très indécent *(l'île Maquerelle)* portait aujourd'hui celui de l'île des Cygnes. Je parcourus ma carte, et comme je ne l'y trouvai point j'en ai fait la note suivante : j'ai observé que les pâturages en doivent être excellents, à cause de la proximité de la mer, qui y fournit de l'eau de la première main; qu'on y pourrait recueillir de fort bon beurre de Bray; que si cette île était labourée, elle produirait de fort joli gazon et bien frais: que c'était de là, sans doute, que l'on tirait ces beaux manchons de cygne qui étaient autrefois tant à la mode, et que quoiqu'il n'y eût pas un arbre, il y avait cependant bien des falourdes et bien des planches entassées les unes sur les autres à l'air. J'ai tiré de là une conséquence, que la récolte du bois et des planches était déjà faite dans ce pays-là, parce que le mois d'août y est plus hâtif que le mois de septembre à Paris; qu'il n'y a point assez de bâtiments ni de caves pour les serrer; et qu'enfin c'est sans doute de là que l'on tire ce beau bois des îles que nos ébénistes emploient, et dont nos tourneurs font de si belles quilles. »

Dixième Promenade.

Page 167.

1. L'expression désigne non pas le jour de Pâques, mais le dimanche des Rameaux, qui le précède d'une semaine. Rousseau écrit ceci le 12 avril 1778. Il s'était présenté à Mme de Warens en 1728, le dimanche des Rameaux, qui tombait cette année-là le 21 mars.

2. Exactement le 31 mars 1699. A dix jours près, elle n'avait donc pas encore accompli sa vingt-neuvième année au moment de la rencontre.

3. Pas encore seize, puisqu'il était né le 28 juin 1712.

Page 168.

1. Mme de Warens l'avait envoyé à Turin où il était arrivé le 12 avril 1728; il en revint un peu plus d'un an après, vers le mois de juin 1729. Voir la note 2 de la page 59.

2. La citation et les références comportent diverses erreurs, qui importent peu, sinon pour montrer que Rousseau écrit de mémoire. En ce qui concerne les « sept ans », la citation est exacte; on s'est donné beaucoup de mal — avec un succès incertain — pour retrouver dans la biographie de Rousseau ce décompte de sept années : mais il ne dit pas que ce laps de temps ait coïncidé exactement avec celui de sa propre expérience. Voir la lettre à Malesherbes du

26 janvier 1762, où il paraît bien éclaircir lui-même ce point.

Page 169.

1. Approximativement de 1736 à 1740, mais non sans interruptions.

ANNEXES

Mon portrait

Page 187.

1. On ignore si, en notant ce mot dans cette phrase, Rousseau songeait déjà à tout un livre sur lui-même, ou seulement à une préface autobiographique qu'il eût mise en tête d'une autre œuvre. Plusieurs des fragments qui suivent soutiendraient plutôt l'hypothèse du premier projet d'une œuvre autobiographique.

2. Il semble que Rousseau fasse ici allusion à son métier de copiste de musique, et non pas à des ressources tirées de la publication de livres. Voir la lettre à Malesherbes du 12 janvier 1762. Du livre VIII des *Confessions* : « Je jugeai qu'un copiste de quelque célébrité dans les lettres ne manquerait vraisemblablement pas de travail. »

Page 188.

1. Rousseau semble avoir médité sur Pascal (voir la note 1 de la page 64, dans *Les Rêveries*). On peut se demander s'il ne se souvient pas lointainement, dans ce fragment et dans ceux qui le précèdent, de la fameuse *Pensée* sur la peinture « qui attire l'admiration par la ressemblance des choses dont on n'admire point les originaux ».

Page 189.

1. D'une lettre de Descartes à Mersenne du 15 avril 1630 :

« Je ne suis pas si sauvage que je ne sois bien aise, si on pense à moi, qu'on en ait bonne opinion; mais j'aimerais bien mieux qu'on n'y pensât point du tout... »

Page 191.

1. Le nom que Rousseau n'a pas retrouvé dans sa mémoire au moment où il écrivait, et qu'il se proposait de rechercher dans Platon, est Adimante.

Page 194.

1. Voir la note 2 de la page 42. La maladie de la pierre n'aurait-elle contribué à rapprocher Rousseau de Montaigne?

2. « Je n'ai jamais pu rien faire la plume à la main vis-à-vis d'une table et de mon papier. C'est à la promenade au milieu des rochers et des bois, c'est la nuit dans mon lit et durant mes insomnies que j'écris dans mon cerveau... » (*Confessions*, III). On voit à quel point *Les Rêveries*, divisées non pas en chapitres mais en « promenades », répondaient, jusque dans leur structure, à la nature profonde de Rousseau (voir notre Notice).

Page 195.

1. Jean-Baptiste Rousseau.

Lettres à Malesherbes

Page 196.

1. Voir plus haut notre Notice. Rousseau a trouvé — et saisi — l'occasion de ces quatre lettres dans celle que Malesherbes lui avait adressée le 25 décembre 1761, et où on lit notamment : « Cette mélancolie sombre qui fait le malheur de votre vie est prodigieusement augmentée par la maladie et par la solitude, mais je crois qu'elle vous est naturelle et que la cause en est physique, je crois même que vous ne devez pas être fâché qu'on le sache, le genre de vie que vous avez embrassé est trop singulier et vous êtes trop célèbre pour que le public ne s'en occupe pas. Vous avez des ennemis et il serait humiliant pour vous de n'en pas avoir,

et vous ne pouvez pas douter que bien des gens n'imputent les partis extrêmes que vous avez pris à cette vanité qu'on a tant reprochée aux anciens philosophes; pour moi, il me semble que je vous en estime davantage depuis que j'en ai vu le principe dans la constitution de vos organes et dans cette bile noire qui vous consume... »

Page 198.

1. Voir la Sixième Promenade, page 118.

2. Voir la Cinquième Promenade et les notes 1 des pages 95 et 103.

Page 200.

Voir la note 1 de la page 73.

Page 201.

1. Voir sur cet épisode le livre VIII des *Confessions* : il s'agit du *Discours sur les sciences et les arts* de 1750.

Page 202.

1. « *Vitam impendere vero.* » Voir la note 3 de la page 73.

Page 203.

1. Voir la note 2 de la page 187.

Page 205.

1. Voir la note 2 de la page 168.

2. Date de l'arrivée de Rousseau à l'Ermitage.

Page 207.

1. De Montmorency.

2. Évangile selon saint Luc, XII, 27.

Page 211.

1. Un compte rendu. Allusion à un emploi au *Journal des savants* que Malesherbes avait fait proposer à Rousseau à la fin de 1759.

Page 213.

1. Voir la note 1 de la page 35 : entre l'année 1762 et l'époque des *Rêveries* Rousseau a renoncé à cet ultime recours de l'espérance.

Notes écrites sur des cartes à jouer.

Page 216.

1. Voir ci-dessus notre Notice. La carte portant le n° 1 peut n'être pas la première que Rousseau ait écrite. Toutefois ces mots laissent supposer qu'il avait arrêté le titre de son livre avant d'entrer dans le détail de la rédaction. La suite de l'alinéa indique avec netteté la signification, l'orientation et la valeur du titre et de l'ouvrage lui-même.

2. Rousseau était né, rappelons-le, le 28 juin 1712. Aucune conclusion précise à tirer de l'indication qu'il donne ici; voir là-dessus, au surplus, la note 3 de la page 35.

Page 217.

1. On lit dans le manuscrit « lui » au lieu de « elle »; il semble qu'il s'agisse là d'une inadvertance.

2. Plutarque, *Vie de Solon*, LV-LVII (voir la note 1 de la page 73). Le thème est celui du chapitre XIX du Livre I des *Essais* de Montaigne : « Qu'il ne fault juger de nostre heur qu'après la mort » (voir la note 2 de la page 42).

3. Les Anciens; Rousseau songe toujours à Plutarque.

4. Ici comme dans la suite, le mot désigne évidemment, dans la pensée de Rousseau, les conjurés du complot.

Page 218.

1. Voir la note 2 de la page 157.

2. Sous-entendu : « si la vérité sur moi venait à lui être imposée ».

Page 219.

1. Allusion non éclaircie. Malgré ratures et surcharges, tout le texte de cette carte est resté fort en deçà de l'élaboration, et malaisé à établir.

Page 220.

1. Rousseau a barré cet alinéa de deux traits en croix,

mais il ne l'a pas biffé à proprement parler; nous croyons donc devoir le reproduire.

2. Au lieu de « je conçois une jouissance » Rousseau avait commencé par écrire « la seule jouissance que je peux concevoir ».

3. Cette carte et la suivante ont été écrites en vue d'un addendum au livre VIII des *Confessions*. Bien qu'elles ne se rapportent pas aux *Rêveries,* nous en reproduisons ici le texte, suivant l'usage le plus fréquent, pour n'interrompre ni la série des cartes à jouer ni le courant de réflexions qu'elle traduit.

Page 221.

1. Il devint en 1748 l'amant de Mme d'Épinay (qui lui transmit une maladie vénérienne que son mari avait contractée en mauvaise compagnie). Rousseau avait été secrétaire et caissier de ce financier, et s'était trouvé collaborer avec lui pour la scène — ainsi d'ailleurs que pour des études de chimie (voir la note 2 de la page 128).

2. Voir la note 1 de la page 36 et le passage correspondant.

3. Le mot est employé comme adjectif, pour « paradoxales ». Descartes, lettre à Elisabeth de mars 1647 : « ... mes assertions mises en mauvais ordre et sans leurs vraies preuves, en sorte qu'elles paraissent paradoxes... » Littré cite deux exemples (Bourdaloue et Fontenelle) du mot également employé comme adjectif.

Page 222.

1. Voir la note 1 de la page 39.

Page 223.

1. Voir la note 1 de la page 64.

2. Ce fragment, publié pour la première fois en 1861, pourrait avoir été relevé alors sur une vingt-huitième carte, aujourd'hui perdue.

Impression Bussière à Saint-Amand (Cher),
le 29 janvier 1988.
Dépôt légal : janvier 1988.
1ᵉʳ dépôt légal dans la collection : novembre 1972.
Numéro d'imprimeur : 3573.
ISBN 2-07-036186-1./Imprimé en France.